Tudo o que eu não te disse

ANN LIANG

Tudo o que eu não te disse

Tradução
Carolina Cândido

Copyright © 2024 by Ann Liang
Copyright da tradução © 2024 by Editora Globo S.A.

Direitos de tradução negociados por Taryn Fagerness Agency e Sandra Bruna Agencia Literaria, SL.

Os direitos morais do autor foram assegurados. Todos os direitos reservados. Nenhuma parte desta edição pode ser utilizada ou reproduzida — em qualquer meio ou forma, seja mecânico ou eletrônico, fotocópia, gravação etc. — nem apropriada ou estocada em sistema de banco de dados sem a expressa autorização da editora.

Título original: *I Hope This Doesn't Find You*

Editora responsável **Paula Drummond**
Editora de produção **Agatha Machado**
Assistentes editoriais **Giselle Brito e Mariana Gonçalves**
Preparação de texto **Paula Prata**
Diagramação e adaptação de capa **Carolinne de Oliveira**
Projeto gráfico original **Laboratório Secreto**
Ilustração de capa © **2024 by Robin Har**
Design de capa original **Maeve Norton**

Texto fixado conforme as regras do Acordo Ortográfico da Língua Portuguesa (Decreto Legislativo nº 54, de 1995)

CIP-BRASIL. CATALOGAÇÃO NA PUBLICAÇÃO
SINDICATO NACIONAL DOS EDITORES DE LIVROS, RJ

L661t

 Liang, Ann
  Tudo o que eu não te disse / Ann Liang ; tradução Carolina Cândido. - 1. ed. - Rio de Janeiro : Alt, 2024.

  Tradução de: I hope this doesn't find you
  ISBN 978-65-85348-80-5

  1. Romance chinês. I. Cândido, Carolina. II. Título.

24-92413   CDD: 895.13
                CDU: 82-31(510)

Gabriela Faray Ferreira Lopes - Bibliotecária - CRB-7/6643

1ª edição, 2024

Direitos de edição em língua portuguesa para o Brasil adquiridos por Editora Globo S.A.
R. Marquês de Pombal, 25
20.230-240 – Rio de Janeiro – RJ – Brasil
www.globolivros.com.br

Para a minha família

Capítulo um

É uma honra esperar do lado de fora dos portões da escola nesse inverno congelante. É isso que tenho repetido para mim mesma ao longo da última hora, enquanto estou tremendo por baixo do meu blazer bem passado e vejo minhas unhas ganharem um preocupante tom de roxo. É uma honra enorme. Um privilégio. Um *prazer*. É exatamente o que imaginei quando a sra. Hedge, a coordenadora do meu ano, mandou me chamar no meio da turma avançada de matemática ontem e me pediu para mostrar a escola para alguns pais que viriam visitar.

— Acredito que você seja a pessoa certa para a tarefa — disse ela com um sorriso enorme, as mãos nodosas pousadas com elegância na mesa. — Como capitã da escola, pode explicar para eles o quanto a Academia Woodvale se importa com os alunos e como preparamos vocês para o sucesso. Fique à vontade para mencionar todas as atividades extracurriculares que faz e suas muitas conquistas, como o fato de recentemente ter ficado em primeiro lugar nas finais regionais de atletismo. Os pais vão adorar saber disso.

Eu retribuí o sorriso e assenti com um entusiasmo tão forçado que me deu dor no pescoço.

Meu pescoço ainda está dolorido conforme endireito as insígnias presas no bolso da frente, batendo os pés com força para evitar o que me parece ser uma iminente queimadura de frio. Minha melhor amiga, Abigail Ong, sempre brinca que meu hábito de colecionar insígnias lembra o de alguns passarinhos obcecados por coisas brilhantes. Ela não está errada, sendo bem sincera, mas não fico apenas admirando a pálida luz do sol da manhã refletida nas letras douradas que dizem *capitã escolar*. É uma questão de simbolismo. Cada insígnia que tenho é prova de alguma coisa: que minhas notas são perfeitas, que sou a melhor jogadora de cada um dos times de que participo, que sou um membro ativo da comunidade escolar, que ajudo na biblioteca local. Que sou inteligente e bem-sucedida, e tenho um futuro brilhante me esperando...

Ouço o som de alguém andando na grama seca.

Levanto a cabeça e estreito os olhos para enxergar ao longe.

É tão cedo que o estacionamento ainda está vazio, a não ser por um Toyota marrom enferrujado que deve estar ali desde antes de a escola ser construída. Todos os prédios de tijolos vermelhos do campus estão silenciosos, com as janelas fechadas, e as nuvens se erguem sobre as árvores nuas pintadas de um rosa suave, tipo aquarela.

Nenhum sinal de pais parecendo perdidos.

Em vez disso, um rosto terrivelmente familiar aparece e, por força do hábito, todos os músculos do meu corpo se tensionam. Olhos escuros, ângulos marcados, um sorriso afiado como uma lâmina. Aquela única e ridícula mecha de cabelo escuro caindo na testa. O blazer do colégio jogado por cima dos ombros como se estivesse posando para uma revista de alta-costura.

Julius Gong.

Meu co-capitão e a maior fonte de sofrimento em minha vida.

Só de ver Julian, sinto um ímpeto de raiva tão puro e visceral que chego a ficar espantada. É difícil acreditar que alguém com uma personalidade tão horrível possa ter uma aparência tão agradável — ou que alguém com uma aparência tão agradável possa ter uma personalidade tão horrível. É o equivalente a abrir uma caixa de presente com lindas fitas de seda, confetes e embalagem brilhante e encontrar uma cobra venenosa lá dentro. A cobra em questão para a um metro e meio de mim. A grama amarelada e irregular que se estende entre nós é terra de ninguém.

— Chegou cedo — diz ele, em sua habitual fala arrastada, como se não quisesse nem ao menos se dar ao trabalho de enunciar a frase inteira. Em toda a década em que tive a infelicidade de conviver com ele, Julius nunca iniciou uma única conversa com uma saudação apropriada.

— Mais cedo do que você — respondo, como se fosse uma enorme vitória o fato de eu estar aqui há tanto tempo que mal consigo sentir os dedos dos pés.

— É, bom, *eu* estava ocupado com outras coisas.

Entendo a indireta: *sou mais ocupado do que você. Tenho coisas mais importantes para fazer porque sou uma pessoa mais importante.*

— Também sou ocupada — retruco no mesmo instante. — Muito ocupada. Passei a manhã toda resolvendo um assunto urgente após o outro. Na verdade, vim da academia direto para cá...

— Isso parece mesmo urgente. Temo que a economia mundial entre em colapso caso você não faça suas flexões diárias.

Você só está amargurado porque provei, na última aula de educação física, que consigo fazer mais flexões do que você. As palavras estão bem na ponta da língua. Seria tão satisfatório dizê-las em voz alta, quase tão satisfatório quanto ganhar dele em outro teste físico, mas deixo para lá. Enfio as mãos nos bolsos. O frio parece estar se espraiando pela minha medula óssea, de uma forma particularmente desagradável que passei a associar aos invernos de Melbourne.

Um dos cantos da boca de Julius se curva em um sorriso, uma expressão tão falsa que preferiria que ele estivesse de cara fechada.

— Frio?

— Não — digo, os dentes batendo. — Nem um pouco.

— Sua pele está azul, Sadie.
— Deve ser a iluminação.
— E você está tremendo.
— De expectativa — insisto.
— Você sabe que a gente só precisava chegar às sete e meia, certo? — Ele arregaça a manga da camisa e consulta o relógio. É de uma marca cara demais para que eu possa reconhecer, mas sofisticada o bastante para que saiba que é cara. Na verdade, não ficaria surpresa se ele estivesse verificando as horas só para poder exibir o acessório. — São sete e vinte agora. Há quanto tempo exatamente você está aqui fora como um projeto de estátua humana?

Ignoro a pergunta.

— É lógico que sei disso. Eu estava lá quando a sra. Hedge disse. — Porque logo após a sra. Hedge fazer seu discursinho empolgado sobre representar a escola, Julius também apareceu no escritório dela e, para minha grande irritação, foi incumbido da mesma tarefa. Então, prometi a mim mesma que ganharia dele, que chegaria bem mais cedo na escola, que estaria mil vezes mais preparada, caso alguém chegasse mais cedo também, e que causaria uma excelente primeira impressão nos pais antes que ele sequer tivesse a chance. Sei que não vamos receber *nota* por isso, mas não importa.

Gosto de manter um placar mental de todos os testes, competições e oportunidades em que Julius e eu nos enfrentamos desde os sete anos de idade, com um sistema de pontos específico que só faz sentido para mim:

- Três pontos por ganhar um dos raros sorrisos de aprovação do sr. Kaye.
- Cinco pontos por atingir uma meta de arrecadação de fundos.
- Seis pontos por ficar em primeiro lugar no torneio de basquete da escola.

• Oito pontos por vencer um debate escolar.

Até o momento, Julius está com 490 pontos. Eu estou com 495, graças ao teste de história em que fiquei em primeiro lugar na semana passada. Ainda assim, não posso me acomodar. Se acomodar é coisa de perdedor.

— É melhor eles chegarem logo — comenta Julius, verificando o relógio de novo. Um ar vagamente americanizado nas palavras faz o desdém na voz dele soar mais pronunciado. Já faz algum tempo que suspeito que esse sotaque seja falso. Ele só pisou nos Estados Unidos para visitas ao campus; não tem sentido nenhum que ele fale assim, a não ser por querer parecer especial. — Não estou nem um pouco a fim de congelar.

Reviro os olhos. *O mundo não existe para te agradar,* quero retrucar. Mas o mundo deve existir para rir da minha cara, porque no mesmo instante, como se Julius tivesse manifestado a existir no mundo deles, quatro carros entram no estacionamento. As portas se abrem com um clique, uma a uma, e uma titia sai de cada veículo.

Titia é a palavra mais precisa em que consigo pensar para descrevê-las. Não quero dizer como se fossem parentes de sangue (se bem que minhas tias são todas, com certeza, bem titias), mas como um estado de espírito, um modo particular de existência. Ele pode ser sentido, pode ser visto, mas não pode ser definido com precisão. Há as características próprias bem marcadas, como os permanentes gigantescos, as sobrancelhas de micropigmentação, as bolsas da Chanel, o valioso pingente de jade amarrado com um cordão vermelho barato. Mas também há variações perceptíveis entre elas.

Por exemplo, a primeira titia a chegar aos portões usa saltos de quinze centímetros e um lenço verde néon tão brilhante que poderia fazer as vezes de semáforo. A titia que vem logo depois dela está vestida com cores mais discretas e tem feições naturalmente severas que me lembram da minha mãe.

Não me surpreende que os pais interessados em mandar seus filhos para a nossa escola sejam, coincidentemente, todos asiáticos. Formamos pelo menos noventa por cento do corpo discente da Academia Woodvale, e essa é uma estimativa um tanto conservadora. *Como* isso aconteceu é uma pergunta do tipo "o ovo ou a galinha". As crianças asiáticas estão aqui porque seus pais queriam que elas frequentassem uma escola de ensino médio exclusiva para alunos superdotados? Ou os pais foram atraídos para essa escola porque ouviram dizer que havia um monte de crianças asiáticas aqui?

Sei que no caso da minha mãe foi a segunda opção. Uma semana após meu pai ir embora, ela me retirou da escola primária católica praticamente só de brancos em que eu estudava e fez com que nos mudássemos para o outro lado da cidade. *É bom estarmos cercadas pela comunidade,* disse ela, a voz tão cansada que eu não conseguia pensar em nada além de concordar com o que ela quisesse, naquele dia e em todos os dias que se seguiriam. *Pessoas que nos entendem.*

Julius se movimenta ao meu lado e eu volto ao presente. Quando ele avança, dou um passo mais rápido à sua frente, o sorriso de estudante-modelo se encaixando no lugar. Eu o pratico todos os dias na frente do espelho.

— *Ayi, shi lai canguan xuexiao de ma?* — digo no meu melhor mandarim. *Você veio fazer o tour da escola?*

A primeira titia pisca na minha direção e, em seguida, responde em um inglês suave, com um sotaque americano que poderia fazer inveja ao de Julius:

— Sim, vim.

Sinto meu rosto queimando. Sem nem mesmo precisar olhar, percebo a alegria silenciosa de Julius, seu prazer em me ver constrangida. E antes que eu possa me recuperar, ele faz sua grande entrada, com a coluna reta, o queixo erguido, a curva presunçosa da boca se alargando em um sorriso caloroso.

— Olá — diz ele, porque nunca tem problemas em cumprimentar *outras* pessoas. — Sou Julius Gong, o capitão da escola, e vou mostrar o campus para vocês esta manhã.

Limpo a garganta.

Ele ergue uma sobrancelha escura para mim, mas não diz mais nada.

Limpo a garganta de novo, mais alto.

— E essa é a Sadie — acrescenta ele após um instante, balançando a mão displicente para mim —, a outra capitã.

— Capitã da escola — não posso deixar de enfatizar. Meu rosto está ficando dolorido de tanto sorrir. — Sou capitã da escola. E também estou quase confirmada como oradora.

— Sinceramente, acho que elas não estão nem aí para isso — murmura Julius em meu ouvido, com a voz baixa o suficiente para que só eu consiga ouvir, a respiração quente apesar do tempo gelado.

Tento agir como se ele não existisse. Isso se torna um pouco difícil pelo fato de que as quatro titias estão ocupadas analisando Julius da cabeça aos pés, como se estivessem tentando avaliar um futuro genro.

— Quantos anos você tem? — pergunta uma das titias.

— Dezessete — responde Julius imediatamente.

— É bem alto para a idade — comenta outra titia. — Qual é a sua altura?

Julius a encara com toda a paciência do mundo.

— Um metro e oitenta.

— Bem alto *mesmo* — analisa ela, como se fosse uma façanha impressionante, comparável à cura do câncer. *É só genética*, fico tentada a dizer, embora, é óbvio, eu me contenha. *Ele literalmente nem precisou fazer nada.* — E há quanto tempo você estuda nesta escola?

— Dez anos — responde ele. — Quase minha vida toda.

Pressiono a língua contra os dentes. Poderia ter respondido essa parte por ele. Seja por maldição ou coincidência —

estou inclinada a achar que por *maldição* —, entramos na Academia Woodvale no mesmo ano. Eu era a garota quieta e tímida, a novata com quem ninguém queria andar, enquanto *ele* era o interessante, o misterioso, o descolado sem precisar se esforçar. Agia como se já soubesse que um dia teria total controle sobre o lugar, absorvendo tudo com aquele olhar escuro e calculista. Então, na aula de educação física, fomos colocados em equipes opostas para um jogo de queimado. No segundo em que a bola foi parar nas mãos dele, seus olhos deslizaram na minha direção. Me tornaram um alvo. Era como aqueles documentários de animais do David Attenborough em que você assiste em câmera lenta à serpente se aproximar da presa. Eu era o coelho; ele, a cobra.

De algum modo, entre os trinta e poucos alunos naquele ginásio mal ventilado e que cheirava a suor, ele *me* escolhera como a pessoa a ser derrubada. Mas eu era excepcionalmente boa em me esquivar, leve e com movimentos rápidos. Toda vez que ele mirava em mim, eu me desviava do caminho. No final, só restávamos nós dois. Ele continuou jogando a bola. Eu continuei desviando. Era bem capaz que isso tivesse durado até a última aula do dia, mas os outros alunos começaram a ficar cansados de esperar e o professor teve de intervir e decretar um empate.

A partir daquele momento, Julius Gong se tornou a grande pedra no meu sapato. O problema é que ninguém mais parece compartilhar minhas frustrações, porque ele só mostra as garras para mim.

Na verdade, as titias já estão encantadas por ele. Ele ainda está sorrindo e assentindo, fazendo perguntas sobre a saúde das titias, o que gostam de cozinhar e falando da feira de orgânicos que está por vir (tenho certeza de que Julius nunca pisou em nenhum lugar com *orgânicos* em toda a sua vida) e elas estão engolindo a conversinha toda. Quando uma das titias pergunta sobre as notas dele, ele faz uma pausa, vira a cabeça alguns centímetros na minha direção e seu sorriso assume um ar presunçoso que só eu consigo perceber.

— Ah, são boas — responde ele, com falsa modéstia. — Eu recebi o Prêmio de Aluno Destaque em inglês no semestre passado. E em química. E economia. E física.

— Wah! — As titias arfam em um mandarim sincronizado. Ele não conseguiria uma plateia melhor nem que pagasse. — Isso é incrível.

— Você é tão inteligente.

— Se sair tão bem em uma escola tão competitiva? Você deve ser um gênio.

— Bonito e inteligente. Seus pais criaram você muito bem.

Posso sentir o sangue fervendo dentro de mim, o vapor queimando minha garganta. Para o resto do mundo, ele pode ser um anjo, um aluno perfeito com um rosto bonito. Mas eu sei o que ele é de verdade — quem ele é de verdade.

— É melhor começarmos logo a visita — digo com a voz doce, cerrando os dentes por trás do sorriso falso. — Temos muitas coisas para ver. Como vocês são quatro... posso mostrar a escola para vocês duas. — Faço um gesto para as titias que estão mais próximas de mim. Nenhuma delas parece particularmente feliz com esse arranjo. A titia com o cachecol verde até solta um suspiro sonoro de decepção, o que é sempre encorajador. — E o Julius pode mostrar o espaço para as outras duas.

As outras duas mulheres vão para trás dele no mesmo instante, e Julius abre os portões de ferro forjado com toda a facilidade de um anfitrião em sua festa.

— Com prazer — diz ele. — Me sigam.

No fundo da minha mente, os números piscam como um sinal de alerta:

Três pontos para Julius.

Capítulo dois

Passo a hora seguinte falando até a garganta doer. Não é como se o campus da escola fosse tão grande assim: temos três prédios no total, todos projetados no mesmo estilo retangular e sem graça, com janelas de moldura branca e telhados com forma de triângulo, espalhados ao redor do pátio principal.

A questão é que tenho muitas coisas para explicar. Como, por exemplo: o porquê das fotos dos professores mais antigos terem sido cortadas e coladas no teto.

— É um gesto de gratidão e respeito — digo a elas, porque *pegadinha* não seria a palavra apropriada para aquele momento. — Alunos e professores são muito próximos na Woodvale, e somos incentivados a nos expressar de maneiras, hum, criativas. Sempre que caminhamos por esses belos corredores, somos lembrados de que nossos professores estão sempre nos observando de cima. Como, talvez, anjos. Ou Deus.

Ou porque há uma enorme estátua de um burro verde no meio do saguão quando o nosso mascote deveria ser um cavalo e as cores da nossa escola são azul e branco.

— Os burros são simbólicos — comento, uma mentira inventada na hora. Na verdade dizem que, nossa vice-diretora, que encomendou a maldita estátua, não consegue distinguir muito bem cores ou animais. Poderia ter sido pior, eu acho; ela poderia ter encomendado uma estátua de uma vaca. — Eles representam a determinação, o trabalho árduo e a garra: todos valores escolares cruciais que levamos a sério.

Ou porque a programação no quadro de avisos diz que nossa próxima assembleia acontecerá às 9h, 10h, 10h20, 15h, 15h35 e, de alguma forma, também às 20h.

— Gostamos de ser bastante flexíveis — digo, conduzindo-as adiante. — É óbvio que há apenas *um único* horário para a assembleia e todos sabem qual é. E é óbvio que isso foi bem comunicado, porque a comunicação nessa escola é impecável. Mas enfim, vocês viram nossos bebedouros? Temos um *ótimo* sistema de filtragem...

Ou porque há um canteiro de obras ao lado do refeitório.

— Eu me lembro de ter lido a respeito no site da escola — diz a titia do lenço verde com uma careta discreta. Paramos do lado de fora das cercas de arame, e até eu tenho que admitir que a vista não é das melhores. Não há nada além de entulho, coberturas plásticas e alguns postes espalhados. Enquanto olhamos, uma bola de feno literalmente rola à distância. — É para o novo centro esportivo e de recreação, não é? Achei que era para ter sido concluído há dois anos.

— Certo. *Isso.* — Meu sorriso se alarga em proporção direta ao meu pânico. Não sei como dizer a ela que, sim, o centro de esportes e recreação foi concluído há dois anos. Mas ele tinha um pequeno problema nos banheiros. Para ser mais específica, os sanitários foram todos construídos virados para o lado, em vez de para a porta, de modo que não era possível sentar-se neles sem bater o nariz. No início, a escola pediu que fôssemos gratos e flexíveis e que encarássemos isso como uma experiência de aprendizado, mas depois que Georgina Wilkins se machucou em uma das cabines e ameaçou processar, eles decidiram que era melhor reconstruir o centro do zero. — Tiveram alguns atrasinhos — comento —, mas é porque queriam deixar o centro ainda maior e melhor. Tem alguns recursos *bastante* empolgantes a caminho, incluindo um campo de minigolfe no telhado, uma piscina e três academias privativas. Mas, como vocês sabem, a excelência leva tempo.

A titia pondera por alguns instantes e, para meu alívio, deixa para lá.

Finalmente estamos voltando para os portões da escola. Os alunos começaram a chegar e estão se despedindo dos pais na calçada, balançando as mochilas nos ombros e mandando mensagens para os amigos. Julius também está lá. Ele está parado em frente às titias, com o cabelo penteado brilhando na luz laranja crescente, com a pele perfeita, uniforme perfeito e postura perfeita. Só de vê-lo, tenho vontade de socar alguma coisa bem dura — de preferência, a mandíbula dele.

— Com certeza vamos matricular nossa filha aqui — diz uma das titias. — Se você é o padrão dos alunos de Woodvale, então essa é a escola perfeita.

Sinto a raiva me atingir como um raio, a eletricidade crepitando em minha espinha. A sensação piora quando Julius olha para mim, como se quisesse ter certeza de que eu estava ouvindo.

— Foi um prazer — responde ele de forma suave.

— Não, não, o prazer foi todo meu — retruca a titia em mandarim, e fico boquiaberta. É a mesma titia que me respondeu em inglês mais cedo. Isso pode não significar nada. Ou com certeza significa que ela gosta mais de Julius e se sente mais à vontade com ele e confia nele, por mais que fosse mais seguro confiar em alguns líderes de esquemas de pirâmide do que nele.

— Não poderíamos ter pedido um guia melhor. De verdade.

Ainda olhando para mim, Julius sorri.

— Fico *tão* feliz em ouvir isso.

Mordo a língua, reprimo todos os impulsos de violência e aceno para as titias quando elas vão embora. Assim que o barulho dos saltos se dissipa, corro para a primeira aula: história. Infelizmente, essa também é a primeira aula que Julius e eu temos juntos no dia, e não demora muito para que ele me alcance.

— Até que correu bem, não? — pergunta ele, a voz pairando sobre mim.

— Foi? — retruco, empurrando as portas de vidro do prédio de ciências humanas com um pouco mais de força do que o necessário. Estou meio que torcendo para que elas balancem e caiam em cima dele, mas, é lógico, ele segura as portas com facilidade com só uma das mãos e entra logo depois de mim.

— Quis dizer que correu bem para *mim* — explica ele. — As duas vão matricular os filhos aqui. Aposto que a sra. Hedge vai ficar muito feliz ao saber disso. Ela devia saber que eu era a melhor pessoa para essa tarefa, mesmo que, eu suponho, você também tenha feito algumas contribuições limitadas.

Eu murmuro algo não deveria ser repetido.

— Como é que é? — Quase posso ouvir o sorriso de satisfação na voz dele.

— Nada. Eu só disse que vamos nos atrasar se continuarmos conversando.

— Bem, ao contrário de você, não tenho problemas em fazer muitas coisas ao mesmo tempo.

Pense em coisas boas, digo a mim mesma enquanto abro o próximo conjunto de portas. Em minha mente, não estou mais andando por esses corredores lotados, ouvindo o sinal que indica a hora de ir para a aula. Nem mesmo estou mais nesta cidade. Eu me formei com honras, como oradora da turma e capitã da escola, obtive meu diploma em Berkeley e comprei uma casa enorme em uma cidade grande para minha mãe e meu irmão mais velho, Max (o ideal seria que ele tivesse conseguido encontrar um emprego por conta própria depois de terminar a cara faculdade de ciências do esporte, mas o objetivo é pensar em metas alcançáveis, não em realidades alternativas). Na nova casa, há mais janelas do que paredes e, ao amanhecer, a luz do sol ilumina tudo em um tom dourado. Teremos vasos cheios de jasmins frescos, morangos cobertos de chocolate para a sobremesa e almoços ao ar livre em nosso jardim. Minha mãe continuará tocando a padaria, mas sem precisar trabalhar doze horas por dia, e teremos funcionários o suficiente para dar conta do trabalho, então só iremos lá pegar pãezinhos de taro e rolinhos de atum quentinhos do forno.

Seremos apenas nós, e não precisaremos de mais ninguém. Nossa vida será melhor do que era quando meu pai estava por perto. Farei tudo o que ele não fez, serei a provedora que ele não foi. Farei tanto que ninguém mais sentirá sua ausência em nossa sala de estar como um fantasma silencioso. Talvez mamãe até volte a sorrir de novo.

Tudo o que tenho que fazer para que essa vida nova finalmente comece é suportar esses últimos meses. Entregar todas as lições de casa no prazo, ir bem em todas as provas que faltam e continuar deixando os professores felizes para que eu possa manter minha oferta condicional de admissão em Berkeley. Abigail gosta sempre de enfatizar a parte da *admissão*, mas estou mais preocupada com a parte *condicional*.

Então. Só mais alguns meses disso.

O que parece bastante simples, mas, ao pensar nisso, sinto uma pressão que se assemelha a um peso real esmagando minhas costelas. Tenho que me firmar antes de entrar na sala de aula, respirar pelas narinas, balançar levemente para cima e para baixo nas pontas dos pés, como faço antes de uma corrida.

Não ajuda o fato de a sala ser iluminada demais, barulhenta demais, com todo mundo se espreguiçando em volta das carteiras e falando no volume mais alto possível.

Julius para bem ao meu lado.

— Que foi, não vai entrar? — Os cantos de seus lábios estão curvados do mesmo jeito condescendente de sempre, mas ele me observa por mais um instante, como se estivesse tentando compreender algo.

— Vou — respondo, ignorando o aperto no peito e passando por ele.

Dou apenas dois passos antes de um rosto sardento saltar em meu campo de visão. Rosie Wilson-Wang. Ela é uma daquelas pessoas que sabem muito bem o quanto são bonitas e usam isso a seu favor. Ela também é a garota que copiou meu projeto da feira de ciências no ano passado sem me contar, e depois recebeu um A+ por ser "inovadora" e "criativa".

— Sadie — exclama ela, entusiasmada, o que por si só já é um mau sinal. Deixando de lado o projeto de ciências, Rosie e eu temos uma boa relação, mas isso é só porque tornei minha missão ter uma boa relação com todos. Ou ao menos fazer parecer que tenho.

— E aí? — falo.

— Você veio com o Julius? — Ela olha para ele com o que parece ser uma admiração desnecessária, depois acrescenta: — Ele é incrível, não é?

Não sei se devo rir ou vomitar. Acho que a prova de que escondo bem meus verdadeiros sentimentos é que ninguém além da Abigail suspeita o quanto eu o odeio.

— Humm — murmuro.

— O cabelo dele está muito bonito hoje. — Ela o segue com o olhar enquanto ele se senta na frente da sala. — Tipo, parece tão macio? — É um pouco preocupante o fato de ela ter escolhido vocalizar isso como uma pergunta. Implica um desejo de descobrir a resposta.

— Desculpe — digo, tentando não parecer muito incomodada. — Você ia me perguntar alguma coisa?

— Certo, sim. — Ela sorri para mim. — Eu só estava pensando se poderia me emprestar suas anotações.

— Ah. Com certeza. De história, você quer dizer, ou...

— De todas as aulas de história do semestre até agora — responde ela, rapidamente. — Sabe, por causa da prova do mês que vem? E, tipo, de fato, eu poderia, teoricamente, usar minhas anotações, mas as suas são muito mais abrangentes e organizadas.

— Ah — repito. — Sim, acho que eu poderia...

— *Perfeito* — exclama ela, apertando meu pulso. As longas unhas de acrílico arranham minha pele, mas eu fico em silêncio.

— Você é uma santa, Sadie. Salvou a minha vida. De verdade.

O elogio desce pela minha garganta como um xarope. Está me aquecendo por dentro, me fazendo sentir vergonha por me agarrar a esses pequenos pedaços de validação, do tanto que quero ser validada, fazer todo mundo feliz. Às vezes, acho que, se me pedissem com muita gentileza, daria um dos meus braços.

Rosie vai até sua mesa, perto da janela, onde seu grupinho de amigas mais próximas está sentado. São todas lindas, a maioria dança e uma parte significativa delas é influenciadora. Ontem, uma delas publicou um vídeo de dez segundos de si mesma diante de um espelho balançando a cabeça. O vídeo recebeu setenta mil curtidas, e os comentários estavam lotados de pessoas implorando para serem adotadas por ela ou para que ela as atropelasse com seu Porsche.

— Aliás — Rosie chama por cima do ombro —, você poderia digitalizar as anotações em cores e classificar por data e tópico? E poderia acrescentar os simulados de redação, também? Pode mandar tudo no meu e-mail da escola até hoje de noite...

— Ei, pode mandar pra mim também? — Uma das amigas dela, a própria influenciadora que balança a cabeça, pisca para mim.

— Pra mim também, por favor, aproveitando — exclama outra amiga.

Assinto uma vez, discretamente, e todas elas voltam a cabeça para rir de alguma coisa em seus celulares.

— Obrigada — diz Rosie, sem voltar a erguer a cabeça. — Muito amor.

Engulo em seco, o elogio anterior ameaçando voltar à tona. Mas tudo bem. Não é nada demais. Com certeza não tenho por que me irritar. Faço uma anotação mental para correr até a gráfica da escola esta tarde antes de ir para a padaria da minha mãe. Isso atrasará minha agenda já apertada em cerca de trinta minutos, o que significa que terei de encurtar minha corrida noturna para apenas oito quilômetros ou jantar enquanto estudo, ou talvez as duas coisas, mas, de verdade, não tem problema.

Respiro fundo mais uma vez, embora soe tenso aos meus próprios ouvidos e um pouco frenético, como alguém que ficou muito tempo debaixo d'água e retorna à superfície em busca de ar antes de voltar a mergulhar.

Não é nada demais.

Eu já peguei meu caderno e anotei a data de hoje quando Abigail Ong entra como se não estivesse sete minutos atrasada. Eu pediria a ela que pelo menos *tentasse* ser mais sutil, mas seria pedir o impossível. Abigail é basicamente um ponto de exclamação ambulante que brilha no escuro, com seu cabelo prateado platinado, saia rodada e coturnos de salto plataforma que, na verdade, mais se parecem pernas de pau estilosas. Eles batem no carpete quando ela vem em minha direção. A sra. Hedge a repreendeu várias vezes por não usar sapatos escolares adequados, mas Abigail acabou escrevendo uma redação de cinco páginas argumentando que suas botas de fato *atendiam* a todos os requisitos para sapatos escolares, com uma bibliografia completa e tudo mais. Acho que ela nunca se esforçou tanto em nenhuma outra redação.

— Cheguei — anuncia Abigail para a classe.

Nossa professora de história, a sra. Rachel, levanta o olhar de sua mesa.

— Que bom. Sente-se, Abigail. — Nenhum outro professor seria tão tranquilo com relação a isso, mas essa é uma das razões pelas quais a sra. Rachel é amplamente adorada. Os outros motivos seriam ela estar na casa dos vinte anos, dar festas temáticas de Natal regadas a pizza no final de cada ano letivo e seu sobrenome ser também um nome próprio, criando assim a ilusão de que estamos tratando-a casualmente pelo primeiro nome.

— Estou cedendo metade da aula para que vocês possam trabalhar nos projetos em grupo — explica a sra. Rachel para Abigail. — É óbvio que, como o *prazo* é até as nove horas, presumo que vocês já tenham terminado. Mas gosto de ser generosa.

Abigail finge bater continência para a professora e depois se acomoda na cadeira ao meu lado.

— Olá, meu bem — diz ela. Começou a chamar as pessoas de *meu bem* de forma irônica no ano passado, mas o vocativo parece ter entrado em seu vocabulário permanente. O mesmo vale para *videocassetadas, p da vida* e a frase inventada por ela, *derrubar a peteca*.

Termino de sublinhar a data com a régua para que fique perfeitamente reta. Esse é o meu vício.

— Oi — digo. — Por acaso eu quero saber por que você está atrasada?

— Por que mais? Minha irmã brigou com o Liam de novo, então ele cancelou de última hora. Tive que andar três quilômetros e meio até aqui com esses saltos. — Ela ergue as botas para dar ênfase.

— Você já pensou em, sei lá, *não* depender do namorado ioiô da sua irmã para se deslocar todos os dias?

— O Liam dirige uma Lamborghini.

— E daí?

— E daí que gosto de carros caros.

Bufo.

— Você é tão capitalista.

— Gosto de pensar que estou apoiando as pessoas que contribuem para a nossa economia.

— Encerro o caso por aqui. E não é como se ele tivesse comprado o carro com o próprio dinheiro — ressalto. — Ele é um *fuerdai*. Os pais devem ter dado de presente de vinte anos para combinar com a casa de praia nova que compraram em Sanya. Mas independentemente do dinheiro, eu tenho a sensação de que ele é um sinal de alerta ambulante.

Abigail ergue a mão em protesto.

— Ele não é...

— Ele tem, literalmente, um sinal de alerta no carro.

— Tudo bem, mas você diz isso de todo e qualquer cara — retruca Abigail. — Não confia em nenhum deles.

E talvez ela esteja certa. Com certeza não confio em Liam, mas preciso dar a ele o devido crédito: é por causa dele que Abigail e eu nos tornamos amigas. Quando ele começou a trazer Abigail para a escola três anos atrás, alguém interpretou a situação de maneira equivocada e espalhou o boato de que Abigail estava namorando um cara bem mais velho por dinheiro. E assim como toda fofoca em Woodvale, essa chegou nos ouvidos de todo mundo — incluindo os das recepcionistas — antes do fim do segundo tempo de aulas. Apesar de nunca termos trocado mais do que algumas poucas palavras até então, não consegui me segurar para não passar no armário dela durante o intervalo e perguntar se estava bem.

E, para o meu choque, ela estava. Achou a coisa toda engraçada demais. O fato de ela não se importar com o que os outros achavam me surpreendeu, ainda mais numa situação que parecia saída dos meus piores pesadelos; ela ficou surpresa por alguém se importar com uma pessoa aleatória e sacrificar seu tempo livre para confortá-la.

Então, passamos o intervalo conversando e também a aula seguinte e o resto das aulas do dia. Fez sentido, então, trocarmos números e continuarmos a conversa de casa.

— Estou dizendo, ele não é uma pessoa ruim. Eu tenho tipo, uma intuição muito boa pra essas coisas. Previ certinho o término de todos os casais do nosso ano até agora, não? — argumenta. Revira a mochila e juro que ouço algo se quebrando lá dentro. Ela tira um lápis quase sem ponta, folhas soltas e amassadas do ano passado, um pacote de gelatinas de minhoca e a marmita com o almoço do dia. A mãe dela deve ter preparado; o pão está sem cascas, as cenouras estão cortadas em formato de coração, e tem um bilhete que diz *Você é uma estrela!* Os pais dela acreditam fortemente no poder das afirmações positivas, mas também acreditam fortemente no poder de Abigail. Antes de visitar a casa dela, eu achava que esse tipo de amor e apoio incondicional só existia em seriados antigos. — E como foi o tour com as famílias?

— Eu perdi — digo com rancor. Mantenho a voz o mais baixo possível, porque prefiro morrer a permitir que Julius me ouça admitindo derrota.

— Você perdeu? — repete Abigail, rindo. — Não tem como *perder* um...

— Tem sim. Eu perdi. Perdi mesmo.

— Você é tão ridícula — responde ela. Eu me sentiria afrontada se isso viesse de qualquer outra pessoa, mas Abigail só gosta de implicar com um seleto grupo de pessoas que julga importantes. Todos os outros são como ruído branco, moscas, montinhos de poeira; aos olhos dela, é como se não existissem.

— Bom, ao menos você não precisa mais se preocupar com o projeto em grupo. Já deve ter acabado, imagino, como a pessoa insanamente organizada que é?

— É lógico. Você sabe como eu funciono. — Cada vez que recebo um prazo, estabeleço um outro prazo pra mim mesma, pelo menos uma semana antes. Foi por isso que passei os dois primeiros dias das férias de inverno finalizando minha parte do projeto da Era dos Senhores da Guerra da China, que inclui uma dissertação de quatro mil palavras, uma animação feita a mão da guerra Zhili-Anhui e um mapa interativo das muitas fotos. A carga de trabalho foi estressante, sim, mas só me sinto calma quando estou adiantada. — Só preciso que meu grupo me passe os resumos de cada um, e então podemos entregar.

Abigail ergue a cabeça e olha para os membros do meu grupo, Georgina Wilkins e Ray Suzuki, que estão vindo até nossas mesas.

— Hum, não me parece que estejam trazendo nada. Está preocupada?

Franzo a testa. Os dois *estão* de mãos vazias e, conforme passam por entre as mesas, consigo ver o sorrisinho acanhado no rosto de Georgina.

Um mau pressentimento revira minhas entranhas. Ainda assim, estou disposta a dar o benefício da dúvida.

— Ei, tudo bem com vocês? — pergunto, porque me parece grosseria pedir para ver os resumos logo de cara.

Mas Ray não parece nem um pouco preocupado com cordialidades.

— Nós não fizemos — diz, na lata.

Eu pisco. Teria sido mais fácil me dar um soco na barriga.

— Eu... vocês não fizeram... o resumo?

— Não — responde, enfiando as mãos nos bolsos.

— Tá bom. — Ouço um zumbido fraco nas orelhas, quase um ganido. Faço o que posso para recalibrar. Manter a calma. Manter a simpatia. Manter o foco.

— Tá. Tá bom, hum. Tudo bem se vocês não terminaram... talvez possam me mostrar o que têm, e...

— Eu não fiz nada — retruca ele.

Outro soco, ainda mais forte que o anterior. Se eu estivesse em pé, estaria cambaleando para trás.

— Certo. E tem um *motivo*, ou...

Ele me olha nos olhos.

— Não sei. Acho que não sabia como fazer. Ou tipo, o que era pra gente fazer, sabe?

— O resumo — consigo dizer. *O resumo que eu já tinha escrito pra você*, acrescento em minha mente. *Palavra por palavra. O que pedi pra você copiar no modelo que criei e imprimi e entreguei na sua casa pessoalmente na chuva de inverno no primeiro dia das férias do semestre, para que você fizesse quando tivesse tempo. Aquele resumo?* — Eu achei... quer dizer, enfim — digo, vendo o olhar de indiferença dele. — Tudo bem. E você, Georgina?

Tudo o que eu não te disse 27

Georgina faz um gesto que me lembra uma flor murchando.

— Eu tentei começar, juro, mas tipo, meu rosto ainda está doendo de quando bati o nariz na porta do banheiro.

— Você tinha dito que estava melhor — retruca Ray.

Georgina lança um olhar rápido e duro na direção dele, então se vira para mim, os olhos escuros brilhando de emoção.

— Eu pioro quando tenho que fazer os deveres, é tipo, muito azar. Queria fazer mais pra ajudar, mas...

Mantenha a calma. Eu entoo para mim mesma. Flexiono tanto os músculos no braço que eles começam a doer e então, bem devagar, me forço a relaxar de novo. Repito esse movimento até que a vontade de matar alguém passe.

— Não é culpa sua — falo para ela, olhando para o relógio. Faltam dezoito minutos até o prazo. Tenho dois resumos para escrever, ou seja, nove minutos para cada um. Oito minutos, se eu quiser revisar tudo antes de entregar. — Querem saber? Posso fazer o resto sozinha. Não tem problema.

Esperava mais resistência, mas eles se afastam rápido, como se tivessem acabado de jogar uma granada no meu colo.

Mas não tenho tempo de me preocupar com eles. Esse é o *meu* projeto. É minha nota que está em jogo. Um único erro e toda minha média ponderada vai cair, e Berkeley não vai mais me querer. Arregaço as mangas o máximo que posso, então abro o meu computador de estudos para encontrar minhas anotações. Faltam dezessete minutos. Por alguns instantes, enquanto encaro as palavras pequenas que carregam na tela, as dezenas de abas abertas, me sinto tão sobrecarregada que poderia engasgar. As palavras ficam fora de foco a todo instante; minha visão está embaçada.

Não consigo pensar em nada.

Então percebo, pela visão periférica, que Julius está me observando, e é como se recebesse uma carga de eletricidade. Tudo volta a entrar em foco. Não vou permitir que ele tenha a satisfação de me ver passando por dificuldades. Eu me recuso.

Com uma calma calculada e fingida, pego a caneta e começo a copiar o resumo.

Pelos dezessete minutos seguintes, não me movo, não falo e nem mesmo ergo a cabeça até ter escrito tudo, até a última palavra. Então, um suspiro de alívio percorre todo meu corpo, até os músculos doloridos e dedos duros. Foi por pouco. Por *muito* pouco. Da próxima vez, é mais seguro fazer tudo sozinha.

— Obrigada, Sadie — diz a sra. Rachel quando recolhe nosso projeto. — Mal posso esperar pra ler esse. A Era dos Senhores da Guerra é *fascinante,* sem sombra de dúvidas. Era um dos meus temas favoritos na faculdade.

Finjo que isso é uma novidade para mim, uma coincidência feliz. Finjo que não passei horas pesquisando a vida dela on-line e lendo uma velha entrevista que ela deu à revista dos estudantes da faculdade, em que mencionou seu interesse pela Era dos Senhores da Guerra. Finjo que não escolhi esse tópico em específico só para apelar ao gosto pessoal dela.

Abigail se refere afetuosamente a comportamentos como esse como minhas *tendências sociopatas.*

— Vou até minha sala rapidinho guardar os trabalhos — fala a sra. Rachel, apontando para a pilha de papéis em seus braços. — Volto em cinco minutos. Pode ficar de olho na sala enquanto eu for?

— Com certeza.

— Ótimo. Sempre posso contar com você. — A sra. Rachel sorri para todos como se fossem especiais, mas, de alguma forma, ainda consegue fazer parecer verdadeiro quando sorri para mim.

Assim que ela sai porta afora, a sala vira um verdadeiro caos: as pessoas se recostam em seus assentos, colocam os pés nas mesas, esticam os braços em bocejos altos e de boca aberta. As conversas abafadas dão lugar a gargalhadas e gritos por toda a sala.

Antes que eu possa fazer alguma coisa, recebo um alerta na caixa de entrada de e-mails da escola.

Novo e-mail.

Meu coração dispara. Estou rezando para que seja uma resposta do sr. Kaye, nosso professor de matemática; enviei um e-mail desesperado depois da meia-noite de ontem sobre uma das perguntas bônus. Infelizmente, ainda tenho todas as minhas guias abertas e meu laptop velho está protestando com todas suas forças; tenho que clicar na minha caixa de entrada umas vinte vezes antes que a roda giratória com as cores do arco-íris desapareça. Então, dou uma olhada no nome do remetente e minha esperança se transforma em raiva.

É do Julius.

> *Só para você saber, a sra. Rachel deu uma olhada no nosso projeto de grupo mais cedo e disse que estava, e eu cito, "fenomenal". Estou te avisando agora para que você não fique tão chocada quando nossas notas chegarem e a minha for maior que a sua. Sei como você fica irritada toda vez que eu ganho.*
>
> *Atenciosamente,*
> *Julius Gong, capitão da escola*

Ergo a cabeça, meus olhos indo direto até ele, mas ele está de costas, conversando com a garota bonita sentada ao seu lado. Enquanto ele ri, sou tomada pelo desejo visceral de ir até lá e sacudi-lo pelos ombros, cravando as unhas em sua pele macia. Quero deixar uma marca permanente. Quero que ele *sinta*, que se machuque. Quero destruí-lo.

— Sadie. — A voz de Abigail soa a mil quilômetros de distância, embora ela esteja sentada ao meu lado. — Hum, tem uma veia na sua têmpora que parece que deve ser examinada por um profissional de saúde.

Quando não respondo, ela se inclina sobre mim e lê o e-mail na tela.

— Caramba — resmunga —, aquele garoto realmente fez da missão de vida dele irritar você.

Dou uma risada que mais parece que estou sendo estrangulada. Do outro lado da sala de aula, ele ainda está rindo com a outra garota.

Coisas boas, lembro a mim mesma. *Pense em coisas boas. Seu futuro.*

Mas quando tento evocar a imagem da casa gigante com os cômodos iluminados pelo sol e as cortinas macias, tudo o que se materializa é o rosto zombeteiro de Julius, seus olhos negros como breu, maçãs do rosto altas e lábios curvos. Lindo e horrível, como aquelas flores chamativas que você encontra desabrochando na natureza e que, na verdade, são carnívoras.

Então, em vez disso, estendo os dedos sobre o teclado e começo a digitar com uma pressa furiosa, socando cada letra com os dedos.

Esse é meu recurso final, meu santuário, o antídoto para minha raiva.

Porque eu sei melhor do que ninguém que não sou nenhuma santa. Nem perto disso. Gosto de liberar toda a minha raiva na pasta de rascunhos do meu e-mail, onde posso ser tão dura, mesquinha e implacável quanto quiser, porque também sei que nunca terei coragem de enviá-los. Quando escrevo, libero tudo o que me vem à mente.

Julius,

Só pra VOCÊ saber, vou guardar esse e-mail como prova para que, quando recebermos as notas e a minha obviamente for maior que a sua, você saiba qual a sensação de morrer pela boca. Mal posso esperar por esse dia. Mas também, mesmo se estivermos empatados,

> *eu não acho que você tenha motivos para cantar vitória. Só conseguiu finalizar seu projeto porque tem pessoas inteligentes que nem o Adam no seu grupo, e só tem o Adam no seu grupo porque fez aquele discursinho ridículo para a professora, dizendo que queria mudar as coisas e se conectar com novos colegas, para que ela deixasse você escolher.*
>
> *A professora, as mães que vieram visitar a escola hoje de manhã e todas as outras pessoas nesse colégio podem até comprar suas ladainhas, mas eu sei quem você é, Julius Gong. Você é desesperado por atenção, egocêntrico e de uma vaidade insuportável, você gosta de usar o cinismo como um troféu; você é o tipo de criança que rouba um brinquedo no parquinho não porque desejava tê-lo, mas porque outra criança queria.*
>
> *Além disso, seu penteado é ridículo. Você pode até achar que parece natural e simples, mas aposto que passa horas arrumando o cabelo de manhã com um pente bem pequenino, para que essa única mecha caia em um ângulo perfeito por cima do seu olho esquerdo. Do fundo do coração, espero que seu pente quebre e todos os produtos caros que você tem usado para fazer seu cabelo parecer tão macio acabem. Tenho certeza de que ele não é tão macio, porque não tem nada de suave em você, em nenhum...*

— Bom dia, sr. Kaye!

O nome me traz de volta à realidade. Ergo os olhos do computador e vejo o sr. Kaye passando pelo corredor, a mão erguida em cumprimento.

Salvo o rascunho depressa. É o quinquagésimo sétimo rascunho que tenho. A maioria deles é endereçado a Julius, mas escrevi alguns outros para colegas de classe e professores que tornaram minha vida mais difícil no passado.

— Sr. Kaye — chamo, levantando com tanta pressa que bato o joelho na mesa —, sr. Kaye, espere... — Reprimo a dor e saio apressada pelo corredor atrás dele.

— Sadie — responde ele, me olhando com a paciência forçada de um avô que tenta agradar a neta com energia demais. Ele deve ter idade o suficiente para ser meu avô, apesar de ser difícil afirmar por causa dos cabelos tingidos de preto.

— Desculpa incomodar — digo —, mas você recebeu o...

— E-mail que você mandou? — completa ele por mim. Ao contrário dos cabelos, as sobrancelhas são grisalhas. Elas se erguem devagar em sua testa larga. — Sim, recebi. Você costuma ficar acordada até uma da manhã com frequência?

— Não, é óbvio que não. — Costumo dormir bem mais tarde do que isso, mas não tem por que preocupá-lo. E a última coisa que preciso é que isso evolua para uma conversa acerca da minha rotina de sono nada saudável. Só quero saber se minha resposta estava ou não certa. — Na pergunta seis...

— O livro estava errado — explica. — Não se preocupe, Sadie, seus cálculos estavam completamente corretos. A resposta deveria ser noventa e dois. Vou mencionar durante a aula, se bem que duvido que alguém além de Julius tenha tentado fazer as perguntas extras.

O livro estava errado. A combinação de palavras mais bonita na face da terra. É como se alguém tivesse injetado a luz do sol nas minhas veias. Estou tão aliviada, tão eufórica, que nem me importo com a menção a Julius.

— Ai, meu Deus, que bom — respondo, conseguindo ser honesta ao menos uma vez. — Isso... Obrigada, sr. Kaye. Refiz os cálculos tantas vezes; tentei, tipo, oito métodos diferentes.

— Aposto que sim — endossa ele, e dessa vez os cantos de sua boca se erguem como se estivesse diante de uma leve diversão. — Isso era tudo?

— Sim. — Gaguejo, meu rosto se transformando com um sorriso. — Sim, obrigada de novo. Você não faz ideia... ganhei meu dia agora.

Ainda estou sorrindo quando retorno, meu coque alto balançando, com passos leves. Pode ser que a manhã tenha começado um pouco estranha. Não tem problema. Tudo está bem agora.

Eu nem me importo com o fato de a classe estar um caos ainda maior, ou de que Rosie e as amigas empurraram algumas mesas para trás, incluindo a minha, para gravar um vídeo girando no lugar sabe-se lá por quê. Espero até acabarem e coloco as mesas de volta no lugar.

— Seu humor mudou do nada — diz Abigail, analisando meu rosto. — O sr. Kaye te deu algum prêmio em dinheiro ou coisa do tipo?

— Melhor do que isso. O livro estava errado. — Dou um suspiro feliz. — Eu estava certa.

Quando volto a me sentar, noto, vagamente, que meu laptop parece estar em uma posição diferente. Fico parada com a testa franzida. Eu poderia jurar que tinha abaixado a tela quase até o fim, e não até a metade. Mas então a sra. Rachel retorna com informações importantes para o nosso próximo teste, e eu esqueço todo o resto. Estou concentrada demais em planejar minha próxima jogada para derrotar o Julius.

Capítulo três

Às vezes, o corpo se dá conta antes mesmo que a própria mente. Estou toda arrepiada ao longo do caminho até o refeitório da escola para o almoço, apesar de não saber o *porquê*. Na superfície, tudo parece igual: o ar friozinho, os alunos fazendo fila do lado de fora para comer bagels fresquinhos e chocolate quente, soprando as mãos e usando seus cachecóis azuis e brancos mais apertados em volta do pescoço enquanto esperam.

Mas há algo de diferente. Algo mudou.

— Você tá sentindo isso? — pergunto para Abigail quando chegamos ao final da fila. O sol está mais alto no céu, lançando amplas faixas de luz dourada sobre o pátio.

— Sentindo o quê?

— Não sei — murmuro, olhando ao redor. Meus olhos se fixam em uma garota de uma série abaixo da nossa. Ela me olha por um tempo, como se buscasse uma confirmação, antes de desviar a cabeça e sussurrar algo para a amiga, a mão cobrindo a boca. *Ela não está falando de você,* digo a mim mesma. *Não tem, literalmente, motivo nenhum pra falar de você.* Mas a sensação de enjoo se espalha pelo meu corpo.

— Eu... tô com a sensação de que as pessoas estão encarando.

— Deve ser porque somos lindas. — Abigail joga o cabelo brilhante por cima do ombro. — Eu também ficaria olhando pra gente.

— Sua autoconfiança é inspiradora — retruco —, mas, não sei por que, duvido que seja isso...

Andamos um pouco e ocorreu mais uma vez. Outra garota me olha nos olhos e depois desvia o olhar.

— Ah, meu bem, você é a capitã da escola — comenta Abigail. — As pessoas vão reparar em você, certo? Achei que já estivesse acostumada.

E as pessoas de fato reparam em mim. Foi por isso que fiz tanta campanha para ser eleita capitã da escola, antes de mais nada, por isso que me dediquei a fazer discursos em assembleias, enviar lembretes em massa sobre eventos de arrecadação de fundos e pesquisas com os alunos que o diretor só finge ler. Bem, por isso e porque sabia que seria ótimo para minha inscrição em Berkeley, e porque ouvi dizer que o Julius estava concorrendo a capitão, e eu tinha que fazer tudo o que ele fazia. Mas, neste momento, as pessoas estão fazendo mais do que *reparar* em mim. Em minha visão periférica, vejo alguém com quem nunca falei antes apontar o dedo bem na minha direção.

— Certo — digo, minha inquietação aumentando. — Pode ser paranoia minha, mas eu acho, de verdade...

— Que *merda* é essa?

Eu me viro e me deparo com Rosie, dentre todas as pessoas, marchando em nossa direção. Não, na minha direção. Ela vem estreitando os olhos, com o celular em uma das mãos. Ela só tem um metro e meio, tão pequena que, por vezes, nossos colegas de classe gostam de levantá-la por diversão, mas não há nada de pequeno ou delicado nela quando para com firmeza à minha frente.

Me dá um branco total. Tudo o que consigo pensar é: *o que está acontecendo?*

— Tem alguma coisa que você queira, tipo, dizer na minha cara? — pergunta, a voz dura e cheia de acusação. — Você tem algum problema comigo, Sadie?

— O quê? — Fico olhando para ela. As engrenagens da minha cabeça ainda estão girando sem parar, tentando chegar a uma única razão pela qual Rosie deixaria de me chamar de santa e passaria a agir como se eu tivesse atropelado o cachorro

dela no intervalo das aulas. É por causa das anotações? Será que ela queria que eu as enviasse antes? Mas não pode ser só isso. De perto, vejo que a boca dela está tremendo, todos os músculos da mandíbula contraídos. — Eu não... Claro que não. Não tenho nenhum problema com você...
— Achei que você era gente boa. — Ela está falando cada vez mais alto, a raiva distorcendo suas feições. — E mesmo que tivesse uma treta comigo, deveria ter falado *em particular* antes de sair espalhando pra todo mundo.

O pátio está em silêncio, todos se virando para olhar.

— Não sei o que está acontecendo — digo, meio suplicante. O ácido se agita no meu estômago. Odeio quando as pessoas ficam bravas comigo. Odeio, odeio, não consigo suportar. — Juro, deve ser um mal-entendido...

— É, tá bom.

— Não estou...

— Jura que vai fingir que não foi você?

— *Ei* — protesta Abigail, dando um passo à minha frente, com o braço erguido para me proteger. Mas mesmo assim, estou tremendo, meus dentes batendo tão forte que posso sentir o eco reverberando em meu crânio. Quero me encolher até desaparecer no chão. *Não fique brava*, quero dizer, por mais patético que pareça. *Não sei o que está acontecendo, mas, por favor, não fique brava.* Porque pode ser que seja a Rosie aqui agora, mas em minha mente é outra pessoa. Passos saindo da sala de estar e a porta batendo como um trovão, o barulho do motor, depois o silêncio horrível e esmagador.

É isso que acontece quando as pessoas ficam com raiva. Elas vão embora para sempre e se esquecem de você, e não há como voltar atrás.

— Foi ou não foi você — ameaça Rosie, segurando o celular perto do meu rosto — que escreveu isso?

Com dificuldade, vejo o e-mail carregado na tela e sinto o mundo sumir debaixo dos meus pés.

Consigo ouvir minha respiração irregular, o sangue pulsando em meus ouvidos. Reconheço cada palavra, porque fui eu, de fato, que escrevi. Consigo até me lembrar de onde estava, encostada na parede do quarto e furiosa. Rosie tinha enviado um e-mail em massa para todos do nosso ano falando de uma festa para comemorar a vitória na feira de ciências. *Acho que vocês podem me chamar de nerd, agora,* brincou ela. E quando dei por mim, estava digitando uma resposta mais rápido do que meus dedos conseguiam acompanhar. *Essa* resposta:

> Se você vai roubar o projeto de alguém e ficar com todo o crédito, poderia pelo menos ter a decência de não se exibir por aí como se tivesse sido sua obra. Desde quando você liga pra ciência? Desde quando você liga pra qualquer matéria da escola? Passa a maior parte das aulas trocando mensagens, fazendo compras on-line e assistindo a vídeos de gatos e, quando chega a hora do trabalho, decide que pode roubar tudo o que fiz? Não é porque eu não disse nada na época que eu não sabia...

— Então? — pergunta Rosie.

— Não era pra ser enviado — sussurro, os dedos formigando. Meu corpo inteiro está dormente. Não era para ser enviado. Não era. *Não pode ter sido.* O e-mail deveria estar nos rascunhos, para que só eu pudesse ver. Mas a verdade está me encarando de frente. Sabe-se lá por qual motivo, meu rascunho foi enviado, e não apenas para ela. Ele foi enviado por meio da opção Responder a Todos, o que significa que todos os destinatários de seu e-mail original, todos do nosso ano, receberam aquela mensagem.

E, então, uma nova e assustadora possibilidade se apresenta para mim.

É tão terrível que meu coração fica apertado. Sinto meu sangue gelar.

Ai, Deus...

As pessoas se agitam, e o último ser humano que eu queria ver na face da terra surge. Ele nem precisa forçar a passagem; é só andar de cabeça erguida e todos abrem caminho, oferecendo todo o espaço de que precisa.

Julius passa por Rosie e Abigail como se elas nem estivessem lá e para diante de mim. Seus olhos brilham, pretos, mas o resto de suas feições é puro gelo. E, de uma só vez, meus piores temores se confirmam.

— Sadie — diz ele, a voz mais rouca do que o normal. Ele diz meu nome como se fosse um veneno, como se pronunciá-lo fosse custoso. — Venha comigo.

Em seguida, ele se afasta, sem nem olhar para trás para verificar se eu realmente o estou seguindo.

Eu o sigo.

Não queria, mas era isso ou ficar para trás e deixar Rosie gritar comigo enquanto todos encaravam.

Sinto meu rosto queimar quando Julius enfim diminui a velocidade nos jardins da escola. Estamos a uma boa distância da lanchonete e das quadras de basquete, e não há mais ninguém por perto. É bonito aqui, conseguindo reconhecer em meio ao pânico, com a hera se espalhando sobre as cercas e as rosas de inverno florescendo ao fundo. Tem até um laguinho brilhando em meio à vegetação. Quando a escola construiu os jardins originalmente, também trouxeram um pato, mas uma raposa entrou sorrateira à noite e o matou, que deixou todas as pessoas tão chateadas que fizemos um funeral. Todos compareceram, e um dos meninos do meu ano chorou, e o pato acabou sendo enterrado na grama.

Na verdade, acho que o pato pode ter sido enterrado para seu descanso final bem embaixo de onde estou.

— Só pra você saber — diz Julius, a voz baixa e furiosa —, *não* fui batizado em homenagem a um ditador romano.
Estou tão desorientada, tão abalada, que só consigo dizer:
— Não foi?
— Pode ter certeza de que não.
— Então, de onde vem seu nome?
— Uma gráfica — responde, então para, como se tivesse se arrependido de fornecer essa informação. — Mas isso não vem ao caso.
Levo um momento para perceber a que ele está se referindo. *Um ditador romano*. Meus e-mails. Em um dos muitos e-mails furiosos que escrevi para ele, eu havia zombado de seu nome. *Seus pais devem estar tão orgulhosos*, eu disse. *Você está fazendo jus ao nome*.
— Não — sussurro, meu estômago se revirando. — Não, não, não, não, não. Não. Não...
— Há quanto tempo estava planejando isso? — pergunta, me pressionando com a voz e o corpo. Ele se inclina para a frente. Eu recuo, sentindo um espinheiro baixo arranhando minhas costas. Mas eu deixaria de bom grado os espinhos perfurarem minha pele se isso pudesse me esconder dessa confusão. Nada disso deveria estar acontecendo. — Tinham quarenta e dois e--mails pra mim. O mais antigo era de *nove anos atrás*.
— Você leu todos? — De repente, sinto vontade de trocar de lugar com o pato morto. — Eu... Como? Quando?
— Você tá perguntando isso pra *mim*? — pergunta ele. — Foi você quem mandou. Imagine só minha surpresa quando abri o computador no começo da aula de física e vi minha caixa de entrada *lotada* de e-mails seus. Se perdi alguma parte importante da matéria porque estava preocupado com seus muitos insultos ao meu caráter, espero que saiba que a culpa é toda sua.
— Não. — Ainda estou tentando dizer, repetindo-me várias vezes como se eu pudesse, de alguma forma, mudar a realidade apenas com a minha força de vontade. — *Não*.

— Estava guardando todos esses e-mails durante todo esse tempo? Esperando o momento certo para atacar?

— Não estava.

— Não estava o quê? — E, ao contrário de Rosie, ele de fato espera que eu responda.

— Eu... eu não queria mandar aqueles e-mails — respondo. Tenho medo de desmaiar, ou vomitar, ou ambos. — Eu só... Está tudo confuso agora. Mas não sei como eles chegaram até você. Eu, é sério... Eu juro, você tem que acreditar em mim. Não era para você ter recebido nada.

Seus olhos escuros percorrem meu rosto, e o ar fica preso nos meus pulmões. Ele me olha como se pudesse ver tudo, cada pensamento terrível e condenável que já passou pela minha cabeça, cada impulso e fantasia, cada mentira e insegurança.

— Eu acredito em você — diz ele, por fim, mais calmo.

Estou tão surpresa que quase não consigo falar.

— Você... acredita?

— Acredito que você nunca quis que ninguém lesse aqueles e-mails — retruca, cruzando os braços, os ângulos do rosto afiados e hostis. — Isso iria contra sua reputação de *boa aluna*, certo? Você não teria coragem de fazer uma coisa dessas — acrescenta com zombaria. — Você é falsa demais.

Parece que alguém apontou uma tocha para minhas bochechas. Tudo em mim queima.

— Você me acha falsa?

— Você não acha que seja? — Ele inclina a cabeça. — Anda por aí sorrindo e encantando os professores, concorda com tudo que pedem pra você fazer como se fosse um anjo, e depois volta e escreve seus e-mails secretos dizendo o quanto me odeia e deseja me estrangular...

— Isso se chama ser gentil — interrompo.

— Sim, estrangular é muita gentileza, mesmo. Praticamente uma oferta de paz.

— Não foi isso que eu quis dizer.

Ele ri, um som frio e duro.

— Tanto faz, você nunca diz o que quer de fato dizer.

Há uma pressão perigosa se formando atrás de meus olhos. Pisco furiosamente, cerro os punhos, ignoro o estranho nó de dor na garganta.

— Você não pode me acusar de ser falsa por *ser educada*. — Em qualquer outro dia, eu pararia por aqui. Não me meteria em um confronto de verdade, não falaria o que penso. Mas então me dou conta, com uma explosão quase histérica, de que Julius já sabe o que penso. Não faz mais sentido fingir quando ele já viu o pior de mim. É quase libertador. — Sei que você não liga pra ninguém além de você mesmo e que consegue se safar disso porque você é *você,* mas nem todo mundo tem essa sorte.

Algo se altera na expressão dele e me faz vacilar.

Talvez eu tenha ido longe demais. Talvez eu tenha sido muito dura. Por mais que eu o odeie, os e-mails ainda são culpa minha.

— Desculpe — eu me obrigo a dizer, suavizando um pouco o tom. — Eu estava muito, muito irritada quando escrevi aqueles e-mails, portanto, se eles feriram seus sentimentos...

E como se eu tivesse acionado um interruptor, sua expressão endurece. A boca se contrai em um sorriso zombeteiro, os olhos negros brilham. Quando ele expira, posso ver o fantasma de sua respiração no ar entre nós.

— Ferir meus sentimentos? — Ele diz como se fosse uma piada. — Você tem uma opinião muito elevada a respeito de si mesma, Sadie. Você não é capaz me magoar. Pelo contrário... não se lembra do que escreveu?

Um alarme dispara em meu cérebro.

Perigo.

Recue.

Mas estou pregada no chão, o coração batendo cada vez mais rápido.

— Até onde me lembro, você escreveu dois parágrafos inteiros reclamando da cor dos meus olhos — diz ele, e me sinto empalidecer, horrorizada. — São escuros demais, como os de um monstro dos contos de fadas. Como um lago em que você poderia se afogar no dia mais frio do inverno. Meus cílios são longos demais, ficariam melhor em uma menina. Eu não mereço ser tão bonito assim. Meu olhar é muito aguçado, muito intenso; você não consegue me encarar por tempo demais sem se sentir sobrecarregada. — Ele me olha fixamente enquanto fala, como se quisesse ver se é verdade, testemunhar seu efeito sobre mim em tempo real. — Disse que isso atrapalhava sua concentração durante as aulas.

Sempre me ressenti da memória perfeita de Julius, mas nunca tanto quanto neste instante.

— Já chega — tento dizer.

Mas é lógico que ele não vai me ouvir. Na verdade, parece ainda mais determinado a continuar.

— E depois você escreveu trezentas palavras resmungando sobre as minhas mãos. — Ele flexiona seus longos dedos, examinando-os com cuidado. — Eu não fazia ideia de que você prestava tanta atenção na maneira como eu segurava a caneta ou o arco do violino, ou na minha aparência quando eu estava respondendo a algo no quadro.

Abro a boca para me defender, mas não consigo pensar em um único argumento sólido. É, de fato, tão vergonhoso quanto parece.

— Sabe o que eu acho? — murmura ele, se aproximando tanto que a boca roça minha orelha, o rosto cruel embaçando minha visão. Não consigo respirar. Sinto arrepios na pele exposta.

— Acho que você é obcecada por mim, Sadie Wen.

Meu corpo todo está quente. Eu me movo para afastá-lo, mas minhas mãos atingem os músculos duros e magros, as superfícies de seu peito. Ele ri de mim e quero matá-lo. Estou falando sério, cada célula do meu corpo quer isso. Nunca quis tanto matá-lo. Eu o odeio tanto que poderia chorar.

— Cai fora — vocifero.

— Não precisa ficar com vergonha...

Tudo o que eu não te disse 43

Quase nunca ergo a voz, mas dessa vez o faço.
— Pelo amor de Deus, me deixe em paz. Estou tão cansada de você. — A voz sai ainda mais alta do que eu pretendia, quebrando a serenidade dos jardins, ressoando sobre as copas das árvores. As palavras parecem raspar minha garganta.

Ele enfim se afasta, a expressão impassível.

— Ah, não se preocupe, eu já ia embora, mesmo. — Porque tem que ser uma escolha dele, não uma ordem minha. Porque ele não vai me dar nem mesmo essa pequena satisfação.

Não o observo ir embora. Em vez disso, pego meu celular no bolso da saia e carrego meus e-mails. *Talvez nem todos sejam tão terríveis quanto penso*, tento me tranquilizar, por mais ilusório que isso pareça, a voz de uma garota insistindo que o incêndio não é tão grande assim quando sua casa está queimando diante dela. *Talvez seja exagero seu. Talvez dê para contornar a situação.*

Mas, então, abro meu primeiro e-mail para Julius, enviado nove anos atrás e, após algumas frases, tudo dentro de mim parece virar pedra.

Você é um mentirozo, Julius Gong.

Quando o professor de chinês perguntou a expreção para "água e fogo não se misturam", eu respondi ao mesmo tempo que você!!!!!!

Como você OUSA dizer ao professor que foi você quem acertou e não eu??!!! Como VOCÊ OUSA roubar meu adezivo dourado???? Quem te deu esse direito, hein? Você não merec adesivo nenhum. você é uma pesoa muito, muito ruim, não me importa o quanto as outras pesoas achem que você é bom. Vou fazer você se arrepender tanto disso que vai chorar, espera pra ver.

Minha péssima ortografia aos oito anos é quase tão vergonhosa quanto o conteúdo do e-mail.

Desesperada, passo para outro. Um Responder a Todos em um e-mail que Julius tinha enviado para o ano abaixo do nosso, oferecendo-se para vender seu material de estudo por uma quantia ofensiva, um mísero dia após eu ter colocado *minhas* anotações à venda. Nesse, já estou escrevendo melhor. Mas o conteúdo do e-mail é muito pior.

> *Às vezes, sonho em estrangular você. Eu faria devagar. Faria quando você não estivesse esperando, quando estivesse relaxado. Imagino segurar sua garganta longa e pálida com as duas mãos e ver o medo florescer em seus olhos. Imagino sua pele ficando vermelha, a respiração acelerando enquanto você se debate. Quero ver você sofrer, bem de perto. Quero que você me implore. Quero que você admita que estava errado, que eu venci. Talvez você até se ajoelhe para mim. Implore por misericórdia. Isso seria divertido, mas, mesmo assim, não seria o bastante...*

Preciso de todo meu autocontrole para não jogar o celular no lago.

Aperto os olhos com tanta força que vejo estrelas. Gosto de me considerar uma pessoa inteligente. Tenho muito orgulho de saber, por exemplo, se um gráfico está torto, ou quando uma resposta é precisa, ou qual tema funciona melhor para uma redação.

Mas não é preciso ser muito inteligente para saber que estou total e completamente ferrada

Capítulo quatro

Quando o sinal da escola toca indicando o início da próxima aula, estou ocupada calculando quanto tempo levaria para me mudar de cidade para sempre. Eu poderia ir para casa agora. Pegar meu passaporte, chamar um táxi e comprar uma passagem para o primeiro voo para longe daqui. Tenho dinheiro guardado na minha conta, que ganhei em envelopes vermelhos a cada Festival da Primavera, o bastante para me sustentar por pelo menos um mês. E, no meio tempo, posso encontrar um emprego de meio período, me sustentar dando aulas particulares para crianças ou trabalhando como garçonete em um restaurante de *hot pot*. Ouvi dizer que eles estão sempre em busca de funcionários bilíngues. Talvez eu pinte meu cabelo de loiro, faça um bronzeamento artificial e coloque lentes de contato, mude meu nome e falsifique minha identidade. Ninguém de Woodvale seria capaz de me encontrar...

Mas, mesmo enquanto flerto com essa fantasia, meus pés já estão se arrastando pelo campus até a sala de aula de inglês.

Não consigo evitar.

Tenho enraizada dentro de mim essa necessidade de obedecer às regras, de chegar na hora certa, de manter minha frequência perfeita. Sou como um dos cães de Pavlov, só que, no meu caso, toda vez que ouço a campainha, meu instinto é encontrar minha mesa e sacar meus cadernos.

Sinto-me fisicamente doente ao parar do lado de fora da porta. Meu corpo inteiro treme, meus dentes estão batendo com tanta força que tenho medo de que quebrem. O cheiro de desinfetante e de graxa de sapato é avassalador, o crescendo das vozes ressoa em meus ouvidos como gritos. Não consigo entender o que estão dizendo, mas sei, com uma dor sólida e doentia em minha barriga, que estão falando de mim.

Meus dedos tremem na maçaneta. Tento respirar fundo, mas engulo ar demais, rápido demais, até ficar tonta.

O sinal toca de novo.

Entre logo.

Acabe com isso de uma vez.

Assim que entro, há uma breve, mas perceptível, interrupção na conversa. Os olhares se desviam de mim, pousando em pontos aleatórios do quadro branco ou nas janelas abertas com rachaduras ou no pôster desatualizado que diz *Relaxa e manda um Shakespeare*, o que nem faz sentido.

Quando me sento na primeira fileira, sinto arrepios no pescoço por estar sendo observada. Estou ciente de todos os meus sons e movimentos: o abrir do meu computador, o ranger da cadeira em que sento, o dobrar das mangas do blazer quando as empurro para cima.

Então a sra. Johnson entra, e a expressão em seu rosto me faz congelar. Seus lábios estão comprimidos, as sobrancelhas finas praticamente torcidas em um nó duplo. Ela dá aula aqui há seis anos e esteve em licença-maternidade por três deles; em todo o tempo que a conheço, nunca pareceu tão lívida. Então, ela me encara fixamente, não da maneira usual, que diz *aí está minha aluna favorita que sempre lidera as discussões em grupo*, mas está mais para *olha aí a pirralha mimada que estragou meu dia*. E, de uma só vez, minha confusão se transforma em pavor puro e nauseante.

Aqueles malditos e-mails.

Eu estava tão concentrada no que havia escrito para Julius que me esqueci dos outros destinatários. Destinatários como minha professora de inglês.

— Antes de começarmos a mergulhar no maravilhoso mundo da literatura hoje — diz ela, colocando a pasta sobre a mesa com um baque um tanto violento —, gostaria de fazer um anúncio geral de que *se*, por algum motivo, algum de vocês não concordar com uma nota que dei no passado, pode vir falar comigo de *forma civilizada*. — Seu olhar se volta para mim, e eu desejo mais do que tudo que um buraco se abra e me engula por inteiro.

"Também gostaria de enfatizar que dou aula há mais tempo do que vocês são alunos — acrescenta. — Ainda que o inglês possa ser uma área de estudo mais subjetiva do que outras, mesmo assim, nós os avaliamos com base em critérios rigorosos. As notas que vocês recebem estão longe de serem arbitrárias. Se acreditam que merecem notas melhores, então se saiam melhor nas provas. Ficou claro?"

Todos assentem devagar ao redor da sala. Atrás de mim, ouço alguém sussurrar.

— Caramba, quem foi que tirou *ela* do sério essa manhã?

— Deve ser a mesma pessoa que está tirando todo mundo do sério.

Há uma pausa, e minha mente automaticamente preenche o silêncio com uma imagem mental vívida deles apontando para mim. Todo o sangue do meu corpo parece estar concentrado nas orelhas e bochechas.

Pressiono as mãos no rosto queimando, diminuo ao máximo o brilho da tela do computador e abro a pasta de enviados do meu e-mail. Então, eu me forço a ler toda a troca de mensagens que tive com a sra. Johnson, começando com o primeiro e-mail que mandei. Eu me lembro de passar uma hora escrevendo, procurando sinônimos para soar o mais amigável possível e revisando tantas vezes que meus olhos começaram a lacrimejar.

Prezada Sra. Johnson,

Espero que esteja bem! Gostaria de saber quando serão divulgadas as notas do nosso trabalho de análise de texto. Lembro que a senhora disse que eles seriam corrigidos na quinta-feira passada, mas já faz uma semana e, pelo que verifiquei, ainda não recebi nada. Eu entendo perfeitamente se não estiverem corrigidos por causa da sua agenda lotada, e com certeza não quero apressá-la. Só quis verificar para o caso de eu não ter recebido!

Muito obrigada pelo seu tempo e me desculpe por qualquer incômodo!

Atenciosamente,
Sadie Wen

Então, prendi a respiração e esperei. A resposta dela chegou dois dias depois:

sua nota foi 89,5%
Enviado do meu iPhone

A cada nova linha que leio, posso sentir o passado ressurgindo, minha frustração se renovando, a ferida sendo reaberta. Era uma nota terrível para meus padrões, pouco acima de medíocre. Pior ainda, eu sabia que Julius tinha tirado 95%, porque o professor de inglês *dele* era mais generoso com as notas, e a diferença entre nós era significativa. Imperdoável. Insuportável. Nós nem sequer estávamos na mesma faixa de nota. Por isso, fiz o possível para negociar.

Prezada sra. Johnson,

Muito obrigada por me informar, agradeço de verdade! Seria possível, de alguma forma, arredondar minha pontuação para 90%, já que no momento ela está apenas 0,5% abaixo? Ou talvez haja a possibilidade de me passar um trabalho de reposição ou crédito extra? Por favor, me avise, pois essa nota — assim como sua aula — é extremamente importante para mim. Ficarei feliz em fazer qualquer coisa para mudar meu resultado.

Atenciosamente,
Sadie Wen

Ao que ela respondeu apenas:

Não. Todas as notas são definitivas.

E deveria ter parado por aí. Essa deveria ter sido a minha última resposta. Eu despejei minha humilhação e minha raiva em um rascunho tarde da noite e segui em frente.

Até agora.

Eu me contorço ao ler o e-mail mais recente, a queimação em meu rosto aumentando.

Sra. Johnson,

Li mais uma vez a redação que entreguei e devo dizer que não concordo com a nota final. Mesmo que não valha a nota máxima, deveria valer pelo menos os 90%.

> Não custa nada você arredondar a nota para cima, mas custa tudo para mim deixá-la do jeito que está agora. Apenas 0,5 por cento. Zero. Ponto. Cinco. Por cento. Quão irracional você tem que ser para negar isso a um aluno? É matemática básica. Como você deve saber, estou me candidatando a Berkeley, que é literalmente a universidade dos meus sonhos desde que eu era criança. Minhas notas são mais importantes do que nunca, e essa nota pode afetar toda a minha média, o que pode ser a diferença entre o aceite e uma rejeição.
>
> Essa também não é a primeira vez que não consigo entender muito bem seus critérios de avaliação. O modelo de redação que você nos mostrou em sala de aula nem era tão bom — toda vez que fazia referência a uma citação, dizia literalmente: "Esta é uma citação do texto." Ele também começava com a palavra "significativamente" a cada duas frases, o que, na minha opinião, tira todo o mérito do verdadeiro significado da afirmação...

Há duas semanas, meses depois de ter redigido essa resposta, descobri que foi a sra. Johnson quem escreveu todos os modelos de redação que nos entregou.

Um buraco não seria suficiente, penso sombriamente enquanto volto a fechar o computador, olhando para o teto alto. *É melhor o prédio desmoronar em cima de mim de uma vez.*

Infelizmente, o prédio não desmorona nas últimas três horas de aulas, mas a minha vida sim.

Onde quer que eu vá, os sussurros me seguem. Pela maneira como as pessoas estão agindo, seria de se pensar que fui flagrada assassinando alguém com as próprias mãos ou algo assim, mas acho que o que aconteceu foi um tipo de assassinato. A partir de hoje, Sadie, a Aluna Exemplar, a Capitã Perfeita da Escola, está morta e enterrada.

— Não é *tão* ruim assim — diz Abigail enquanto caminhamos juntas pelos corredores. Temos matemática em cinco minutos, mas, pela primeira vez, não estou preocupada com a possibilidade de um teste surpresa. Uma garota dá uma cotovelada na amiga e aponta na minha direção quando passamos. As duas dão gargalhadas altas e histéricas.

A sensação de mal-estar que se instalou permanentemente em meu estômago se aprofunda ainda mais.

— Tá achando graça do quê? — grita Abigail para elas, porque *ela* nunca teve medo de confronto. — Da sua franja nova?

— A franja dela ficou bem bonita — digo, escondendo a boca com a mão.

— Sim, é verdade, combinou com ela — concorda Abigail em voz baixa. — E olha, assim, sei que a situação não é a *ideal*, mas eu li alguns dos e-mails que você mandou...

— Você e todo mundo na escola — murmuro, levantando as mãos para esconder o rosto. Outro grupo de amigos parou do lado de fora do banheiro só para me encarar, trechos da conversa flutuando até nós.

— ... é ela...

— Ouvi dizer que a Rosie perdeu as estribeiras hoje de manhã...

— É, já era de se esperar. Você viu o que ela escreveu?

— Esquece a Rosie... Eu ficaria *tão* puta se fosse o Julius Gong. Tipo, caramba, ela *pegou pesado*...

Abigail continua, mais alto, em um óbvio esforço para abafar as vozes deles.

— É óbvio que o tom foi um pouco incisivo em alguns momentos, e sinto que a gente precisa, de verdade, parar por um tempinho para dissecar esse ódio que você sente pelo Julius...

Fecho os olhos por um instante, horrorizada.

— Por favor, eu imploro, não diga o nome dele. — Não quero nunca mais ouvir aquele nome, olhar para a cara dele ou, de alguma forma, me lembrar que ele existe. Não quero me lembrar do calor da boca dele perto da minha pele, do brilho em seus olhos, da malícia que transbordou de sua voz.

— Tudo bem, mas o que estou dizendo é que você não fez nada ilegal. Estava só sendo honesta. Se eu fosse você, meu bem, bancaria tudo o que escrevi. Deixe que eles tenham medo de você. Mostre que tem pensamentos e sentimentos próprios.

— Eu só não consigo entender como isso aconteceu — digo, andando mais rápido. Se eu diminuir a velocidade, se eu pensar demais, vou desmoronar. — Eu nunca, *jamais*, enviaria aqueles e-mails. Deve ter sido algum tipo de vírus. Meu Deus, eu sabia que não deveria ter baixado os simulados daquele site duvidoso. Só fiz isso porque eles não estavam disponíveis em nenhum outro lugar.

Abigail morde o lábio.

— Olha, eu... — Mas o que quer que ela estivesse prestes a dizer fica para depois quando ela para de repente no fim do corredor.

Não levo muito tempo para descobrir o motivo.

Ao lado de nossa brilhante vitrine de prêmios, repleta de inúmeros troféus e medalhas que vão desde o clube de remo até a equipe de xadrez e debates interestaduais, há uma foto emoldurada na qual estamos Julius e eu. Nós a tiramos em uma sessão de fotos profissional pouco tempo depois de sermos apresentados como co-capitães. Nós dois estamos usando o uniforme completo da escola, ele com a gravata apertada, eu com o cabelo preto preso em um coque apertado, nossos crachás no centro dos bolsos. Ele está com os braços cruzados, um ar de superioridade palpável mesmo através da moldura de vidro. Estou sorrindo mais do que ele, as sardas espalhadas pelas minhas bochechas cheias são óbvias à luz do flash da câmera, meus cílios grossos bem curvados para parecerem ainda mais longos.

O fotógrafo pediu que nos aproximássemos até nos tocarmos, mas nenhum dos dois estava disposto a ceder, então ainda há uma boa distância entre nós.

E agora, nesse espaço, alguém desenhou uma linha vermelha e irregular bem no centro, de cima abaixo.

Também adicionaram uma lança em minha mão e uma espada na dele. Em vez de co-capitães, parece que estamos em lados opostos de uma guerra. Como se estivéssemos no pôster de algum filme de super-herói de baixo orçamento.

— Ai, meu Deus — digo, respirando fundo.

Abigail faz uma cara de preocupada.

— Não entre em pânico...

Eu entro em pânico.

— Isso é horrível — sibilo baixinho, pressionando as duas mãos contra o vidro como se pudesse, de alguma forma, atravessá-lo e limpar a foto. — É muito ruim. Isso faz *tudo* parecer tão ruim.

— Entendo o que você quer dizer, mas se serve de consolo, vocês dois estão muito bonitos...

— *Abigail*. — É meio um grito de protesto, meio um grito de angústia. Odeio o fato de precisar ser consolada; sou sempre *eu* quem consola as outras pessoas. Detesto precisar de outra pessoa para qualquer coisa.

— Está bem, está bem, entendi. — Ela agarra meus braços e me leva gentilmente para longe do armário, falando no mesmo tom suave que já ouvi instrutores de meditação adotarem. — Olha, meu bem, não é o fim do mundo. As pessoas só estão reagindo dessa forma porque estão surpresas. Tipo, todo mundo achava que vocês dois se davam muito bem, ainda mais porque são co-capitães e tudo mais, e agora que tem esse drama todo, as pessoas vão se agarrar a isso. Mas vai passar depois de alguns dias.

— Você acha? — pergunto, olhando ao meu redor. No mar de mochilas escolares, fichários e blazers azuis e brancos, mais olhares curiosos se fixam nos meus e depois correm para a foto vandalizada. Minha garganta se fecha diante da humilhação.

— Tenho certeza — garante Abigail. Mas ela pisca sem parar ao dizer isso, como faz quando está mentindo.

Capítulo cinco

A padaria costuma estar lotada depois das aulas. Passo pela porta e deixo o cheiro familiar de coco, manteiga e leite condensado me envolver. Tem cheiro de casa. E me faz sentir em casa, também. Nossa padaria fica bem no centro da cidade, ao lado da churrascaria coreana que todo mundo frequenta no inverno e da mercearia asiática com um suprimento interminável de balas de goma Wang Wang, molho de peixe e macarrão instantâneo sabor churrasco. Um pouco mais adiante fica o cinema, onde você pode encontrar os filmes do gênero *wuxia* mais recentes, comédias românticas chinesas e filmes de ficção científica, o restaurante de *dim sum* que distribui jornais de graça para os idosos e o salão de beleza que oferece manicures gratuitas para quem está sofrendo com um término recente.

Tudo isso é tão íntimo para mim quanto o caminho para minha casa.

Deixo a bolsa no balcão e passo pelos clientes enfileirados com suas bandejas de pão. Rocamboles de creme, pãezinhos de atum, *mochi* de chá verde, rosquinhas de geleia. Minibolos com morangos e kiwis cortados em cubos e chantilly fresco por cima. Normalmente, eu esperaria até que todos tivessem ido embora para pegar um dos cupcakes restantes nas prateleiras, mas hoje estou enjoada demais para sequer pensar em comer.

— Pega!

Eu me viro bem a tempo de ver um borrão brilhante e colorido voando em minha direção. Por instinto, ergo as mãos e agarro a bola de basquete segundos antes de ela esmagar meu nariz.

— Um aviso teria sido bom — resmungo quando Max se aproxima de mim.

— Sim, é por isso que eu disse *pega* — retruca Max, pegando a bola de basquete de volta só para girá-la em um dedo.

Os cabelos pretos e arrepiados estão tão brilhantes que, a princípio, acho que ele acabou de tomar banho, mas, depois de uma inspeção mais minuciosa, percebo que é o resultado de uma quantidade preocupante de gel.

— Não era pra você estar no campus? — pergunto. Max nunca demonstrou muito interesse em nossa padaria, mas tem visitado ainda menos desde que se mudou para o dormitório da faculdade. Sempre que aparece, é porque diz que tem preguiça de cozinhar para si mesmo. — Imagino que até vocês, estudantes de esportes, devam ter algumas aulas para assistir.

Ele dá de ombros.

— Faltei. As aulas eram chatas.

— Você não pode... Não pode *faltar* às aulas assim. — *Não quando sua anuidade custa quase o mesmo que a padaria ganha em um ano*, me sinto tentada a acrescentar, mas não o faço. A vida do meu irmão é simples e feliz, composta por apenas quatro itens: café da manhã, almoço, jantar e basquete. É a vida que quero para ele, a vida que jurei a mim mesma que o deixaria manter, mesmo depois que nosso pai se foi.

— Posso, sim — responde ele, com um sorriso fácil. — Todo mundo falta. E ter uma aluna perfeita na família já é o bastante, né?

Minha expressão ameaça vacilar, o aperto na barriga ficando ainda maior. Aqui, no calor da padaria, o desastre dos e-mails nem parece tão real assim. Tento engolir em seco, mas é como engolir um comprimido enorme sem água.

— Cadê a mamãe? — pergunto, para mudar de assunto. É um milagre que tenha conseguido falar sem minha voz falhar.

— Está lá nos fundos.

Ele corre atrás de mim, cantarolando algum tipo de trilha sonora de videogame enquanto atravesso a cozinha e a encontro lá dentro. Ela está encostada na parede ao lado das lixeiras, usando uma vassoura para se apoiar, como se não tivesse energia para carregar o próprio peso, a pele pálida sob as lâmpadas fluorescentes piscantes, as olheiras fundas sob os olhos escuros. Sinto um aperto no peito. Ela parece exausta, mas isso não é nenhuma novidade.

— Me dá aqui, eu posso varrer pra você — digo com a voz mais alegre que consigo produzir.

Ela pisca algumas vezes. Balança a cabeça.

— Não, não. Eu estou bem. Se concentre no dever de casa.

— Não tenho muito dever de casa — minto, mesmo quando minha mente percorre todas as minhas tarefas para esta noite, os trabalhos para amanhã, os artigos que ainda preciso escrever.

Mamãe hesita, as mãos ossudas apertando a vassoura.

— Me dê isso — digo com firmeza, arrancando a vassoura dela. — Deixa comigo.

Mas Max me dá uma cotovelada.

— Calma aí. Você não disse que ia me ajudar a praticar meus passes?

Ele tem razão. Eu prometi isso.

— Posso praticar com você enquanto faço a limpeza — comento. — Só não derruba nada.

— Tem certeza de que dá conta? — pergunta mamãe, franzindo a testa para mim. Nenhuma de nós sequer cogita a possibilidade de Max ajudar na limpeza. Da última vez que fez isso, ele conseguiu derrubar todas as lixeiras e passou horas catando pedaços de casca de ovo do chão. — Você não quer descansar primeiro ou...

— Mãe, eu juro, não tem problema. — Eu rio com tanta facilidade que quase acredito em mim mesma, empurrando-a de leve em direção à porta. Posso sentir os sulcos de sua coluna nas pontas dos dedos. Não tem carne, só ossos e músculos, sinal do excesso de trabalho.

Assim que ela some de vista, começo a varrer no piloto automático. Metade das minhas bolhas nas palmas das mãos e nos dedos são por passar tempo demais segurando com força a caneta. A outra metade é por causa disso aqui.

Ao meu lado, Max começa a driblar a bola.

— Pronta? — pergunta ele.

Tiro a mão esquerda da vassoura.

— Está bem. Vai. — A bola de basquete atravessa o espaço e cai perfeitamente na minha palma. Eu a quico no chão algumas vezes antes de arremessar para ele, que a pega com a mesma facilidade.

— Caramba, nada mal. Nada mal *mesmo* — afirma. — Você deveria entrar para o time.

Reviro os olhos.

— Não precisa me elogiar.

A bola de basquete volta voando.

— De verdade — insiste, depois faz uma pausa. — Bem, talvez você precise ganhar alguns músculos...

Dessa vez, miro a bola de basquete no rosto dele.

— Sou mais forte do que você.

— Não, é óbvio que *eu* sou o mais forte da família — protesta. — Lembra, até o papai disse...

Nós dois paramos. A bola cai no chão e rola em direção às prateleiras enquanto fazemos o possível para agir como se nada tivesse acontecido, como se ele não existisse. Mas é impossível, como tentar encobrir uma cena de um crime com guardanapos.

É mais fácil lembrar como as coisas costumavam ser, aquelas tardes há muito perdidas no tempo que meu pai, Max e eu passávamos no nosso pequeno quintal, apostando corrida e jogando basquete até a hora do jantar...

Não. Eu me detenho antes que um sentimento de nostalgia possa se apoderar de mim. Eu me recuso a sentir falta dele, a querer que retorne para nossas vidas.

— Você realmente precisa praticar — digo baixinho.

Max se esforça para pegar a bola e, quando começamos a passá-la um para o outro de novo, tomamos o cuidado de não voltar no assunto. Ainda assim, a menção a ele me incomoda. Não é a primeira vez que me pergunto se Max também me culpa pelo que aconteceu. Se esse é o motivo de um contínuo e leve atrito, quase palpável, entre nós, a razão para ele só voltar mais ou menos uma vez por semana, ou o porquê de metade das nossas conversas parece cair em um silêncio.

O sol já desapareceu há algum tempo quando terminamos. Guardo todas as sobras de pão em um recipiente enorme para nossos vizinhos: os Duong, que têm dois empregos cada para alimentar os cinco filhos; a velha *nainai* que vive sozinha desde que o parceiro faleceu há três invernos e fala apenas algumas frases em inglês; a divorciada que nasceu em Honã e que sempre nos traz limões frescos colhidos da árvore no próprio quintal. Eu me certifico de acrescentar algumas fatias extras de morangos aos bolos antes de fecharmos a loja.

E então nós três nos espremremos no último ônibus para casa, com o pão equilibrado no meu colo, a mochila escolar volumosa embaixo do meu braço e a bola de basquete de Max embaixo do dele. O ar no interior do ônibus cheira a plástico e perfume, e há um garoto sentado atrás de mim que decidiu brincar de quicar a bola no meu assento.

Tum.

Tum. Tum.

A irritação sobe pela minha garganta.

Ignore, digo a mim mesma. *Não vale a pena fazer alarde e, de qualquer forma, você vai descer já, já.* Volto minha atenção para a paisagem que se desdobra do lado de fora da janela. Os postes são lentamente substituídos por carvalhos antigos, o cinza se transforma em verde, o espaço entre as casas fica cada vez maior até que estamos imersos no subúrbio...

Tum. Tum. Tum.

Respiro fundo. Aperto os punhos de novo e tento relaxar cada músculo dos dedos, um por um. Mas meus punhos continuam cerrados e, sem nada melhor para me distrair, as imagens que tentei manter afastadas durante toda a tarde passam pela minha cabeça. Julius cumprimentando as tias com aquele sorriso falso e charme forçado. Georgina tirando o corpo fora do nosso projeto em grupo. Julius rindo com a garota ao lado dele. Rosie se aproximando de mim, com os olhos semicerrados e cheios de acusação. Julius se inclinando para a frente nos jardins, a voz rouca ao pé do meu ouvido: *acho que você é obcecada por mim, Sadie Wen*. O sorriso torto, o olhar frio e cortante.

Tum. Tum...

— Dá pra parar com isso? — vocifero, virando a cabeça.

O garoto congela. Minha mãe também paralisa; ela parece atônita.

Eu também estou chocada. As palavras não parecem ter saído da minha boca. É como se alguém tivesse removido todos os filtros que eu havia instalado, criando um caminho direto do meu cérebro para a boca.

Então, para meu verdadeiro horror, o garoto começa a chorar copiosamente.

Ai, Deus.

Ai, meu Deus. Acabei de fazer um ser humano minúsculo chorar. Qual o meu *problema* hoje?

— D-desculpa — murmuro, sentindo uma onda de calor subindo pelo pescoço. Todos os passageiros ao nosso redor estão olhando para mim, provavelmente se perguntando que tipo de monstro eu sou. Quando o ônibus para na nossa rua, não poderia me sentir mais aliviada. Pego a caixa de pão e desço em velocidade recorde. A criança ainda está chorando quando as portas automáticas se fecham.

Enquanto caminhamos em silêncio, Max assobia baixinho.

— Caramba, por um segundo achei que você ia dar um soco na criança. Foi um pouco assustador, não vou mentir.

Mamãe me encara.

— Está tudo bem, Sadie?

Eu engulo o nó na garganta.

— Sim, com certeza — digo com alegria. — Me desculpa. Eu só estava... irritada. E eu *não ia* dar um soco em ninguém — acrescento, lançando um olhar sério na direção de Max.

Ela me observa por mais um momento e depois funga. Fico à espera de que me repreenda.

— Bem, sei que não deveria admitir isso porque sou adulta, mas eu também queria gritar com aquele garoto. Vamos — acrescenta, tirando o pote dos meus braços e virando em direção à nossa casa. É possível reconhecê-la mesmo no escuro, com seu telhado verde-jade e os pisca-piscas pendurados no alpendre.

— Você ainda tem aula amanhã.

Aula amanhã.

O lembrete me atinge como um soco bem na barriga. Não sei como vou sobreviver.

Capítulo seis

Nunca aconteceu nada de bom no salão principal. É onde fazemos nossos exames finais, e onde somos forçados a assistir a palestras insuportáveis sobre *nossos corpos em transformação*, e onde Ray uma vez deixou cair uma banana atrás do pódio, que foi encontrada por ratos antes dos professores. Por isso, fico imediatamente apreensiva quando somos direcionados ao salão logo após o almoço.

— O que está acontecendo? — pergunto a Abigail quando encontramos lugares para nos sentarmos bem no fundo. Toda a sala foi projetada para ser o mais deprimente possível, com suas paredes sem graça e sem janelas, além de cadeiras de plástico desconfortáveis. Mesmo passado um ano depois do incidente, o cheiro da banana podre ainda se esconde como o vilão de uma grande franquia de filmes — impossível de ser localizado, e sem morrer de vez.

— Eu esperava que você soubesse — diz Abigail entre uma mordida e outra em sua torrada kaya. O bilhete adesivo do dia em seu almoço diz: "CONTINUE BRILHANDO". — Os capitães das escolas não são avisados com antecedência sobre essas coisas?

— Dessa vez não — digo, examinando a sala em busca de pistas. Há um laptop perto do projetor e uma garrafa térmica no piso de madeira, o que significa que teremos uma apresentação de algum tipo.

Então, sem querer, meu olhar para em Julius, na segunda fileira, no momento em que ele levanta a cabeça e me encara.

Tudo o que eu não te disse 63

Um choque percorre meu corpo ao ver o olhar venenoso em seu rosto. Esperava que parte da raiva dele tivesse se dissipado depois de ontem, mas parece que ela só aumentou. Não é só ele. A fofoca dos e-mails já deve ter se espalhado para todos da nossa série. Quando me sento, a garota ao meu lado faz uma careta e se afasta da cadeira, como se eu carregasse comigo o cheiro de banana podre.

Meu estômago começa a queimar.

O som de saltos altos ajuda a me distrair momentaneamente do sofrimento. Uma mulher de aparência séria, mais ou menos da idade da minha mãe, caminha até a frente, com os cabelos loiros presos em um coque tão apertado que sinto pena do couro cabeludo dela, um crachá de visitante da escola preso em seu paletó de tweed. SAMANTHA HOWARD, diz o crachá, abaixo de uma foto borrada. Ela não diz nada, apenas nos observa como se tivéssemos cometido um crime coletivo contra o animal de estimação da sua família e pressiona um botão. O projetor se acende, refletindo uma apresentação de slides na tela branca gigante atrás dela.

Dou uma olhada no título "O aluno digital: etiqueta on-line e segurança cibernética" antes de sentir o frio na barriga, o sofrimento voltando com toda a intensidade.

— A escola me chamou aqui por causa de... eventos recentes — começa a dizer, confirmando minhas piores suspeitas. — Eles pediram que eu relembrasse a vocês de como devemos nos comportar nos canais de comunicação digital.

Trinta pares de olhos se voltam para mim no mesmo instante. *Consegui*, penso comigo mesma. *Descobri o inferno na Terra e ele é bem aqui.*

— Bom, vocês podem ter a impressão de que, como são da geração mais jovem e cresceram com seus tablets, laptops, iPads e gadgets, não precisam de conselhos, certo? Sabem muito bem o que estão fazendo, certo? *Errado* — exclama, tão alto que algumas pessoas pulam em seus assentos. — Antes de come-

çarmos, vamos fazer um teste rapidamente: quantos de vocês nesta sala têm alguma conta em redes sociais?
Há uma breve hesitação. Em seguida, todas as mãos da sala se levantam.
— Isso é muito decepcionante — diz Samantha Howard, com um suspiro pesado. — Não me surpreende, mas é decepcionante. E me digam: quantos de vocês publicam com frequência nessas contas? Vídeos, fotos e coisas do gênero?
Algumas mãos se abaixam, mas a maioria permanece levantada.
— Esse é o primeiro erro — declara Samantha. — Tudo o que vocês postam deixa uma marca permanente on-line. Cada comentário, cada interação, cada *selfie*. — Ela cospe a última palavra como se fosse o nome de alguém que envenenou seu chá de manhã. — Depois da sessão de hoje, espero que todos vocês decidam tornar suas publicações privadas. Melhor ainda, que excluam todas as contas de vez. Guardem o conteúdo para vocês mesmos... — Ela faz uma pausa no meio da frase e pisca para Abigail. — Sim? Você tem alguma pergunta?
Abigail se levanta, com uma expressão quase tão séria quanto a de Samantha, os cabelos platinados balançando sobre os ombros.
— Sim, só uma. — Ela limpa a garganta: — O que a gente deve fazer se estiver com o ego lá no teto?
Gargalhadas ecoam pela sala.
Samantha franze a testa.
— Isso não é uma piada. É uma questão de segurança...
— Acho que você não entendeu — protesta Abigail, com ar de inocente. — Estou falando de, tipo, estar com o ego lá em cima, *de verdade*. Você nunca fez o delineado gatinho perfeito e sentiu que precisava compartilhar on-line, e assim ficar salvo pra sempre, pra fazer parte do seu legado? Não acha que é um crime *não* mostrar ao mundo o novo vestido preto que comprei e como ele deixa meu corpo lindo? — Ela termina o pequeno discurso recostando-se em seu assento e sorrindo para mim.

E, por mais que eu saiba que deveria reprovar o comportamento dela, tenho que morder o lábio para não rir também. Em parte, porque sei a razão de minha amiga estar fazendo isso.

Abigail nunca se deu ao trabalho de atrapalhar a aula, mas ela sempre decide perturbar mais quando percebe que estou de mau humor. É a maneira dela de aumentar minha pressão arterial e meu ânimo ao mesmo tempo.

— Garanto pra você, mocinha, que esse não é o tipo de legado que você quer deixar — retruca Samantha, com as narinas dilatadas. — É exatamente disso que estou falando. Sei que o córtex pré-frontal de vocês ainda não se desenvolveu por completo, mas vocês precisam começar a pensar *além* dos impulsos momentâneos. Sua pegada digital pode afetar seu histórico escolar, futuras faculdades, futuros *empregos*. Vamos dar uma olhada em exemplos do que deve ser evitado, certo?

Ela passa para o próximo slide, que é um e-mail fictício.

> Prezado Brady,
>
> Você tem uma personalidade horrorosa, uma cara horrível e tudo em você é péssimo. Não vou com sua cara, nem um pouco. Sugiro que se jogue na frente de um trem.

A atenção da sala se volta para mim.

Abaixo a cabeça, o rosto vermelho de humilhação.

Por mais que o e-mail não seja *meu*, a referência é óbvia e, por certo, deliberada.

— Alguém pode me dizer qual é o problema com esse exemplo? — pergunta Samantha. Ninguém se voluntaria e, por alguns segundos da mais pura ingenuidade e tolice, acho que posso estar a salvo. Podemos voltar àquela bela palestra sobre como postar selfies resultará em nosso inevitável assassinato. Mas então Samantha olha ao redor da sala. — A participação é importante. Se estiverem tímidos, vou escolher alguém de forma aleatória. Que tal...

Desde que não seja o Julius, eu rezo em minha cabeça, as unhas cravadas na saia. Só não pode ser o Julius...

— Você — diz Samantha, e aponta diretamente para Julius.

Talvez eu devesse me jogar na frente de um trem.

— Eu? — repete Julius, enquanto nossa classe se dissolve em a onda intensa de sussurros. Quando ele se levanta, com as costas retas e as mãos nos bolsos, tenho uma visão não solicitada de seu perfil lateral. Pela primeira vez, ele não parece presunçoso por ter sido chamado para responder a uma pergunta.

— Sim. Qual é o problema com esse exemplo? — pergunta Samantha. — Alguém... não importa como esteja se sentindo... deveria enviar um e-mail como esse?

Os olhos de Julius se voltam para mim, rápidos como um raio, frios como gelo.

— Bom, pra começo de conversa, acho que ninguém deveria *escrever* um e-mail como esse. É de uma imaturidade gritante e um sinal de que quem enviou tem crises de raiva não resolvidas... sem falar na baixa autoestima.

— Mas e se o destinatário merecer?

Não percebo que me levantei e falei, o que fez com que todos se virassem para me encarar, o peso concentrado de toda essa atenção como o de um golpe de um martelo bem na minha barriga. Mas só tenho olhos para uma pessoa. Julius. A mandíbula cerrada, os olhos escuros.

— Então você está dizendo que a culpa é do destinatário — conclui Julius com uma risada. — Uau. É lógico.

Certo, pare de falar, a parte lógica do meu cérebro me diz. *Cale a boca e sente-se agora mesmo.*

Mas minha boca parece ter cortado relações com meu cérebro.

— Só estou dizendo que talvez, se o destinatário fosse *um pouco* menos irritante e não insistisse *tanto* em atormentar o remetente por anos a fio...

— Talvez se algumas pessoas não fossem tão sensíveis...
— Isso se chama ter uma reação humana normal. Emoções, sabe como é. Sei que esse pode ser um conceito estranho...
— Com licença, vocês dois — chama Samantha do pódio, com firmeza. — Esse não é o objetivo da atividade.
Nós dois fazemos algo que nunca ousaríamos fazer com um professor, nem mesmo com um professor de arte. Nós a ignoramos.
— Você não parecia se importar tanto com os sentimentos dos outros quando estava escrevendo os e-mails — acusa Julius, o volume da voz mais alta.
— De novo, não era minha intenção que eles fossem *enviados* — retruco. Tenho uma noção muito distante de que o salão ficou em silêncio, de que todos estão observando, ouvindo, testemunhando. Alguém está segurando o celular. Mas não registro nada a não ser a não ser a raiva que está se espalhando pelo meu corpo, o desejo de destruir o garoto que está à minha frente. — Eu estava só desabafando...
— Já ouviu falar em escrever em um diário, Sadie? Talvez seja melhor investir em um.
— Não seja ridículo. Eu jamais escreveria sobre você num diário...
Ele inclina a cabeça. Sorri com a boca, mas não com os olhos.
— E, ainda assim, é mais do que óbvio que você não para de pensar em mim.
— Pensar em *matar* você — corrijo, rangendo os dentes. Eu poderia matá-lo agora mesmo.
— Viram? — Julius gesticula para mim, como se estivesse fazendo um discurso. — É disso que estou falando quando digo "crises de raiva".
— Que você é a fonte deles? Porque sim, isso é verdade...
— *Silêncio!* — grita Samantha.
Fecho a boca e desvio minha atenção do Julius.
Pode ser culpa das luzes artificiais do corredor, mas o rosto de Samantha assumiu um tom horrível de cinza. Dá para ver to-

das as veias na testa dela, tão marcadas que poderiam ser usadas como um diagrama para alunos do primeiro ano de medicina.

— Nunca — vocifera —, em todos os meus anos de visitas a escolas, *nunca* encontrei alunos tão... tão *grosseiros* e indisciplinados. Esse comportamento é completamente inaceitável. — Ela aponta um dedo para nossos crachás. — E vocês deveriam ser os capitães da escola? Esse é o tipo de exemplo que querem dar aos colegas?

Eu não achava que fosse possível experimentar novas possibilidades de humilhação, mas, ao que parece, é possível, sim. A pele das minhas bochechas e a parte de trás do meu pescoço estão tão quentes que coçam.

— Antes de vir para cá, tudo o que eu tinha ouvido sobre Woodvale era que se tratava de uma das melhores instituições acadêmicas do estado. Seletiva. *Prestigiosa*. — Ela puxa o cabo do laptop enquanto fala. — Mas isso é... bem, é muito mais do que decepcionante. — Pega a garrafa térmica do chão. — Receio que não posso mais continuar. — Leva uma mão dramática ao peito, como uma atriz em uma peça trágica. — Vou ter que encerrar agora essa palestra.

Com isso, ela sai marchando pela porta, alguns segundos de silêncio se seguindo à sua saída.

Então Georgina diz, esperançosa:

— Isso quer dizer que temos tempo livre?

Antes que alguém possa comemorar, a porta se abre mais uma vez e Samantha volta marchando. Sua pele mudou de cinza para carmesim.

— Acabei de lembrar que não receberei o cachê de palestrante se não ficar até o fim da sessão. — Ela funga e conecta o laptop de volta ao projetor, passando para o próximo slide como se aquele breve episódio nunca tivesse acontecido. — Bem, onde estávamos? Ah, sim, a pegada digital.

Capítulo sete

Dois anos atrás, nosso trabalho final de inglês foi um debate em sala de aula. Julius estava na equipe a favor e eu estava na contra, as frentes de batalha traçadas desde o início. Antes do debate, passei semanas me preparando, mergulhando em artigos acadêmicos, pesquisando tudo sobre o tópico a ser discutido: se a clonagem humana deveria ser legalizada. No dia, minha cabeça estava a todo vapor. Eu estava pronta. Na maior parte do tempo, tinha a sensação de que só fingia ser inteligente, como uma atriz que precisa interpretar uma neurocirurgiã. O que importava era convencer as outras pessoas de que eu era inteligente. Mas quando me levantei para defender o meu argumento, me senti inteligente. Minha mente girava, tão suave e rápida quanto uma máquina, as mãos permaneciam perfeitamente firmes sobre os cartões com tópicos. Nem precisei olhar para eles. Eu estava tão familiarizada com a lógica de Julius que podia prever suas argumentações e contra-argumentos com antecedência, identificar as lacunas em seu raciocínio, detectar as inconsistências nas evidências. Lembro-me da quietude incomum da sala de aula enquanto eu falava com objetividade e calma, mantendo meus olhos nele o tempo todo. Nada podia me perturbar. Quando terminei, houve um silêncio atordoante, e ouvi alguém sussurrar *uau* em um tom de admiração genuína. Então, os aplausos se seguiram, crescendo cada vez mais, até que os gritos de aclamação se sobrepuseram às palmas. Foi um dos momentos mais felizes da minha vida.

Acabei ganhando não só o debate, mas também o prêmio de Melhor Oradora. Quando os resultados finais foram anunciados, Julius me encarou, com o maxilar travado e os olhos brilhando com uma intensidade que quase me assustou. Eu sempre julguei que o odiava um pouco mais do que ele me odiava, mas, naquele momento, eu não tinha tanta certeza.

Ele está com a mesma expressão ressentida na manhã seguinte, quando trombo com ele do lado de fora da aula de matemática.

Literalmente.

Estou prestes a entrar no exato segundo em que ele sai. Dou de cara com o ombro dele.

Eu me inclino para trás, esfregando o nariz, certa de que ele vai fazer uma piada sobre minha falta de coordenação ou exigir um pedido de desculpas ou zombar de mim por causa dos e-mails de novo, mas, em vez disso, ele me olha com aquele olhar terrível e incisivo e diz:

— Estamos sendo chamados na sala do diretor.

Meu coração para de bater.

— O quê? — pergunto, quase engasgando. Parte de mim, por instinto ou por esperança, deseja que ele esteja me pregando uma peça, mexendo com minha cabeça, que esse seja seu modo perverso de se vingar. Ele deve saber que esse é o meu pior pesadelo.

Mas então ele passa por mim e segue pelo corredor em direção à diretoria e meu coração volta a bater duas vezes mais rápido do que o normal.

— Espera — grito, correndo atrás dele. Ele diminui um pouco o passo, sem se virar. — Espera, você tá falando sério? Temos que ir agora mesmo?

— Não, Sadie, disseram pra gente ir daqui a vinte e três anos — responde ele, a voz tão seca e afiada que poderia cortar ossos. — Só estou avisando com essa antecedência pra você ter tempo de se preparar.

Meu pânico é tanto que não consigo pensar em uma resposta à altura.

— Mas... ele disse o porquê?

— Você está mais esperta do que nunca hoje. Por que você acha? Que fato ocorreu nas últimas quarenta e oito horas que seja tão terrível a ponto de justificar uma reunião presencial com o diretor?

No entanto, enquanto ele fala, a resposta já surge em minha mente. Os e-mails. É óbvio que só pode ser isso. Eu engulo uma risada quase histérica. Da última vez que fui à sala do diretor, também estava com Julius, mas foi porque nós dois havíamos batido o recorde de maior média ponderada da história da escola. Uma *conquista notável*, de acordo com o diretor, e algo que eu deveria ter comemorado, exceto que nossas médias eram *exatamente* iguais, até a segunda casa decimal. Saí da reunião prometendo a mim mesma que aumentaria minha média para que fosse maior que a dele.

Talvez Julius tenha se lembrado da mesma coisa, porque o lábio inferior dele se curva.

— É a primeira vez que isso acontece comigo, espero que saiba. Sempre que sou chamado ao escritório do diretor, é pra receber boas notícias.

— Primeira vez pra *você*? — vocifero. As aulas já devem ter começado a essa altura, então os corredores estão vazios, a não ser por nós dois ali. É estranho passar pelas inúmeras portas das salas de aula, todas fechadas. Pelas janelas de vidro nas portas, posso ver os professores fazendo a chamada, os alunos mexendo em suas anotações.

— Eu literalmente nunca tive problemas até...

— Até dois dias atrás — alfineta ele —, quando você conseguiu ofender metade do corpo docente e discente de uma só vez. Ah, e ontem, quando você decidiu começar uma discussão

ridícula comigo na frente de toda a classe. É uma bela façanha, se você pensar bem. Você gosta mesmo de se superar, não é?
— Era *você* quem estava discutindo comigo.
— Bom, antes de mais nada, nós não estaríamos nessa situação se não fosse pelos seus e-mails. Graças a você, a escola inteira está falando da gente. É uma anarquia. E você viu o que eles desenharam por cima da nossa foto como capitães? E ainda foi com canetinha vermelha. — Ele faz uma pausa para dar ênfase. — Na minha *cara*.
Duvido que ele ficaria tão irritado se alguém tivesse vandalizado a *Mona Lisa*.
— Se eu fosse você — acrescenta —, estaria pensando em uma explicação muito boa agora mesmo. Mesmo que você não tenha enviado os e-mails, foi você quem *escreveu* e arrastou nós dois pra essa confusão...
— Pelo amor de Deus, cala a boca.
Ele vacila por alguns instantes, depois me dá um sorriso estranho, como se tivesse me flagrado fazendo algo que não deveria, como se me conhecesse melhor do que eu gostaria. Fico toda arrepiada com a atenção indesejada.
— Sua linguagem se torna mais rude a cada dia que passa. Decidiu parar de fingir que é uma aluna exemplar?
— Eu tô falando sério, Julius — digo entredentes, erguendo a mão —, se você não parar de falar, eu vou...
— Me bater? — Seu sorriso fica ainda maior, como se estivesse me desafiando. É um sorriso que parece dizer *você não se atreveria*. — Me sufocar, do jeito que você descreveu no e-mail?
Na mesma hora, minha pele fica tão quente que eu não ficaria surpresa se fosse possível ver o vapor saindo do meu corpo.
— Você vai deixar isso pra lá algum dia?
— Não — diz ele, decidido. — Não até estarmos quites.
— O que eu tenho que fazer, então? — exijo saber. — Para ficarmos quites?

Ele para, os olhos negros percorrendo meu rosto. Eu me forço a encará-lo, mesmo que tudo em mim grite para eu fugir.

— Eu vou te dizer o que precisa fazer para compensar — anuncia ele, deixando as palavras fervilharem no espaço entre nós, estendendo a ameaça. — Mas, primeiro, tenho que ver o tamanho do estrago.

Uma onda do mais puro e cruel pavor me percorre quando percebo que chegamos à sala do diretor. Ainda que fique no mesmo prédio, parece uma área completamente separada. A pintura das paredes é mais nova, as janelas são mais largas, as letras da placa onde se lê Diretor Miller são de um dourado brilhante. A única porta de seu escritório é feita de vidro fumê, do tipo que serve como espelho de um lado só. Imagino o diretor Miller olhando para nós de sua mesa, observando-me enquanto limpo minhas mãos suadas na saia. Pensar nisso só faz com que as palmas das minhas mãos fiquem ainda mais úmidas.

Julius encara a maçaneta, mas não se move.

— Por que você não entrou ainda? — pergunto.

— Por que você não pode ser a primeira a entrar? — diz ele com frieza, como se fosse eu quem estivesse sendo ridícula, mas há cautela em sua expressão. Seus olhos ficam deslizando para a porta como se ela pudesse abrir os portões do inferno.

Ele está nervoso, percebo. Eu ficaria muito mais feliz com essa descoberta se não estivesse com vontade de vomitar meu café da manhã no tapete branco aos meus pés.

— Entra logo — apresso.

Ele não se mexe.

— Entra você.

— Do que você tem medo?

— Não estou com medo — responde ele, se afastando da porta. — Eu só não quero ser o primeiro a entrar.

Emito um som que é uma mistura de bufada e suspiro.

— Isso é criancice...

— A criança aqui é *você*. Estou sendo um cavalheiro.

— Certo — digo, revirando os olhos com tanta força que quase consigo ver o fundo do meu crânio. — Porque você é um cavalheiro.
— Sou, sim.
— Abra a porta, Julius.
— Não, *você*...
— Entrem. — Uma voz grave chama lá de dentro.
Eu levo um susto, meu coração acelerando no mesmo instante. Levo alguns instantes para me recuperar, e mais alguns para abrir a porta, xingando Julius mentalmente.
O diretor Miller está reclinado em sua cadeira de couro, girando uma caneta esferográfica com uma das mãos e segurando um copo descartável da cafeteria com a outra. O escritório inteiro tem cheiro de café. A lâmpada de leitura ao lado dele é de um branco pálido e clínico que me lembra as salas de espera dos hospitais, com a luz incidindo em sua cabeça careca.
— Oi, diretor Miller — consigo dizer, tentando ler sua expressão. É inútil, como tentar encontrar um padrão em uma parede branca. Seus olhos escuros são desprovidos de emoção, o espaço entre suas sobrancelhas grossas é suave. — O senhor... pediu para nos chamarem?
Em resposta, ele apenas aponta para os dois assentos à sua frente.
A cadeira ainda está quente quando me sento, e não consigo deixar de pensar na última pessoa que esteve aqui. Talvez ela tenha sido expulsa, ou tenha recebido uma detenção, ou talvez estivesse sendo parabenizada por ter ficado em primeiro lugar em uma competição nacional de hipismo, ou por ter encontrado uma cura para o eczema. dessa é a questão sobre ser chamado pelo diretor — você sabe que é para receber notícias muito boas ou muito ruins.
Julius se senta à minha esquerda, com a coluna ereta.
— Sei que os dois deveriam estar em aula agora, então vou direto ao ponto — anuncia o diretor Miller, pousando a caneta.

Tudo o que eu não te disse 75

— Chegou ao meu conhecimento que uma série de e-mails com palavras um tanto... agressivas tem circulado pela escola. Isso está correto?

Minha boca está seca demais para falar. Tudo o que consigo fazer é assentir.

— Ah — diz ele. Uma única sílaba que soa tão, tão assustadora. — E também é verdade que você endereçou muitos desses e-mails ao seu co-capitão e o chamou, entre outras coisas...

— ele olha para o monitor do computador e limpa a garganta — de *um pirralho mimado, uma pedra insuportável no sapato, um mentiroso de coração frio* e de uma certa palavra que se refere à... região inferior da anatomia humana?

Eu pisco.

— Como assim?

O diretor Miller me lança um olhar incisivo.

— Ah, certo... você quer dizer *cuz*... — Fecho a boca, mas não antes de ver o Julius tentando esconder o riso com o punho fechado. É bom que ele ainda consiga tirar sarro de mim nas circunstâncias atuais. Muito animador.

— Normalmente, não gostamos de interferir em desentendimentos pessoais entre nossos alunos — diz o diretor. — Mas, nesse caso específico, receio ter de fazê-lo. Após a sessão de ontem, Samantha Howard expressou suas queixas a mim em relação ao comportamento repreensível de vocês. Perturbando a aula, discutindo na frente dos alunos, fazendo *ameaças diretas*. Não é preciso dizer que ela ficou com uma péssima impressão de nossa escola e não voltará mais aqui.

— Perdão, diretor Miller, mas ela está exagerando — retruca Julius. Tenho de admirar o fato de ele ter coragem de falar. Eu me sinto pronta para me encolher em posição fetal. — Sim, Sadie e eu tivemos uma... troca um pouco acalorada, e pode ser que a gente tenha se exaltado, mas não é tão ruim quanto...

— Quanto isso? — O diretor Miller ergue o celular.

Nós dois nos inclinamos, confusos.

Um vídeo está sendo reproduzido sem parar na tela. Editado por algum fã, para ser mais precisa, em que aparece Caz Song, aquele ator muito famosinho que minhas primas na China são completamente apaixonadas. Assistimos a cerca de cinco segundos, durante os quais ele passa a mão pelos cabelos com efeitos especiais de flash, antes de o diretor Miller virar abruptamente o celular e rolar a tela para baixo.

— Desculpe — diz ele, virando a tela de novo —, não era aquele. Esse.

O novo vídeo é menos confuso, mas infinitamente mais preocupante. Deve ter sido gravado por um de nossos colegas de classe durante a sessão de segurança cibernética de ontem. Julius e eu estamos de pé e, mesmo com a iluminação ruim da sala, dá para perceber que estamos discutindo. Minhas mãos estão mais apertadas do que agora, e o queixo dele está erguido de um modo desafiador, com a mandíbula retesada.

— Parece que sua turma não aprendeu nada com a palestra, porque é óbvio que isso é uma violação das políticas de mídia e privacidade da escola. — O diretor Miller balança a cabeça.

— Pedimos ao aluno que retirasse o vídeo do ar, é óbvio, mas ele já tinha cinquenta e três visualizações.

Julius solta um som que poderia muito bem ser uma risada zombeteira. Internamente, compartilho desse sentimento.

— Só? Isso não é quase nada...

— São cinquenta e três visualizações a mais do que deveria ter. — O diretor Miller interrompe com um olhar severo. — O vídeo foi visto por uma das mães que participou da visita guiada. Ela planejava matricular a filha na nossa escola, mas mudou de ideia, e as outras mães também estão reconsiderando. O assunto já chegou ao conselho escolar, e acho que não preciso dizer que não gostaram nem um pouco. Vocês compreendem a gravidade da situação?

Concordo rapidamente, cerrando os dentes para impedir que batam. Ainda não sei dizer qual o rumo dessa conversa, mas já posso prever que não vai terminar bem. Tudo o que posso fazer é me preparar para o pior.

— No momento, nossa principal preocupação é garantir que não haja mais impactos negativos na imagem e na cultura da escola. — Seus olhos pousam primeiro em Julius e depois em mim. — Como solução, pedimos que trabalhem juntos no próximo mês para superar suas diferenças, até que as tensões se dissipem. Não me refiro apenas às suas funções regulares como capitães, mas por toda a escola, em atividades variadas. Considerem isso uma demonstração de camaradagem.

Sinto um aperto no estômago.

Já passo tempo demais perto de Julius Gong. Não consigo me imaginar passando *ainda mais* tempo com ele. Acho que não conseguirei fazer isso sem perder a sanidade ou jogar o corpo dele numa vala.

Quando olho para ele, percebo que também está horrorizado, como se o diretor tivesse acabado de sugerir que ele dormisse de conchinha com um gato selvagem. E, embora o sentimento seja muito mais do que recíproco, ainda assim, me atinge em cheio. Ao que parece, preciso sempre ser querida, até mesmo pelo garoto que odeio.

— Com todo o respeito, eu não fiz nada — responde Julius. O tom de sua voz é monótono, de uma calma quase convincente, mas dá para notar que ele parece não conseguir respirar enquanto fala. Suas mãos se flexionam sobre os apoios de braço de madeira, como se ele estivesse tentando se firmar contra eles. — Não fui *eu* quem escreveu os e-mails. Por que eu...

— Pode parecer injusto, mas a realidade é que vocês dois estão envolvidos. Se não estiver satisfeito com minha proposta ou não estiver disposto a tomar as medidas necessárias para resolver esse conflito, terei de reconsiderar sua aptidão para o cargo e entrar em contato com seus pais.

— Não — diz Julius bruscamente, com tanta intensidade que o diretor se encolhe. — Perdão — acrescenta, mais calmo, se recompondo, embora eu ainda possa ver o músculo tensionado de sua mandíbula. — Só quis dizer que concordo com a solução.

— Fico feliz que você esteja sendo razoável — diz o diretor Miller. Em seguida, ele se vira para mim. — E você, Sadie? Está feliz em cooperar?

Feliz não é a palavra adequada. *Enojada* seria mais apropriado. Ou *revoltada*. Ou *indignada*. Nunca me senti tão ressentida com algo. Mas não é como se eu tivesse muitas opções. Sem meu título de capitã no histórico escolar, Berkeley pode cancelar minha admissão. Que se dane o Julius. Eu me forçaria a trabalhar com o Diabo se isso significasse que eu poderia manter meus futuros planos intactos. Eu preciso ser a filha confiável da família, a pessoa com maiores chances de ser bem--sucedida e mudar nossa vida. Minha mãe e meu irmão estão contando comigo.

— Sim — consigo dizer. — Sim, estou.

— Excelente. — O diretor bate palmas, sorrindo para nós dois. Ele é o único que o faz. — Nesse caso, vocês podem começar limpando o galpão de bicicletas juntos depois da aula.

Capítulo oito

Os galpões de bicicletas da Academia Woodvale são uma fonte de notícias mais confiável do que o boletim informativo da escola. Em vez de atualizações vagas sobre a regata de remo, ou a nova quadra de netball, ou o professor que vai se afastar por conta de "circunstâncias imprevistas", aqui se encontram as verdadeiras notícias rabiscadas com marcadores brilhantes nas paredes. Términos, traições, escândalos; quem é popular esta semana e quem está namorando com quem. É artístico de uma forma quase vanguardista, a mistura de caligrafias caprichadas e delicadas com letras angulosas e raivosas, desenhos de corações, nomes riscados e poemas pela metade. A essa altura, há mais coisas escritas nos tijolos cinza do que espaços em branco.

E nós temos que limpar tudo isso.

Deixo o balde e a escova que estou carregando caírem no chão. Por um momento, só consigo encarar horrorizada, absorvendo o tamanho do trabalho que teremos. Vai levar horas, no mínimo, se formos rápidos — e, a julgar pelo modo como Julius está segurando a mangueira como se fosse uma cobra morta, arrisco dizer que não seremos.

Na verdade, duvido que Julius tenha esfregado qualquer coisa em sua vida.

— Isso é ridículo — diz ele, balançando a cabeça. — É só uma desculpa da escola para nos obrigar a fazer trabalho manual.

— Bem, é melhor a gente começar logo. — Solto meu cabelo do coque alto de sempre, virando a cabeça e o alisando com os dedos antes de voltar a prendê-lo, dessa vez em um rabo de cavalo. Eu me endireito a tempo de ver Julius me encarando com uma expressão estranha e um tanto confusa no rosto. — O que foi?

— Nada. Eu só... nunca vi você com o cabelo solto antes.

Sinto uma pontada de irritação dentro de mim.

— E?

— Como assim, *e*? — Sua boca se enruga. — Foi só uma observação.

— Com você, sempre tem um *e* — retruco, lutando contra a vontade repentina de tocar meu cabelo, alisá-lo, olhar no espelho para ver como está. É verdade que nunca uso o cabelo solto na escola, em parte porque é contra as regras, caso o cumprimento do cabelo passe dos ombros, ainda que os professores mais jovens e simpáticos não se importem com isso, e em parte porque ele me atrapalha quando estou correndo ou fazendo anotações. — Toda a sua existência é basicamente uma frase que nunca tem ponto final.

Diante do meu comentário, sua expressão se reajusta em uma careta familiar.

— E eu que achando que você já tinha usado todos os insultos possíveis nos e-mails.

— Não se preocupe, posso sempre pensar em algo novo.

— Pego a escova de novo e dou um passo à frente antes que ele possa responder. — Certo, para facilitar, vamos dividir as tarefas. Você pode jogar água nas paredes e eu esfrego.

— Por que eu? — exige ele. — Por que você não pode usar a mangueira?

Inspiro fundo. Não acredito que o diretor acha mesmo que esse plano vai nos ajudar a *superar* nossas diferenças. Na verdade, minha vontade de esganar o Julius triplicou desde hoje de manhã.

— Porque — digo, mantendo meu tom o mais neutro possível —, sendo bem sincera, acho que você não sabe esfregar.

O canto do lábio dele se retorce mais para baixo.

— É óbvio que sei.

— Certo — respondo, nada convencida.

— Eu vou provar. — Enquanto fala, ele tira um par de luvas pretas dos bolsos e começa a calçá-las.

— O que é isso? — Franzo a testa. — De onde você tirou essas luvas? Não estamos aqui para assaltar um prédio.

— Estou protegendo minha pele. Tenho mãos muito bonitas, como você já observou no passado. Seria uma pena feri-las.

— Contra minha vontade, fico vermelha.

— Aqui. — Ele joga a mangueira para mim e pega a escova com os dedos perfeitamente enluvados. — Observe.

Eu observo. Ligo a mangueira, borrifo um pequeno trecho da parede e observo, incrédula, enquanto ele move a escova em um patético movimento circular. Os tijolos estão mais escuros, a superfície está brilhando com a água, mas a tinta dos marcadores não sai. Na verdade, acho que ele conseguiu borrar ainda mais.

— Por que você está massageando a parede? — pergunto.

Ele para. Daí ele se vira para mim fazendo uma cara feia.

— Foi mal se não quero atacar que nem um *animal*...

— Você está perdendo tempo. — Levanto a cabeça e olho para o céu. A luz já começou a se dissipar de um cerúleo brilhante para um índigo pesado, e a maioria dos carros já saiu do estacionamento do outro lado do terreno. O pânico me causa um aperto na barriga. Minha mãe deve estar esperando que eu chegue em casa e faça o jantar. Ainda tenho que descongelar as costelas de porco, ligar a panela de arroz e preparar a sopa...

— Ainda assim, consigo fazer melhor do que você — insiste Julius, passando a escova sobre um par de iniciais onde se lê AJ + BH PRA SEMPRE. Elas foram riscadas e substituídas logo abaixo pelas palavras AJ + LE PRA SEMPRE.

Minha frustração ferve rapidamente dentro de mim.

— Meu Deus, você é tão teimoso.

— E você é mandona — retruca ele.

— Difícil — digo, irritada.
— Exigente.
— Arrogante.
— Impaciente.
— Cínico — falo por cima dele, meus punhos se fechando em torno da mangueira enquanto mais água jorra. — Esnobe...
— Cheia das críticas. — Ele zomba de mim.
— Manipulador...
— Julgadora... *Ei, cuidado.*
Eu recuo e baixo a mangueira, mas é tarde demais. A água jorrou por toda parte, encharcando metade da camisa e do cabelo dele. Por algum golpe de sorte ou magia a única mecha preta caída em sua testa permanece intacta. Mas todo o resto está desgrenhado. Suas mangas estão enrugadas por causa da umidade, a gravata está solta do colarinho. Enquanto ele está ali, pingando, piscando depressa para tirar a água de seus olhos e passando a mão enluvada no rosto, uma onda de riso sobe à minha garganta.
— Sadie. — Ele diz meu nome como se fosse uma maldição, suas feições se contraindo com choque e desdém. E talvez todo o drama recente tenha mexido com meu cérebro, porque, em vez de me debulhar em pedidos de desculpas ou me preocupar com o tempo perdido, eu me viro, gargalhando.
— Foi mal — digo, entre risadas. — Foi sem querer...
Seus olhos se estreitam, mas é difícil levá-lo a sério quando a frente de sua camisa está colada na pele.
— Se eu não conhecesse você, diria que fez isso de propósito.
— Eu juro... não foi... — Aperto a barriga, sem fôlego de tanto gargalhar, e de repente me dou conta de que essa é a primeira vez que estou rindo de verdade em quase dois dias. É como se meu corpo fosse um elástico, esticado demais em todas as direções, e agora ele por fim se rompeu, a tensão foi liberada. Engulo o ar frio e doce, enchendo meus pulmões com ele.

Então ele agarra a mangueira mais rápido do que eu posso reagir e a vira na minha direção.

Eu grito.

O jato violento de água é tão frio que quase queima. Está no meu nariz, na minha boca entreaberta, na parte interna da camisa. Posso sentir a água escorrendo pela coluna, empoçando meus sapatos. E a única coisa nítida em minha visão embaçada é o rosto de Julius. Ele está sorrindo agora, evidentemente satisfeito consigo mesmo.

— Eu vou matar você — digo na mesma hora. — De verdade, vou matar você.

Eu me atiro para pegar a mangueira de novo, mas ele a segura no alto da cabeça, fora do alcance. Está me provocando.

— Me dá essa mangueira — protesto.

— De jeito nenhum.

— Eu disse, *me dá...* — Eu pulo e consigo colocar uma mão na ponta. Mas ele não solta, apenas a puxa como se estivéssemos brincando de cabo de guerra e, quando me dou conta, estamos lutando com ela nas mãos, e a água ainda está saindo, encharcando a nós dois. Estou engasgando, tremendo e gritando com ele, mas, de alguma forma, também estou rindo, porque isso é ridículo. Porque há muito tempo não tenho a chance de fazer algo tão ridículo, de me comportar como uma criança.

É só quando ambos estamos encharcados da cabeça aos pés e respirando com dificuldade que ele se afasta. Dá uma olhada em mim. Depois se vira de costas de repente.

— O quê? — digo, confusa.

— O uniforme da escola é feito de poliéster. — Esta é a resposta bizarra dele. Parece estar olhando para a grama aparada sob seus pés com extrema concentração.

— Desde quando você se interessa por tecidos?

Ele ignora a pergunta.

— E o poliéster branco — diz ele, com a voz tensa —, quando molhado, fica transparente.

Tenho certeza de que uma pequena parte de mim morre ali mesmo. Implode naquele exato instante. Se desintegra em cinzas. Minha pele está tão quente que nem sinto mais a água gelada. Abraço meu corpo em uma tentativa ridícula de me cobrir e procuro freneticamente pela minha mochila antes de lembrar que, *é lógico*, meu blazer não está lá. Eu deixei dentro do armário, do outro lado do campus. Porque, ao que parece, essa é a minha sina agora.

Bem quando estou pensando se devo cavar um buraco e me jogar lá dentro, Julius diz:

— Minha mochila. Meu blazer está lá dentro.

Paraliso ali mesmo. Sozinhas, as palavras fazem todo o sentido. Mas, juntas, e vindas dele, poderiam muito bem ser uma língua alienígena. Não é possível que ele esteja me oferecendo...

Só que ele continua, com certa impaciência:

— No bolso da frente. Só não futuca as minhas coisas.

Eu não me mexo. Com certeza isso é algum tipo de armadilha. Ele suspira.

— Se você não pegar sozinha, vou ter que me virar...

— Não... não se atreva — digo depressa, embora ele continue com a cabeça baixa, os olhos fixos na grama. — Eu... eu vou pegar.

Meu cabelo ainda está pingando enquanto abro o zíper da mochila dele, deixando manchas escuras no tecido. Seu blazer está dobrado cuidadosamente na parte de cima, bem passado. Nele, fica perfeito, praticamente sob medida, com as linhas retas e nítidas nos ombros. Mas quando eu o coloco, ele cai ao meu redor como uma capa. Mas eu não me importo. É quente e seco e tem o cheiro dele: menta, cedro e ainda algo doce, familiar, algo que me lembra o verão de quando tínhamos catorze anos. Então eu me pego inalando, abraçando o tecido macio mais perto do meu corpo trêmulo, e congelo.

Deve ter entrado água no meu cérebro, para me fazer agir dessa forma.

— Obrigada — digo, querendo que minha voz soe normal.
— Você pode se virar agora.
Ele se vira devagar. Seu olhar se fixa no blazer, que termina logo acima dos joelhos, cobrindo minha saia. Um leve movimento da garganta, como se ele estivesse engolindo algo afiado.
— Só não perde — fala, por fim. — Todos os meus distintivos estão presos aí, e muitos deles são edições limitadas. Você não conseguiria repor nem se tentasse.
Qualquer centelha de gratidão que eu tenha sentido por ele se apaga.
— Devolvo amanhã de manhã, lavado e seco. Feliz?
— Não precisa lavar — diz ele, como se não se importasse. Então, como se percebesse minha surpresa, seus olhos se estreitam. — Não confio em você. Vai acabar encolhendo o tecido de alguma forma.
Eu até retrucaria, mas então me ocorre que o que ele disse sobre poliéster também se aplica a ele. Agora que ele está de frente para mim, percebo como a camisa da escola é fina. O tecido branco agora com um tom quase prateado se agarra à curva de sua cintura, aos músculos de seus braços.
Quando volto a falar, falo para a parede.
— Você... precisa se trocar?
— Ah, bem lembrado — responde ele. — Vou procurar o uniforme reserva que tenho sempre à mão para o caso da minha co-capitã me atacar com uma mangueira.
— Você quem sabe — resmungo, pegando a escova. — Nenhum de nós tem permissão para sair até que o trabalho esteja concluído.
Desta vez, ele não protesta. Liga a água de novo sem dizer mais nada e aponta a mangueira para a parede à minha esquerda. Provavelmente, não deve ser porque admite que farei um trabalho melhor ao esfregar, mas sim por estar com medo de eu o molhar de novo, mas pelo menos estamos sendo eficientes. Trabalhamos em silêncio, entrando em um ritmo constante.

Ele molha uma área e eu a esfrego logo em seguida, apagando segredos, nomes, xingamentos, desejos. Meu cabelo começou a endurecer, pendendo em tufos grossos e pesados sobre os ombros, e meus sapatos fazem um barulho desagradável toda vez que mudo de posição. Mas Julius não reclama, então eu também não reclamo.

Estamos quase terminando quando noto a mensagem rabiscada no canto de um dos tijolos.

É nova, a tinta preta da caneta é escura e fresca. Apenas cinco palavras e meu coração vai parar na garganta.

Sadie Wen é uma vadia.

Meus ouvidos começam a zumbir. Pisco algumas vezes e o frio parece congelar minha pele. Minhas roupas pinicam demais, minha garganta está muito apertada; uma sensação horrível e nauseante se acumula dentro de mim, inchando até o peito, me impedindo de respirar. Estou enjoada.

— O que foi? — pergunta Julius, se aproximando.

Sou invadida pelo medo. Ele não pode ver. Não consigo suportar a ideia de que ele leia, que ria de mim, que concorde ou que me provoque. É humilhante demais. Eu quero apenas morrer.

— Nada — respondo. Bloqueio o escrito com a mão, mas quando olha para meu rosto, ele vislumbra algo que faz seu comportamento mudar no mesmo instante. Seu olhar se torna mais aguçado. Os ombros ficam tensos.

— O que foi, Sadie? — pergunta de novo, mas de uma maneira diferente. Mais baixo, mais sério. Urgente.

Eu apenas balanço a cabeça, com os dedos abertos sobre as palavras. Mas mesmo com elas escondidas, posso vê-las como se estivessem gravadas em minha pele. *Sadie Wen é uma vadia.* Há quanto tempo a mensagem está aqui? Quantas pessoas já passaram por ela? Será que alguém a escreveu logo depois que meus e-mails foram enviados?

— Me mostre — ordena Julius.

— Não... — Minha voz sai baixa, trêmula. — Não...

Seus dedos longos envolvem meu pulso, puxando-o para baixo, e então as palavras estão lá, expostas, totalmente visíveis para nós dois. A vergonha queima minha pele como ácido e se agita no fundo da minha barriga.

Por um longo tempo, ele não diz nada.

O silêncio é enlouquecedor. Estou com muito medo de olhar para seu rosto, de ver qualquer sinal de desprezo ou alegria.

— Acho que você não é o único que me odeia agora — comento, só para preencher o silêncio com *alguma coisa*, para tentar fazer com que pareça uma piada. Ele não pode saber o quanto isso me machuca. Como é fácil me machucar.

— Essa caligrafia é horrível — diz Julius, por fim. Seu tom é indecifrável. — Deve ser do Danny.

— De quem?

— Danny Yao, da turma de história.

O nome se instala no fundo da minha mente como lodo. Danny. Eu também lhe escrevi um e-mail raivoso, ainda que tenha sido há três anos. Ele pegou meu transferidor emprestado pouco antes de uma prova importante de matemática e o perdeu. Ele só se lembrou de me enviar um e-mail e me avisar depois que a prova já tinha passado, depois de eu ter entrado em pânico e implorado a qualquer pessoa que eu pudesse encontrar por um transferidor sobrando. Curiosamente, foi o Julius quem me emprestou um, no fim das contas — ou, melhor dizendo, o jogou em mim. *Está me dando dor de cabeça ver você pra lá e pra cá pela escola*, disse ele com a voz arrastada, mal olhando na minha direção. *E, assim, você não vai inventar desculpinhas de que não estava preparada quando eu tirar uma nota maior que a sua.*

Eu me pergunto se ele lembra. Se ele mantém um registro tão nítido de todas as nossas conversas quanto eu.

— Não importa quem escreveu — murmuro. — É o que todos estão pensando.

Posso sentir que ele está me encarando. Meus olhos ardem e fico olhando para o céu violeta, forçando as lágrimas a recuarem antes que se derramem.

Não choro desde os sete anos, desde o dia em que meu pai foi embora e encontrei minha mãe chorando baixinho com o rosto entre as mãos, enrolada no sofá da sala de estar vazia. O ar na casa estava tão pesado que ameaçava me esmagar. Naquele momento, eu jurei que não choraria, nunca mais. Não aumentaria a tristeza dela, não a arrastaria ainda mais para baixo. Eu seria a boa filha, a forte, aquela que mantinha tudo funcionando.

— Bem — diz Julius atrás de mim —, é uma escolha nada criativa de palavras. Um pejorativo tão básico denota baixa inteligência.

O comentário, entre todas as coisas, me arranca uma risada fraca. Mas não consigo me impedir de dar uma olhada na mensagem de novo. É uma atitude masoquista, tola, como esticar uma perna quebrada para testar o tamanho do estrago. Não consigo respirar, uma nova onda de dor tomando conta de mim.

Sadie Wen é uma vadia.

É tão horrível. Como uma mancha de sangue.

Enquanto encaro, minha barriga afundando cada vez mais, Julius se aproxima e solta a escova dos meus dedos rígidos. Em seguida, ele a coloca com força sobre o tijolo e começa a esfregar, usando tanta força que os músculos de seus ombros se flexionam sob a camisa úmida.

Diferente da tentativa anterior, ele apaga toda a tinta de uma só vez.

— Pronto — diz ele, deixando o braço cair para o lado. — Simples assim.

Mas nada neste momento parece simples. Abro a boca, embora não tenha certeza do que pretendo dizer a ele. *Obrigada? Por favor, se esqueça que esse momento aconteceu? Você também acha que sou uma vadia?*

Antes que eu possa me decidir, ele está se afastando. Não com seu habitual passo lento de leopardo, como se simplesmente vê-lo em movimento fosse um presente para a humanidade, mas com propósito, como se houvesse algum lugar onde ele precisasse estar. Alguém que ele precisasse encontrar.

Capítulo nove

Ao longo do dia seguinte, sinto que estou andando pela escola com um enorme letreiro de néon na testa: *Sadie Wen é uma vadia*. Não ajuda o fato de que outras pessoas também estejam agindo como se concordassem. Quando vejo Rosie antes da aula de história e a alcanço nos corredores, ela se vira com uma expressão tão fria que tudo dentro de mim congela.

— O que você quer, Sadie? — pergunta, a voz afiada. Eu me lembro dela sorrindo para mim três dias atrás, com os dentes brancos brilhando. É difícil acreditar que se trata da mesma pessoa.

— Eu só... — hesito. Eu tinha vindo preparada. Tinha um roteiro inteiro memorizado, começando com um discurso de arrependimento elaborado e sincero e terminando com um pedido de perdão. Mas as palavras têm um gosto frágil em minha língua e, quanto mais o silêncio se prolonga, vou perdendo a coragem. — Eu só queria... eu sei que você ainda está brava... quer dizer, eu também estaria... — Tudo sai embaralhado, na ordem errada.

— Sim, estou puta da vida com você — responde ela, cruzando os braços.

Não esperava que ela fosse admitir na minha cara.

— Me desculpe — tento dizer —, de verdade...

Ela me corta.

— Em vez de pedir desculpas, por que você não descobre um jeito de consertar essa bagunça? Quando todo mundo tiver esquecido os e-mails e parado de me chamar de trapaceira, a gente pode conversar. — Ela não espera por uma resposta. Ela simplesmente arruma os livros, me lança outro olhar que vai até o fundo do meu estômago e entra na sala de aula sem mim.

As palavras dela ecoam na minha cabeça. *Consertar essa bagunça.*

É o que eu sempre fiz, ou pelo menos tentei fazer. Consertar a porta dos fundos da padaria. Consertar o erro na lista de exercícios de matemática. Consertar a disposição dos assentos no conselho estudantil. Consertar o buraco que ficou na minha família, os vazios na minha vida, resolver tudo, aplainar. Ela tem razão. Eu só preciso consertar mais essa bagunça e tudo vai dar certo.

Mas como?

Estou tão absorta em meus pensamentos que quase me atraso para a aula de história. No entanto, não sou a última a passar pela porta — e sim Danny Yao.

Sinto um frio na espinha quando ele passa por mim. A imagem do galpão de bicicletas invade meus pensamentos. Eu o imagino me xingando, rabiscando as palavras na parede e rindo com os amigos. Mas então minha atenção se volta para o rosto dele e sufoco uma arfada. Ele está com o olho esquerdo tão inchado que está fechado, a pele ao redor dele é de um azul arroxeado vívido. O hematoma não estava lá ontem à tarde.

— O que aconteceu com ele? — sussurro para Abigail quando me sento.

Todo mundo está cochichando também, encarando e logo desviando o olhar dele.

— Diz ele que se envolveu num acidente de moto — murmura Abigail, a voz cheia de descrença.

Franzo a testa.

—Acidente de moto?

— Sim. Até onde sei, ele não sabe nem andar de bicicleta.

Observo Danny se dirigindo para a frente da sala de aula. Ele costuma se sentar logo atrás de Julius, mas hoje hesita e puxa uma cadeira a duas fileiras de distância. Quando joga suas coisas sobre a mesa, seu cabelo cai sobre o olho machucado e suas feições se distorcem em uma careta pronunciada.

Seria muito arrogante acreditar que isso é resultado do carma, que o universo foi gentil o bastante para ignorar meus erros, teve pena de mim e interveio em meu favor. Mas o momento também parece perfeito demais para ser uma mera coincidência...

— Como anda a coisa toda com os e-mails? — pergunta Abigail, interrompendo minha confusão de pensamentos.

Examino os assentos ao nosso redor. A maioria das pessoas está ocupada demais terminando a lição de casa de ontem — que eu já entreguei — para estar ouvindo. Mesmo assim, só por garantia, arranco uma nova página do meu caderno e rabisco: *Todo mundo ainda me odeia, se é isso que você quer saber. Mas estou planejando mudar isso. Só preciso conquistar todos eles.*

Abigail lê tudo e escreve embaixo da minha última frase com caneta gel rosa: *conquistar todos eles?*

Sim. Eu estava pensando em cupcakes, mas não deve ser suficiente, né?

Não se subestime. Seus cupcakes são incríveis, Abigail escreve de volta.

Dou risada baixinho. *Eles são incríveis o suficiente pra fazer você esquecer que alguém escreveu seiscentas palavras sobre todas as maneiras como você a prejudicou no passado?*

Ok, justo, admite. Ela faz uma pausa, batendo a caneta no papel, como sempre faz nas provas quando está presa em uma pergunta. Então a caneta congela em seus dedos e seus olhos se iluminam. *E se você desse uma festa?*

Uma festa? Fico encarando as palavras em sua letra cursiva divertida e irregular e, depois, a minha letra nítida e organizada. Nunca dei uma festa antes. Nem mesmo uma festa de aniversário. Minha mãe ofereceu várias vezes no passado, mas sempre me pareceu muito frívolo, muito inconveniente.

Abigail sorri. Não tem jeito mais rápido de criar laços do que com cerveja barata e boa música. Eu faço a playlist.

Mas quem iria?

É uma festa. As pessoas vão querer ir, não importa quem esteja organizando. Confie em mim.

Nossa amizade sempre foi assim — ela surgindo com as grandes ideias, e eu seguindo relutante, persuadida a comprar aquele batom vermelho ousado, ou cortar meu cabelo, ou fazer uma viagem espontânea, ou me vestir como membro de uma banda feminina no Halloween. *Confie em mim, sei o que estou fazendo*, é o que ela sempre diz, e nunca errou. Eu *recebi* elogios nas poucas vezes em que usei o batom vermelho, e nossa viagem para a praia foi a coisa mais divertida que fiz em anos, com os piqueniques na areia e sentindo a brisa salgada em meus cabelos e o sol na pele. Devo a ela algumas de minhas melhores e mais felizes lembranças.

Ainda assim, estou chocada por perceber que estou mesmo considerando dar essa festa. Não é impossível. Minha mãe e meu irmão sempre são convidados a passar a noite na casa de nossa tia a cada duas semanas, mais ou menos. Às vezes eu vou junto, mas na maioria das vezes fico em casa para me concentrar nos trabalhos da escola. Eu poderia organizar a festa quando eles estivessem fora e limpar tudo antes que eles voltassem.

Porque, por trás da apreensão, há uma necessidade de ser gostada muito forte e profundamente enraizada. De ser aceita. Ser perdoada. Ser reconhecida como *boa*. Farei qualquer coisa para me redimir. As palavras no galpão das bicicletas passam de novo pela minha mente e meu peito se contrai, como se todo o ar tivesse sido sugado para fora da sala.

— Tudo bem — digo em voz alta, reprimindo uma careta. — Vamos tentar.

***

Não tenho nem mesmo a chance de mudar de ideia.

Abigail entra em ação na mesma hora e passa as aulas seguintes percorrendo todos os contatos de seu telefone para decidir quem devemos convidar. Há algum tipo de regra tácita aqui sobre quem precisa saber primeiro para espalhar a notícia, quem só irá se uma outra pessoa for, quem *não irá* se essa outra pessoa for. Ela tenta me explicar os detalhes enquanto seus dedos clicam na tela, enviando as mensagens, mas só me deixa mais confusa. Eu me pergunto se é assim que ela se sente quando estou ensinando estequiometria.

Ela já está encomendando bebidas alcoólicas quando o sinal do almoço toca.

— Pode deixar comigo — diz ela, levantando-se da mesa e me dando as costas. — Vá para o seu treco de clube do livro.

— É o comitê do anuário — corrijo.

Ela me olha sem expressão alguma.

— A gente ainda tem essas coisas?

— Quem você acha que selecionou todas as fotos, escreveu os artigos e montou os anuários físicos que todos assinaram no final do ano? — Eu me detenho. — Esquece. Só não inventa nada maluco demais.

Ela franze os lábios.

— Defina *maluco demais*.

— Abigail.

— Tudo bem, vou deixar o show de fogos de artifício de lado por enquanto. E o pequeno zoológico.

Fico com receio de ela não estar brincando, mas meus pensamentos logo são tomados por outras questões. As reuniões quinzenais do comitê do anuário são sempre realizadas na sala de aula de inglês durante o horário de almoço, o que significa que são conduzidas pela sra. Johnson.

A sra. Johnson, aquela que evidentemente ainda não me perdoou pelo e-mail.

— Sadie. — Ela resmunga quando eu entro. O comitê é tão pequeno que é possível contar todos os membros com as duas mãos. A maioria deles já está lá dentro, inclinando-se para corrigir um documento no laptop de alguém, espalhando panfletos sobre uma mesa, tirando sanduíches de embalagens enquanto esperam a impressora carregar.

Julius também está aqui. Ele está reclinado em uma das velhas cadeiras de plástico como se fosse um trono, com as longas pernas esticadas à sua frente. E está vestindo o blazer. Eu o dobrei com todo o cuidado dentro de uma velha sacola de compras que deixei no armário dele logo no início da manhã, para evitar o constrangimento de entregá-lo pessoalmente a ele. Ao ouvir meu nome, seus olhos escuros se voltam para mim.

Meus batimentos disparam.

A lembrança da tarde de ontem ainda parece muito fresca, muito crua, como uma chama viva entre nós. As lembranças ardem em minha cabeça. Ele com o cabelo úmido caindo sobre os olhos, o peso do blazer sobre o meu corpo, sua mão fina segurando o meu pulso.

E é irracional, porque eu o vi quase todos os dias nos últimos dez anos. Já deveria estar acostumada com isso, com *ele*. Ele é um elemento tão permanente quanto o relógio pendurado nas paredes, a vista do campo oval esmeralda da escola pelas janelas, os padrões circulares sem graça no carpete. Mas algo parece diferente. Um pouco fora do lugar.

— ... me ouvindo, Sadie?

— Hum? — Eu me assusto e, volto meu olhar depressa para o rosto reprovador da sra. Johnson. — Desculpe, você... poderia repetir?

Antes do Escândalo dos E-mails, ela teria sorrido para mim ou me olhado com preocupação. Agora, ela suspira irritada e pede para que Julius se aproxime.

— Já que vou ter que me repetir, é melhor contar para vocês dois de uma vez.

Julius se posiciona do meu lado direito, deixando um bom metro de distância entre nós. Parece particularmente incisivo hoje, como se ele estivesse tentando provar algo para mim ou para si mesmo.

— O diretor Miller me pediu para designar uma tarefa para vocês dois — diz a sra. Johnson. — Temos um espaço de quatro páginas para a seção de ex-alunos notáveis do anuário, mas não há conteúdo suficiente para ser publicado...

— Por que vocês não dão o nome de um ex-aluno notável para outra cortina do refeitório e fazem uma grande cerimônia de nomeação de novo? — pergunta Julius, com inocência fingida.

Tenho que reprimir a risada.

A sra. Johnson não percebe o sarcasmo.

— Essa é uma boa ideia, Julius, mas todas as nossas cortinas já foram nomeadas. Achamos que seria uma ideia melhor que vocês conduzissem uma entrevista com alguns de nossos ex-alunos. Descobrir o que eles estão fazendo desde que deixaram a Woodvale. Celebrar o sucesso deles. O que acham?

Abro a boca.

— Eu...

— Fico feliz que estejam de acordo — corta a sra. Johnson, pegando uma longa lista de nomes. — Os detalhes de contato estão aqui. Sugiro que vocês liguem para eles em vez de enviar e-mails, é muito mais provável que obtenham respostas dessa forma. O rascunho final da entrevista deve ser entregue daqui a duas sextas-feiras. Alguma dúvida?

Tento de novo.

— Só uma...

— Ótimo — corta ela vigorosamente, sorrindo apenas para Julius, então volta para sua mesa.

Um silêncio recai entre nós. Ficamos os dois ali parados, rígidos, ouvindo o zumbido baixo da impressora ao fundo, o toque mudo do teclado. Nenhum de nós quer fazer isso.

— Nossa, ela não gosta *mesmo* de você — comenta Julius após algum tempo. Ele não consegue nem esconder a surpresa na voz.

— Eu sei — resmungo. É a verdade óbvia, mas ainda faz minha pele arder. Pego a lista para esconder meu rosto em chamas e folheio as páginas. — Vamos tentar terminar isso antes do final do almoço — digo a ele, indo até a mesa vazia no fundo da sala de aula. Meus dedos coçam com a necessidade de *fazer* algo, de provar meu valor para a sra. Johnson, de cair nas graças dela de novo. Talvez, se fizermos bem a entrevista, ela volte a gostar de mim. Ou pelo menos pare de me odiar.

Julius se senta ao meu lado. Mas, mais uma vez, se certifica de deixar um espaço considerável entre nós para que não corra o risco de me tocar por acidente.

Por alguma razão, isso me deixa mais irritada do que grata.

— Você não vai conseguir enxergar desse jeito — resmungo.

— O quê?

— As informações de contato.

— Dá pra ver muito bem daqui — insiste ele.

— Ah é? — Ergo a lista. — O que diz no primeiro nome?

Ele aperta os olhos para enxergar para a lista, o que demonstra o quanto está longe.

Minha irritação aumenta.

— Sarah... Newman?

— É Clare Davis — digo sem rodeios enquanto digito o número dela no meu celular. Estou rezando para que ela atenda no primeiro toque, diga que está disponível para a entrevista e, então, possamos encerrar logo o assunto. — Você não acertou nenhuma letra. Não acertou nem o *número* de letras. Por que você está aí se não consegue enxergar? Está com medo de que eu o morda ou algo assim?

Ele revira os olhos com o que parece ser um desdém exagerado.

— Em que mundo *eu* teria medo de você?

— Então vem mais pra perto.

— Tá bom. — Ele arrasta a cadeira para a frente até ficar bem perto de mim, com o ombro quase encostado no meu, o calor da pele dele se infiltrando na minha camisa. Até que eu não esteja ciente de nada além dele, de sua proximidade, de sua presença física. E, de repente, me pego lamentando ter pedido que ele se aproximasse tanto. É difícil pensar direito assim. Não consigo nem me mover sem esbarrar nele. Mas pedir para ele se afastar seria admitir a derrota. Pior, seria admitir que ele me afeta. Portanto, finjo ignorá-lo e me concentro na ligação.

O celular esquenta na minha mão enquanto o tom de discagem soa no viva-voz. Uma, duas, três vezes...

No quinto toque, Clare atende.

— Alô? — Sua voz é curta, cética, como se ela tivesse 90% de certeza de que sou um golpista prestes a tentar vender um seguro para painéis solares que ela não possui.

Tento não me mexer em meu assento. Gostaria de não ser o tipo de pessoa que se deixa afetar pelas mudanças de humor e tom de voz dos outros, que se assusta quando alguém levanta um pouco a voz, que se acovarda quando alguém fica irritado.

— Oi — digo, com o máximo de cordialidade que consigo projetar na ligação. — Aqui é a Sadie Wen. Estou ligando em nome do comitê do anuário da Woodvale...

— *Woodvale?* — Ela ri tão alto que eu quase derrubo o celular. — Não, já faz um século que me formei naquele lixo...

Eu a retiro do viva-voz depressa e aproximo o celular do ouvido, mas todos já ouviram. A sra. Johnson está me encarando fixamente, os lábios formando uma linha fina. Os alunos sentados na outra mesa caem no riso.

— ...Eu, tipo, não quero saber do ensino médio — acrescenta Clare. Ouço uma buzina do lado dela, um ruído apressado e depois um xingamento abafado. — *Pare de me cortar, seu babaca...* Aliás, estou dirigindo.

— Ah — digo. Então, como se tivesse sido possuída pelo espírito de um instrutor de direção, acrescento: — Não é seguro falar no telefone, então. Olhos na estrada.
— Você *me* ligou — protesta ela.
— Certo. Desculpa. Hum... — Sinto que estou ficando nervosa. Não ajuda o fato de Julius não ter tirado os olhos de mim durante todo esse tempo. — A gente só estava pensando se você estaria interessada em conceder uma entrevista para...
— Não.
Não faço ideia de como responder.
— Hum, tudo bem, então. Obrigada pelo seu tempo e...
A ligação é cortada.
— Tchau — murmuro para ninguém, abaixando o celular.
— É isso? — pergunta Julius. Ele se inclina para a frente, o ombro esquerdo batendo contra o meu com o movimento. — Isso foi péssimo. Você nem tentou ser convincente.
Olho feio para ele.
— Você ouviu. Ela não estava interessada.
— Tudo o que ouvi foi você dizendo pra ela dirigir com segurança e depois se desculpando sem motivo, como sempre — provoca ele. — *Ela* deveria ter pedido desculpas. Foi ela quem foi grosseira.
— Você age como se pudesse obter resultados melhores.
— E posso. — Ele estende a mão para pegar o celular, mas, quando o entrego, meu olhar recai nos nós de suas mãos. Eles estão machucados e vermelhos. Minha primeira impressão é que deve ter sido por ter esfregado o galpão ontem, mas não tem como ser isso. Ele estava usando aquelas luvas ridículas exatamente para proteger a pele.
E as feridas não parecem tão naturais, são mais deliberadas, como se ele tivesse batido com o punho em algo duro....
Como o rosto de Danny.
Ele está discando o próximo número quando olha para cima. Percebe que estou encarando.

— Sua mão — começo, porque não faz sentido esconder.

— Você...

— Eu o quê?

O que eu quero perguntar é: *você bateu no Danny ontem? Foi isso que foi fazer depois que limpamos o galpão?* Mas antes que as palavras saiam da minha boca, noto a frieza em seus olhos, a maneira furtiva como ele se comporta e percebo o quanto essa pergunta é ridícula. Deve ter sido uma estranha coincidência, só isso. É muito mais provável que Julius Gong parabenize Danny do que bata nele.

— O que aconteceu? — pergunto, então.

— Não é da sua conta. — Sua voz é indiferente.

Certo, com certeza não foi ele. Sinto-me envergonhada por ter sequer cogitado a possibilidade.

— Eu só estava perguntando por educação...

— Bem, então, não precisa fingir que se importa.

Eu enrijeço, certa de que estou prestes a cuspir fogo. Por que tudo tem que ser tão difícil quando se trata dele? Mas não é apenas a raiva que está se contorcendo em meu estômago como uma serpente. Fico envergonhada quando percebo que também estou magoada. Houve um breve momento ontem à tarde, quando ele me ofereceu seu blazer, em que pensei... Não sei. Que talvez ele não me *detestasse*. Talvez ele tivesse a capacidade de ser gentil, como um ser humano normal. Outra ideia absurda e impossível.

— Sim? — Uma voz masculina surge no celular. — Quem fala?

— Olá, sou Julius Gong. É o Logan? — Ele é firme, mas educado. Cada palavra é perfeitamente enunciada e nítida, mas não em um volume muito alto. Sinto vontade de chutar alguma coisa. — Temos uma grande oportunidade midiática e, como o ex-aluno mais bem-sucedido de Woodvale, você foi a primeira pessoa em quem pensamos...

— Mentiroso — falo para ele.

Ele nem sequer pisca antes de continuar.

— Sua lista de conquistas esportivas é, de fato, impressionante...

Mas o homem o interrompe no meio da frase.

— Sim, ouça, fico lisonjeado, mas agora não é uma boa hora, nem um pouco. Estou, bem, com companhia.

No mesmo instante, uma garota fala ao fundo:

— *Lo-gan.* — Ela estende o nome em um longo gemido. — Você não vai voltar?

Julius encara o celular como se o aparelho fosse criar dentes e mordê-lo. Pela primeira vez, ele parece extremamente desconfortável, um rubor subindo pela pele lisa do pescoço.

— Posso... ligar depois — oferece.

— Acho que vou ficar, ah, bem ocupado pelo resto do dia — responde Logan. — Desculpe, cara, mas acho que não sou a pessoa certa para isso. Boa sorte na busca.

E então, ele desliga.

Julius parece estar congelado de choque. Por fim, ele descongela o bastante para forçar as palavras:

— Ele acabou de *desligar* na minha cara? — disse ele, como se fosse um fenômeno sobrenatural, uma violação das leis que regem nosso universo.

Eu estaria rindo se não estivéssemos presos à mesma tarefa. Mesmo assim, não abro mão de tirar uma casquinha enquanto posso.

— Isso foi... ah, qual foi a palavra que você usou? Ah, sim. Péssimo.

Ele ri com zombaria, mas percebo que ficou incomodado.

— Ele foi uma exceção. — No entanto, logo fica evidente que Clare e Logan não são a exceção, mas a regra. Enquanto os outros alunos comem seus sanduíches quentinhos e relaxam perto das janelas iluminadas pelo sol, nós percorremos o restante da lista, riscando um nome após o outro com frustração crescente. Meus dedos ficam doloridos de tanto ligar.

Alguns dos números de telefone não estão mais ativos. Alguns estão desligados. Muitas pessoas simplesmente não atendem. As poucas que atendem estão ocupadas, ou preveem que logo estarão muito ocupadas, ou apenas não querem se dar ao trabalho de marcar qualquer compromisso. Uma pessoa *estaria* disponível, mas está prestes a embarcar em uma caminhada de trinta dias na selva e não terá sinal de celular. Uma mulher me xinga por incomodá-la, e fico tão horrorizada que Julius tem de tirar o celular das minhas mãos e encerrar a ligação.

Mas antes de fazê-lo, ele diz para ela, com uma voz agradável:
— Tenha um resto de dia horrível. Ah, e além disso... — Em seguida, ele faz um gesto para que eu diga alguma coisa.
— Não sei o que dizer — reclamo, em pânico.
Ele ergue uma sobrancelha.
— Você não teve dificuldade alguma de encontrar palavras quando quis me insultar. Anda logo. Não vai permitir que ela xingue você a troco de nada, certo?

Pode ser um truque ou uma armadilha. Mas tenho de admitir: estou tentada. E estou cansada de ser xingada, de ser o alvo da raiva de outras pessoas. Então, eu me aproximo e limpo a garganta.
— Espero que, hum, você perca o trem para casa e...
Julius olha para mim, esperando. É um olhar que diz: *É o melhor que você pode fazer?*
Não posso deixar de aceitar o desafio.
— Espero que você descubra que não tem mais pratos limpos para o jantar — acrescento, minha voz se fortalecendo a cada palavra, mesmo quando meus batimentos cardíacos se aceleram. — E que seus vizinhos deem uma festa às dez horas da noite, mas que coloquem para tocar só música de propaganda publicitária, e que seu chuveiro fique sem água quente logo depois de você passar xampu.
— Acho que é seguro dizer que não vamos entrevistá-la — afirma Julius ao desligar a ligação.

Eu rio, o que parece agradá-lo, e isso, por sua vez, me faz sentir como se tivesse feito algo errado. Deixado um detalhe importante passar. E, ainda assim, *foi* satisfatório falar em voz alta as coisas que eu normalmente reservaria para meus rascunhos.

A desvantagem é que agora só nos resta um nome.

— Já tentamos a lista inteira — diz Julius, virando o papel.

— Talvez seja melhor fazer a entrevista comigo. Vou me juntar à lista de ex-alunos notáveis logo depois de me formar... não custa nada me entrevistar com antecedência.

Franzo as sobrancelhas.

— Calma aí. Ainda tem um...

— Acho que não — responde ele. Seus dedos se espalham sobre a lista, o movimento é sutil, mas deliberado.

— Por que está agindo de forma tão estranha?

— Não estou. — Seu queixo se projeta para a frente.

Olho para o relógio sobre a mesa da sra. Johnson. Faltam três minutos para o fim do almoço. Ao nosso redor, os outros membros do comitê já estão começando a desconectar os carregadores, fechar as lancheiras, jogar fora os papéis e as embalagens manchadas de gordura. Não faço ideia do que está acontecendo com o Julius, mas não tenho tempo para ficar sentada discutindo por nada.

— Tanto faz — digo. — Eu decorei o nome e o número. É James Luo.

Os ombros dele ficam visivelmente tensos e, por uma fração de segundo, mais rápido do que eu poderia piscar, uma emoção sombria obscurece suas feições.

— Como você...

— Você não é o único que tem boa memória — digo enquanto digito os números. Estou me gabando um pouco, mas sem exagerar. Nunca tive muita dificuldade para lembrar datas, fatos, nomes, lugares em um mapa. Mas, às vezes, minha memória me atrapalha. Porque, além das estatísticas frias e concretas, lembro-me de cada vez que perdi para o Julius em uma prova, de cada vez que alguém gritou comigo, de cada constrangimento, fracasso e decepção. Tudo deixa uma marca indelével em mim, enterra uma lâmina permanente embaixo da minha pele.

Quando a ligação completa, a voz que fala soa estranhamente familiar. Há algo no tom, na inflexão das palavras, no leve som áspero da voz.

— Alô? Aqui é o James.

— Oi — digo, minha mente girando, lutando para se situar.

— Sou Sadie Wen, estou ligando de Woodvale...

Para minha surpresa, ele ri.

— Ah, eu conheço você. Você é a outra capitã, né? Meu irmão mais novo fala de você o tempo todo.

Eu vacilo. Ao meu lado, Julius fica muito quieto, com a pele pálida.

— Seu... irmão mais novo?

— Sim — responde James com naturalidade. — Meu irmão, Julius Gong.

Capítulo dez

— **Não acredito que não sabia** da existência do seu irmão — digo para Julius.

Ele faz a mesma cara que tem feito a tarde toda, uma espécie de careta de dor, como se houvesse algo afiado preso à sola de seus sapatos de couro.

— Sim, bem, a maioria das pessoas não sabe. — Com uma das mãos, ele abre a porta de vidro da livraria e me segue para dentro. — Não temos o mesmo sobrenome e ele se formou faz seis anos. Então é isso.

— Certo — respondo, baixando a voz.

A loja é muito silenciosa; é possível ouvir a lareira crepitando, papel farfalhando, o baque suave de um livro sendo colocado de volta em uma prateleira. As vitrines na frente estão alinhadas com os últimos lançamentos mais vendidos, uma mistura de biografias de políticos, romances de fantasia que são verdadeiros calhamaços e livros de autoajuda com palavrões no título, além de bilhetes escritos pela equipe, elogiando seus títulos preferidos da temporada. As paredes cor de creme também são decoradas com recomendações, além de pôsteres anunciando o lançamento de um autor estreante amanhã.

Na parte de trás da livraria, depois da seção de Mistério e Suspense, os corredores se abrem para um pequeno café. O aroma do grão moído na hora se infiltra no ar, sobreposto ao distinto cheiro de livro antigo que estou acostumada a sentir na biblioteca da escola. O café tem apenas duas mesas, e uma senhora idosa já ocupou a mais próxima da janela, com um prato de cheesecake de framboesa comido pela metade diante dela.

Apoio a mochila na cadeira ao lado da outra mesa e pego meu celular e laptop para fazer anotações para a entrevista. Depois me sento e cruzo as pernas. E descruzo-as de novo.

— O que foi? — pergunta Julius ao se sentar à minha frente.

Eu o encaro.

— Eu literalmente não abri a boca.

— Mas eu sei que você quer falar alguma coisa — insiste ele —, está estranha e inquieta desde o almoço. Fala logo de uma vez.

Meus lábios se contraem. A verdade é que estou um pouco, mais ou menos, um tanto quanto extremamente curiosa, ou talvez *perplexa* seja a melhor palavra para definir. Sempre imaginei Julius como uma entidade singular e autossuficiente, uma força solitária. Não esperaria que ele fosse *irmão* de outra pessoa, da mesma forma que não esperaria que uma mesa de mogno tivesse irmãos. Porque esse fato abre porta para milhares de outras possibilidades bizarras: Julius como uma criança pequena, Julius como um garoto que sai de férias no verão e tem noites de filmes e jantares em família, que briga com o irmão por causa do controle remoto, ou que fica de mau humor no quarto depois de uma briga, ou que roda a casa inteira procurando por sua camiseta favorita. Faz com que ele pareça real demais, humano demais.

Mas essa não é a única coisa estranha nessa descoberta.

— Por que... vocês têm sobrenomes diferentes? — questiono, depois me pergunto se esse é um assunto delicado. Talvez os pais sejam divorciados. Talvez ele tenha uma história muito complicada, em que a mãe dele não é de fato mãe dele ou o pai é pai do irmão, mas não é pai dele, ou coisa do tipo. Isso explicaria por que *ele* tem estado mal-humorado desde que o irmão concordou em ser entrevistado depois da aula.

— Minha mãe não achava justo que nós dois ficássemos com o sobrenome do meu pai — responde, dando de ombros.

— Então, quando eu nasci, ela me deu o dela.

— Na verdade, eu meio que adorei.

Ele me olha por bastante tempo, parecendo estar na defensiva.

— Você está sendo sarcástica?

— Não — retruco, irritada. — Nem todos nós somos incapazes de expressar sentimentos positivos de forma sincera, Julius.

— Pode ser difícil diferenciar, levando em conta o seu tom habitual.

— Qual o problema com o meu tom?

Ele ergue as sobrancelhas.

— Na maior parte do tempo, quando você está falando com as pessoas, principalmente com os professores, parece que está em uma propaganda de suco orgânico. É extremamente alegre.

— Você está me acusando de ser *feliz demais?* — Dessa vez, me esqueço de abaixar o volume da minha voz e a senhora idosa me olha feio por cima de seu romance histórico. Movo os lábios em um pedido de desculpas e continuo em um sussurro feroz. — Isso é ridículo. Nem existe essa definição.

— De querer parecer feliz demais — corrige, seu olhar penetrante. — Quando, na verdade, acho que você não esteja.

Meu peito queima, como se as palavras tivessem se espremido para dentro e arrancado a carne do meu coração. Mas não posso deixar isso transparecer.

— Você não me conhece tão bem assim — murmuro.

Espero uma réplica afiada, um chute para acompanhar o soco, mas ele se recosta. Limpa a garganta.

— Desculpe — diz ele, parecendo desconfortável. — Eu... Isso foi desnecessário. Eu só... — Um suspiro se arrasta entre seus dentes. — Não estou nada ansioso por esse momento.

E agora são duas coisas que eu não sabia que Julius tinha: um irmão mais velho e a capacidade de pedir desculpas. A amargura que se tensiona dentro de mim se afrouxa um pouco.

— A entrevista, você quer dizer? — pergunto. — Por quê? Ele é seu irmão.

— Eu sei.

— E ele parece muito bem-sucedido. Tipo, *muito* — acrescento, abrindo meu celular com as anotações que fiz durante a pesquisa.

James Luo é tão bem-sucedido que tem a própria página na Wikipédia. Nela, constam todos os principais marcos e conquistas na sua vida até agora, incluindo ter se formado em Woodvale como orador da turma aos dezesseis anos e recebido uma bolsa de estudos integral para Harvard, onde escreveu sua primeira obra literária em um mês "num impulso" e a vendeu por sete dígitos antes mesmo de completar vinte anos. Ou ter vencido uma espécie de grande torneio internacional de debates por três anos consecutivos, mas depois tomado a atitude inédita de desistir no último minuto, porque não achava mais "intelectualmente estimulante de uma forma significativa".

A atualização mais recente é sobre seu segundo romance, *Lâmina azul crescente*. O livro só será lançado daqui a três meses, mas já recebeu inúmeras críticas elogiosas, um perfil exclusivo na *O, The Oprah Magazine*, e está sendo aclamado como uma "proeza", um "triunfo absoluto" e um "acerto de contas" — com o quê, não tenho certeza. Alguma celebridade o chamou de um de seus dois livros favoritos, sendo o outro a Bíblia.

— Veja. — Abro outro artigo, com uma foto profissional brilhante em preto e branco de James em uma camisa básica de gola alta. Ele está olhando pela janela com uma expressão pensativa no rosto, e a semelhança com Julius é impressionante. Eles têm os mesmos lábios esculpidos, o mesmo cabelo preto espesso e os mesmos ângulos delicados no rosto. Mas James tem o maxilar mais largo e está usando óculos de armação quadrada que enfatizam as cavidades em suas maçãs do rosto. — Diz aqui que o livro dele é a descoberta literária da década.

— Quem disse isso? — pergunta Julius, sem olhar para o artigo.

Eu examino a página, mas apesar de uma dúzia de outras celebridades terem sido mencionadas, essa citação não é atribuída a ninguém.

— Hum, só diz.

— Então, só se pode presumir que é uma verdade universal — provoca ele, de uma maneira rápida e despreocupada, mas seu tom é ácido.

Então ele vê alguém por cima do meu ombro, e sua careta se torna mais acentuada, como se a coisa afiada em seu sapato tivesse se transformado em um escorpião letal.

— Olá.

Eu me viro para encontrar James Luo caminhando até nós, com as palmas das mãos abertas e a boca esticada em um sorriso largo. Ele é exatamente igual à foto de seu livro, os cabelos escuros penteados para trás e óculos quadrados; até está vestindo o que parece ser a mesma blusa de gola alta. Mas é mais alto do que eu esperava. Quando Julius se levanta, há alguns centímetros de diferença entre eles.

— Não acredito que você não me chamou para a entrevista logo de cara — diz James enquanto bate nas costas de Julius com tanta força que alguém até poderia achar que o irmão mais novo estava engasgado —, você sabe o quanto fico feliz em ajudar com seus projetinhos escolares, mesmo quando minha agenda está lotada.

A expressão de Julius fica mais sombria.

— Não é bem um projeto escolar. O diretor nos atribuiu essa função.

— Você tem razão. — James assente, os olhos varrendo a sala. Sou capaz de jurar que eles se iluminam quando pousam em uma pirâmide de seus livros colocada bem no meio das prateleiras. — Os projetos escolares são muito importantes.

Julius faz uma careta, mas não diz nada.

— E você — James de repente volta sua atenção para mim —, você deve ser a Sadie Wen. Você é bem famosa lá em casa. Eu escondo a surpresa. Achei que ele estava exagerando quando me disse ao telefone que *o irmão mais novo fala de mim o tempo todo*. Mas então noto a cor carmesim subindo pelo pescoço de Julius, e a única explicação lógica para isso é que o que quer que ele tenha dito é terrível ou maravilhoso.

— O que ele falou de mim?

Julius parece horrorizado. James, entretanto, parece encantado.

—Ah, você sabe. Quando você foi melhor do que ele na prova de biologia no mês passado, ele não parou de falar disso por *dias*...

— Pare — murmura Julius pelo canto da boca. Ele se recusa a olhar para mim.

Mas James continua falando com bom humor:

— E ele está sempre falando que você é tão inteligente que chega a intimidar. Sobre o quanto ele tem que se esforçar pra acompanhar você.

Tão inteligente que chega a intimidar. Eu me agarro a essas palavras e as examino minuciosamente. Nunca me considerei intimidadora ou assustadora, mas no momento parece ser o maior dos elogios. Uma confirmação de minhas esperanças mais loucas. Julius Gong me leva a sério. Ele não está competindo apenas porque acha que seria embaraçoso perder. Ele tem *medo* de perder para mim.

— Sabe — diz James —, ele ficou muito doente no verão passado, mas nem sequer descansou. Ele levou todos os livros para a cama, porque mal conseguia ficar em pé, e insistiu que, se não estudasse muito todos os dias, você sairia na frente...

— Espere. — Meu olhar se volta para Julius. — Você estava doente?

Não faz sentido... Eu me *lembro* do verão passado. Logo no primeiro dia, ele me enviou uma equação incrivelmente difícil de algum tipo de artigo universitário avançado como um desafio. Eu a resolvi apenas para irritá-lo e pesquisei em todos os artigos disponíveis on-line para encontrar algo ainda mais complicado para enviar na resposta. Depois disso, adquirimos o hábito de trocar questões todas as manhãs. Não falávamos mais nada. Apenas a captura de tela e a resposta. Um golpe seguido de outro. Ele respondia todas as vezes, sem falta, e continuamos com isso até o início das aulas.

Como ele poderia estar doente?

— Não foi tão grave — comenta Julius, passando a mão pelos cabelos. — E mesmo com febre, meu cérebro ainda funciona melhor do que o de uma pessoa comum.

— Não parecia bem assim pela forma que você agia. — James ergue as sobrancelhas para mim. Já vi Julius fazer essa mesma expressão tantas vezes que é como se estivesse olhando para uma imagem espelhada dele. — Quando ele não estava estudando, estava amuado. Vivia pedindo pra nossa mãe fazer sua sopa favorita, *luo song tang*...

— Eu pensei que você tinha dito que só tinha vinte minutos para fazer a entrevista? — Julius interrompe em voz alta. Ele se senta de novo e pega o caderno Moleskine que sempre usa para fazer anotações. — Não seria melhor começar logo?

— Ah, com certeza. — James sorri e eu me pego pensando que *os sorrisos deles são diferentes*. James sorri como se tivesse um número infinito deles, como se fazê-lo não lhe custasse nada. Mas os sorrisos de Julius são afiados, repentinos, às vezes com um toque de zombaria ou veneno. Seus sorrisos verdadeiros são tão raros que cada um deles parece um milagre, como se você tivesse ganhado alguma coisa. — O que você quer saber?

Quero saber se Julius tinha medo do escuro quando era mais novo. Se ele já acreditou em fantasmas, Papai Noel ou no Monstro do Lago Ness. Quero saber onde ele estuda, se é à luz da janela da sala de estar ou sozinho em seu quarto, se ele fica com a porta aberta ou fechada. Quero saber como ele se vestia no Halloween, que música ele escolhe no karaokê. A que horas ele acorda e a que horas ele dorme. Quais pratos a mãe deles prepara para o Festival da Primavera, sobre o que ele fala em longas viagens de carro. Quero coletar essas informações como se fossem munição. Parte de mim quer envergonhá-lo, e a outra está sendo consumida pela curiosidade.

Mas estamos aqui para entrevistar James sobre sua carreira, não sobre seu irmão, então eu me contenho e pergunto onde ele busca inspiração, quanto tempo dedica à escrita por dia, como é o processo de criação.

— Para mim, veja bem, as palavras são como pardais — diz ele, esfregando os olhos. Pisco diversas vezes, mas não estou imaginando. Seus óculos são, ao que parece, só a armação; os dedos atravessam o que seria a lente. — Eu poderia passar o dia inteiro perseguindo-as, mas elas só se assustariam e voariam para longe de mim. É mais importante ficar quieto e deixar que os pardais venham por conta própria.

— Hum — digo, desviando depressa o olhar dos óculos falsos para anotar a resposta. — Muito interessante.

— Agora, obviamente há dias em que você precisa persuadir os pardais com um pouco de sementes — continua. — Certos tipos funcionam melhor do que outros. E, às vezes, você acha que precisa da marca premium, mas na verdade são as marcas orgânicas, ou nem mesmo uma marca específica, mas apenas as frutinhas que você colhe na natureza, que são mais eficazes.

— Hm. Desculpe. — Pauso. — Estou um pouco perdida com essa analogia. O que... as sementes de pássaros representam?

— Nada — responde ele.

— Ah, beleza...

— E tudo — continua. — Vou deixar aberto para sua interpretação. A interpretação é crucial, veja bem. É dela que tudo isso se trata.

Julius ou revira os olhos ou encontra um ponto muito interessante no teto para encarar. Ele não falou muito ao longo da entrevista.

— Então, você está trabalhando como autor em tempo integral agora? — pergunto, passando para a próxima pergunta que preparei.

— Ah, não. — James joga a cabeça para trás e ri tão alto que a senhora idosa olha para a nossa mesa de novo. — Não, não, não. Meu Deus, não. Eu não poderia... para começar, seria um desperdício do meu diploma de Direito de Harvard. Quer dizer, qualquer um mataria só para entrar em Harvard, sabe? Eu seria um tolo se jogasse tudo fora. E meus professores também ficariam arrasados, já que sou o aluno mais promissor em séculos para quem deram aula. Palavras deles, é óbvio, não minhas.

— Seus professores devem ter uma saúde de ferro — provoco.

Um som suave, meio abafado, chama minha atenção para Julius. Ele pressiona uma mão na parte inferior do rosto, os ombros tremendo, depois se acalmando por um segundo antes de perder o controle de novo, balançando a cabeça também, como se estivesse irritado por ter achado aquilo tão engraçado. Pelo menos ele parou de parecer o sujeito torturado de uma pintura renascentista.

— Hum? — James parece confuso.

— Já que eles estão ensinando há séculos, e tudo mais.

Ele vacila, mas depois consegue se recompor.

— Bem, eles são tão experientes que com certeza parece que estão ensinando há tanto tempo. Harvard tem tudo a ver com a história, você sabe.

Noto em silêncio que essa é a vigésima quinta vez que ele menciona a palavra *Harvard* nos últimos dez minutos. Se Harvard fosse um fantasma, ele já teria conseguido evocá-lo de volta à vida.

— Então você não está escrevendo em tempo integral. Isso deve ser difícil de equilibrar, então.

— Bem, vale a pena pela estabilidade financeira. — Ele cruza as mãos. — O dinheiro de livros é só um pequeno bônus agradável, mas com certeza não vou contar com ele para a aposentadoria, ou algo assim.

No fundo da minha mente, as palavras do artigo aparecem em texto preto gritante e em negrito: vendido por sete dígitos. Esse é o conceito dele de um bônus agradável? A afirmação absurda também parece ter um efeito de sobriedade instantâneo em Julius, que definitivamente revira os olhos dessa vez.

— Na verdade, é mais uma atividade secundária para mim — acrescenta James. — O velho ditado é verdadeiro: não coloque todos os seus ovos em uma única cesta. Agora separei meus ovos entre a cesta do direito, a cesta de autor, a cesta dos investimentos e também a cesta do meu papel como treinador de debates...

Embora eu esteja falando com ele, estou observando o Julius. Ele parece estar murmurando algo para si mesmo, ou *me mate agora* ou *eu gosto de amora*, o que parece menos provável.

— Sim, de fato — digo, distraída. — Ouvi dizer que você participou de muitos debates.

— Com certeza. É uma atividade que prepara você para o sucesso em diversas áreas, ainda que acabe não se tornando um campeão profissional de debates como eu. É por isso que eu sempre incentivo o Julius a se envolver mais em debates. — Ele dá um leve empurrão em Julius. — Certo, Ju-zi?

Quase engasgo com minha saliva.

Ju-zi me lança um olhar de advertência e depois franze a testa para o irmão.

— Achei que a gente já tinha aposentado esse apelido. Não faz sentido. Por que eu seria chamado de tangerina em mandarim?

— Por quê? Porque é *tão* adorável. — James sorri. — E estou falando sério sobre a questão do debate. Você não precisa se sentir mal só porque eu sou naturalmente bom nisso. Na verdade, você deveria se sentir encorajado pelo fato de compartilharmos os mesmos genes. É impossível que você seja *péssimo*, mesmo que não seja *tão* bom...

Julius se levanta.

— Vou pegar uma bebida. Você quer alguma coisa? — Ele dirige a pergunta a mim, o que por si só demonstra o quanto ele *não* quer ficar perto do irmão. Isso, e o fato de ele se oferecer tão avidamente para qualquer tipo de tarefa que não resulte em uma estrela dourada, crédito extra ou elogio.

Mas acho que estou começando a entender. O olhar cruel em seu rosto quando eu o derrotei no debate em sala de aula. Por que ele nunca mencionou o irmão antes. Por que ele é tão impiedosamente determinado a estar em primeiro o tempo todo. Por que ele está carrancudo agora, com seus ombros nitidamente tensos.

Fazemos nossos pedidos. Ele ainda está de cara feia quando retorna em seguida com um copo de água morna para mim, café preto para ele e algum tipo de chá de infusão de ervas que eu achava que as pessoas só fingiam gostar para convencer todo mundo de que estavam em busca de uma vida mais saudável. Mas James bebe a bebida de uma só vez e pede mais um copo.

— Vai pegar você — resmunga Julius.

James apenas olha para ele em expectativa.

Com um suspiro, Julius se levanta da cadeira de novo. Quando ele volta, estamos terminando a resposta final de James sobre seus planos para o próximo ano, que incluem uma viagem totalmente financiada pela Europa, uma adaptação de um filme importante no qual ele é tanto roteirista como produtor, e uma palestra em um congresso sofisticado de advogados.

— Foi ótimo — diz ele, radiante. É surpreendente como ele consegue sorrir tanto e falar ao mesmo tempo. — Agora, vou aproveitar que estou aqui e autografar alguns exemplares. Pode ser que demore um pouco... Tenho *milhares* de cópias para assinar. — Ele dá outra palmada forte nas costas de Julius. — Mas divirtam-se, crianças.

Nós não nos divertimos.

Passamos grande parte do tempo organizando as anotações em silêncio, até que eu decido falar primeiro.

— Bom. Com certeza, agora temos material suficiente para aquela matéria de quatro páginas... Na verdade, apenas a descrição do hotel cinco estrelas em que ele se hospedou para a turnê nacional de seu romance de estreia já é material suficiente para o artigo.

Julius assente, mas seus olhos seguem o irmão enquanto ele cumprimenta uma fã entusiasmada. Eles tiram uma selfie juntos, com o sorriso vencedor típico de James e a capa de seu livro de estreia em exibição. A fã parece estar chorando.

— As pessoas sempre agem assim perto dele — comenta Julius em voz baixa. — Até mesmo nossos pais.

— Seus pais... sempre pedem para seu irmão autografar a gola da camisa deles? — pergunto enquanto James saca uma caneta permanente dourada que aparentemente sempre carrega no bolso da frente.

Julius dá uma risada inusitada, comprovando minha teoria de antes. Seus sorrisos parecem mesmo milagres. Sobretudo quando você os ganha.

Uma onda de calor se espalha por mim, mas então me dou um chute mental. Lembro-me de com quem estou falando. *Julius Gong*. O rapaz que tornou minha vida insuportável nos últimos dez anos. Ele nem estaria aqui agora se não tivesse sido forçado pelo diretor.

— É melhor eu ir pra casa — digo.

Sua expressão se altera.

— Já?

Faço uma pausa, pega no susto, e seu comportamento logo se transforma. O sorriso desaparece em um piscar de olhos, as linhas de seu rosto se transformam em sua máscara habitual, fria e nada impressionada.

— Quer dizer, você não vai transcrever as anotações primeiro? — pergunta. — Com certeza não tem a intenção de deixar esse trabalho para mim, certo?

Esse é o Julius Gong que eu conheço. O Julius Gong que eu posso odiar confortavelmente. Estou quase aliviada.

— Eu vou transcrever — respondo, apenas para que possamos encerrar o assunto mais depressa. — Envio a versão finalizada para você por e-mail até meia-noite de hoje.
— Está bem. Ótimo. É melhor mesmo.
Começo a enfiar tudo em minha bolsa, mas ele acrescenta:
— Ouvi dizer que você vai dar uma festa neste fim de semana?
Minhas mãos congelam sobre o notebook.
— Há algum problema nisso?
— Então você vai mesmo. Dar uma festa. — Ele estica a última palavra como se fosse algo ridículo, como se eu estivesse planejando abrigar um elefante, ou organizar um jantar de Natal no final de abril. — Por quê?
— Porque estou com vontade — retruco, na defensiva. Estou mentindo, é claro, mas estou mais ofendida com a insinuação de que não posso ser o tipo de pessoa que dá uma festa por diversão. Que ele acha que sabe tudo de mim. Que sou um livro aberto, e que ele pode me ler facilmente, melhor do que qualquer outra pessoa.
— Você nunca faz nada só porque tem vontade, Sadie Wen — afirma ele, espalmando as palmas das mãos na mesa. — Você deve ter uma estratégia de várias etapas. Um objetivo a longo prazo. Senão, por que convidaria pessoas como Rosie pra sua casa?
— E isso importa? — A irritação me atravessa como fogo de palha. — Não é como se eu estivesse convidando *você*.
Seus olhos negros brilham. Observo sua garganta se mover ligeiramente antes de ele responder, a voz fria.
— Eu não iria mesmo que você convidasse.
— Tudo bem — digo, sem rodeios. Não digo a ele que *pensei* em convidá-lo esta tarde; de qualquer forma, convidamos grande parte dos alunos do nosso ano. Mas agora esse pensamento, o próprio fato de eu ter tido a ideia, me mortifica. Por que eu daria a Julius um motivo para me rejeitar? A rejeição é a forma mais humilhante de derrota. É perder a batalha antes

mesmo de ela começar. É abaixar a arma para que eles possam lhe esfaquear no peito. — Então não vá.

— Não vou — retruca ele, com o maxilar tenso.

— Você já disse isso.

— Quero deixar bem explícito.

— Não se preocupe, está *muito* explícito para mim.

Nós nos olhamos fixamente, respirando com dificuldade como se estivéssemos fazendo esforço físico, minhas unhas cravadas na espiral de metal do caderno.

Ninguém jamais teve esse dom de me encher de uma raiva tão pura e intensa. De me deixar tão furiosa que quero derrubar uma mesa, espernear como uma criança gritando, queimar buracos no carpete. Antes que eu possa causar algum dano real, pego minhas coisas e saio sem nem mesmo me preocupar em fechar o zíper da bolsa.

Mas meus dedos pinicam durante todo o caminho para casa e, pelo resto do dia, enquanto fecho a padaria, faço minha rotina diária de exercícios, termino minha lição de casa e escovo os dentes, não consigo pensar em nada além dele.

Capítulo onze

Nossa escola nos obriga a preencher pesquisas sobre intenções de carreira em dois momentos distintos: uma no quinto ano e outra na primeira série do ensino médio. Eles nos garantem que as pesquisas são anônimas e que, portanto, *devemos ficar à vontade para ser honestos*, mas os resultados sempre acabam sendo publicados no quadro de avisos bastante público com nossos nomes anexados logo abaixo. Bem, a maioria dos resultados, pelo menos. O aluno que escreveu *sugar baby* como resposta teve a sua retirada em menos de uma hora.

Com uma rápida olhada no quadro, é possível identificar facilmente o padrão emergente. A criança que queria escrever peças agora quer ser contadora. O garoto que queria ser astronauta agora planeja ser farmacêutico. Quem queria ser artista agora está de olho na faculdade de medicina. Os hobbies são trocados por carreiras mais estáveis, lucrativas e práticas. Os sonhos são destruídos quando a mecânica de ir ao banheiro no espaço sideral é levada em conta.

Mas no caso do Julius e no meu, nossas metas de carreira sempre se mantiveram consistentes ao longo dos anos. No quinto ano, já estávamos pesquisando os empregos mais bem remunerados e os diplomas mais disputados: ele, porque desejava o prestígio, e eu, porque só queria o caminho mais rápido para o melhor futuro da minha família. Algo que pagasse as contas em dia, que garantisse estabilidade independentemente do que acontecesse com a carreira esportiva do meu irmão, que desse a minha mãe algo pelo que se gabar para as tias intrometidas. Assim, em ambas as ocasiões, ele escreveu *advogado* e eu, *analista de dados*.

Os sonhos empregatícios de Abigail, por outro lado, sempre foram dos mais variados. Seus resultados foram uma lista de respostas riscadas e reescritas, abrangendo tudo o que se possa imaginar: degustadora profissional, amazona profissional, bailarina, estilista de moda, *ghostwriter* de bio de aplicativo de relacionamento (que eu nem sabia que existia) e organizadora de festas.

— Quer saber? Eu sinto de verdade que organizar festas pode ser, tipo, uma carreira viável para mim — diz Abigail enquanto se afasta do lançador de confete e observa minha sala de estar transformada. — O que você acha, meu bem?

Eu acho que há literalmente uma máquina de confete na minha sala de estar.

— É muito, hum... — É *muito*. Não faço ideia do orçamento com que Abigail está trabalhando aqui. Para ser sincera, não tenho certeza se Abigail entende o conceito de orçamento; sempre que ela quer alguma coisa, tudo o que precisa fazer é pedir aos pais e eles lhe darão duas dela. Não que ela seja extremamente rica, ou algo do gênero. Abigail e sua família simplesmente acreditam com todo o coração no valor de uma boa experiência, de viver o momento. Eles são do tipo de pessoa que gasta as economias de um mês para comprar ingressos para o show de seu artista favorito; que reserva a viagem para a Itália *agora* e se preocupa com as despesas mais tarde; que fica no quarto de hotel com vista para o mar, mesmo que seja duas vezes mais caro do que os quartos normais, porque *já que estamos aqui, então é melhor aproveitarmos ao máximo*.

Como uma grande defensora de economizar para o caso de um cometa cair sobre a casa e o seguro se recusar a cobrir, é um pouco mais difícil para mim apreciar os buquês de flores elaborados e a fonte de chocolate que Abigail comprou para essa ocasião. Eu mal reconheço minha casa. Ela diminuiu as luzes e colocou velas por toda parte, de modo que as paredes parecem ser de um tom de rosa pastel, disfarçando todas as marcas de tênis sujos de lama de Max. Há também caixas gigantes de bebidas alcoólicas alinhadas ao longo dos sofás. Não sei como Abigail conseguiu isso, mas duvido que seus métodos tenham sido totalmente legais.

Como se minha lista de preocupações já não fosse longa o suficiente.

— Só aluguei a máquina de confete por uma noite. — Ela me tranquiliza. — É só para criar o clima desde o início. Você quer que as pessoas entrem e pensem *nossa, pela qualidade dos confetes espalhados de forma casual, mas estratégica, posso dizer que esta vai ser a melhor festa a que já fui.*

Dou risada.

— Ninguém pensa assim.

— Eles pensarão quando virem sua casa.

— Mas... será que eles vão vir? — Eu me preocupo, pressionando meu ouvido contra a porta da frente (porque é uma posição confortável, é lógico. Não porque eu ache que essa é a maneira mais eficaz de ser avisada e me preparar no instante em que ouvir o som de passos na entrada da minha casa). — Dissemos que começaria às seis em ponto e... — Olho de relance para o relógio. — E já são cinco e quarenta e três.

— Nem todo mundo é tão pontual quanto você — diz Abigail. — Sua ideia de dez minutos atrasada é equivalente à ideia de vinte minutos adiantada de uma pessoa comum. E, acredite em mim, eles *com certeza* vão querer vir. Eles iriam à casa de um assassino em série se alguém prometesse que haveria bebidas de graça.

— Isso é muito preocupante. Você entende que isso é muito preocupante, certo?

Ela dá de ombros.

— É assim que funciona.

— Além disso... — Faço uma pausa. Franzo a testa. — Pera, você acabou de me comparar a um assassino em série?

— Não — responde ela, com ênfase demais. — Se bem que, só para não haver dúvidas, caso você *fosse* um assassino em série, eu ficaria ao seu lado e afiaria suas facas.

— Que gentil.

— Eu também limparia o sangue do chão do seu banheiro — acrescenta ela, animada. — Estava lendo um artigo fascinante outro dia sobre como usar sabão comum de lavanderia para fazer exatamente isso. Você não precisaria se preocupar em deixar nenhuma evidência para trás.

— Certo, espere. — Levanto a mão. — Nesse cenário um tanto perturbador e nada realista que você inventou na sua cabeça, por que estou assassinando pessoas no meu *banheiro*?

— Bom, você não mataria ninguém na cozinha. É anti-higiênico.

Faço uma careta.

— Sinto dizer que perdemos o rumo dessa conversa.

— Sim, desculpe, sobre o que estávamos falando mesmo? Ah, certo. Eles vão aparecer, Sadie, eu prometo...

Antes mesmo de ela terminar a frase, ouvimos o som de vozes vindo do jardim da frente.

— Ah, meu Deus, as pessoas estão vindo, mesmo — exclamo, minha garganta secando. De repente, parece que alguém está fazendo embaixadinhas com meus intestinos. A saia que estou usando é muito apertada, o tecido coça demais.

— Está vendo? Estou sempre certa. — Abigail sorri. Ela prende a faixa em torno de seu vestido cintilante, ajeita o cabelo e gentilmente me guia para fora do caminho para abrir a porta.

— Olá, olá — cumprimenta. — Por favor, entrem.

É o Ray.

Ele está com outros quatro rapazes da nossa turma de história e, quando entra com sua jaqueta enorme do time do colégio e tênis imaculados, seus olhos varrendo as decorações da festa, sinto o mais puro pânico, o coração parando. E se ele não estiver aqui para a festa em si? E se eles tiverem planejado algum tipo de ataque à minha casa? E se todos eles começarem a jogar ovos nas paredes ou a rir de mim? Mas então ele vê as bebidas e sorri.

— Caramba, eu sabia que tinha vindo ao lugar certo.

— Bem-vindo — digo, tímida.

— Viu, gente? — Ray chama seus amigos enquanto passa por mim. — Eu disse que teria bebida de graça. Vamos chamar o resto do pessoal pra cá.

Ele envia uma mensagem em seu celular e, em pouco tempo, dezenas de pessoas começam a estacionar em frente ao jardim. Abigail estava mesmo certa. Eu não deveria ter me preocupado com a possibilidade de meus colegas de classe não aparecerem, mesmo com meu status social atual. Logo, sobra tão pouco espaço para estacionar que os carros ficam enfileirados até o fim da rua, as meninas checando o batom e dando risadinhas enquanto se juntam à multidão que entra.

Ninguém joga ovos na minha casa. Ninguém se aproxima de mim e me dá um tapa. Ninguém me chama de vadia. Por mais que eu me prepare para o pior toda vez que abro a porta, as pessoas parecem mais impressionadas do que qualquer outra coisa com o suprimento de bebidas e as decorações. Até consigo um pequeno sorriso e um elogio à minha roupa de uma das amigas influenciadoras de Rosie.

Sinto os músculos relaxarem pouco a pouco.

Meu coração se solta da caixa torácica. Minha respiração se tranquiliza.

Então, a porta se abre de novo, e me vejo encarando a última pessoa no mundo que eu esperava que desse as caras.

— Por que você está aqui? — pergunto a Julius. Estou surpresa demais para me lembrar de dar uma alfinetada, de manter o rancor que senti na livraria. Para fazer qualquer coisa, exceto ficar encarando.

Ele também parece confuso, como se outra pessoa o tivesse guiado até minha casa. Com certeza não está vestido para uma festa; está usando um blazer azul-marinho que realça seus olhos escuros, o tom vermelho natural de seus lábios. Mas, então, suas feições se transformam em uma cara feia, ele coloca as mãos nos bolsos e endireita a coluna.

— A mesma coisa que todo mundo — diz ele. — Ouvi dizer que tinha bebida de graça, então decidi dar um pulo aqui.

Eu pisco algumas vezes.

— Não sabia que você bebia. Na verdade, eu me lembro de você ter dito no ano passado que *as únicas bebidas dignas do seu tempo eram café e água mineral*.

Ele fica vermelho, mas continua de cara feia.

— Talvez eu tenha mudado de ideia.

— Ou talvez você esteja aqui para tirar sarro de mim — tento adivinhar.

— Pode parecer chocante, Sadie, mas nem tudo gira ao seu redor. Não me importa de quem é a festa. Eu não tinha nenhum lugar melhor para ir — retruca, a voz entediada.

— Que triste. Você não é bem-vindo em sua casa? Tem que vir me incomodar na minha?

Ele se encolhe, depois se endireita de novo com uma postura fria. A curva de sua boca se torna cruel.

— Bem, se eu puder tornar sua noite um pouco pior, por que não? Pelo menos terei alcançado algum objetivo.

Escoro no batente da porta, com o coração acelerado. Será que eu imaginei? Atingi algum nervo invisível? Foi algo que eu disse?

Mas quando avalio seu rosto, seu olhar é frio como pedra; parece impossível que ele possa sentir qualquer emoção humana.

— O que está esperando? — Ele olha por cima do ombro para o meu jardim e depois de volta para mim, com as sobrancelhas erguidas. — Você está no caminho.

Percebo que é verdade. Já há uma fila se formando atrás dele, as pessoas se espremendo para se aproximar. Suspiro e dou um passo para trás, e eles passam pela porta de uma só vez. Um cara com quem nunca falei antes faz uma pausa ao entrar, chama a atenção de Julius e grita, de modo que seja audível mesmo com a música estridente:

— Que roupa bonita, Julius César. Vai pra uma entrevista de emprego depois daqui? Porque com esse blazer, tenho certeza de que seria contratado.

Gargalhadas surgem por toda a casa.

A expressão de Julius fica sombria.

— Satisfeita? — Ele sibila, a acusação estampada em seu olhar. — É tudo graças a você. — Eu engulo em seco. A verdade é que eu *me sinto* mal. Sem dúvidas, o comentário foi inspirado por outra das minhas respostas aos e-mails dele, que infelizmente foi enviada para todos da nossa série. O novo apelido, também.

— Vou consertar tudo — digo a ele. — Eu consigo consertar. Já tenho tudo sob controle.

— Você se considera um deus ou algo do tipo? Como planeja consertar tudo? — pergunta ele.

— Estou dando essa festa...

— Calma aí. É *disso* que se trata? — Ele balança a cabeça com descrença. — Viu. Eu *sabia* que você tinha algum tipo de motivo por trás...

— Não precisa fazer parecer tão absurdo — reclamo.

— Não seja tão ingênua — retruca ele com a mesma firmeza. — Você acha mesmo que pode colocar uma música animada, trazer um monte de bebidas e todo mundo vai se divertir *tanto* esta noite que vai esquecer que você insultou uma parte significativa do corpo estudantil?

— Bem, está funcionando — afirmo.

Pelo menos, é o que parece. As pessoas estão descansando no meu sofá, conversando nos corredores, com bebidas nas mãos, se contorcendo de tanto rir, com expressões abertas, relaxadas. Felizes. O ar está quente com o calor dos corpos e as chamas tremeluzentes das velas. Tirando o comentário isolado daquele cara, os e-mails poderiam muito bem nunca ter existido considerando este espaço.

— Se você acredita nisso de verdade, está prestes a ficar bem decepcionada — zomba Julius. — E qual é o sentido de organizar uma festa se você não está nem se divertindo?

Cerro a mandíbula.

— O que você quer dizer com isso? Estou me divertindo *muito*. — Meus olhos se voltam para o grupo de rapazes do outro lado da sala. — Na verdade, estou prestes a dizer àquelas pessoas para pararem de mergulhar repolho cru na fonte de chocolate.

— Sim, divertido demais — murmura ele. Mas quando me viro para ir embora, ele me impede. — Espere.

— O que foi? — pergunto, irritada.

Ele hesita. Passa uma mão lenta e autoconsciente pelo cabelo.

— Está... está mesmo estranho? Minhas roupas, quero dizer.

Estou chocada, tanto pela pergunta quanto pelo fato de ele estar *me* perguntando.

— Você está com a mesma aparência de sempre, Julius — respondo.

Seus olhos estão cautelosos.

— E o que isso quer dizer?

— Totalmente pretensioso — falo. Eu não deveria me alongar mais, mas algo na rigidez de sua postura, na rara vulnerabilidade em seu rosto, me faz acrescentar: — Mas de um jeito agradável.

Então, mordo a língua e saio depressa antes que possa dizer qualquer outra coisa da qual me arrependa.

Eu deveria ter me preparado.

Já ouvi falar que isso tinha acontecido em outras festas. Já vi acontecer em filmes. Sei que é uma maneira popular de passar o tempo, ainda mais quando a fonte de chocolate e a máquina de confete deixam de ser uma novidade. Mas ainda sinto um choque horrível quando alguém sugere, duas horas depois do início da festa, brincar de verdade ou desafio.

— Vai ser divertido — constata Georgina. Faz cerca de trinta minutos que ela chegou, com presilhas de borboleta brilhantes nos cabelos e rímel azul escorrendo pelas bochechas. Desde então, correu a fofoca de que ela tomou um fora de uma menina da equipe de ginástica dela por uma das glamorosas amazonas de outra escola. — Eu só quero me divertir hoje, pode ser?

Há muito tempo aceitei que minha definição de *diversão* tende a ser diferente do que outros adolescentes julgam legal. Diversão é assar uma nova fornada de pastel de nata, ou bater meu recorde anterior na corrida de duzentos metros rasos, ou adicionar minhas notas na planilha acadêmica. Não se trata de montanhas-russas, nem de ficar bêbada na praia, nem de participar de um jogo que exige que você passe vergonha ou se exponha na frente de várias pessoas.

Mas nitidamente eu sou a única com algum receio.

— Por mim, tá beleza — comenta Ray, e os outros estão balançando a cabeça, sentando em círculo.

— Ei! — Abigail me cutuca. Ela quase nunca fica tímida, mas não há outra maneira de descrever o modo como está sorrindo. — Me desculpa, desculpa mesmo, mas preciso ir embora mais cedo. O carro da minha irmã acabou de quebrar em uma rodovia e o Liam tem ignorado as mensagens dela... *sim, de novo, eu sei, não me olhe assim...* mas você vai ficar bem sozinha? Porque eu posso, tipo, dar outro jeito se você precisa que eu fique.

Eu preciso que você fique, tenho vontade de dizer. *Não me deixe sozinha nessa festa. Por favor, não vá embora ainda.* Mas as palavras ficam presas em minha garganta; nunca fui boa em pedir coisas às pessoas.

— Não, não tem problema — respondo —, vai lá.

— Me atualiza das coisas depois — diz, pegando a bolsa.

— Eu te mando mensagem — prometo. *Se eu conseguir sair viva daqui*, acrescento em minha mente, o medo passando seus dedos gelados na minha barriga.

As primeiras rodadas do jogo são bem tranquilas. Alguém desafia Rosie a mandar uma mensagem para o ex; ela pega o celular e envia uma selfie sem hesitar. Alguém desafia Ray a fazer cinquenta flexões, o que ele faz com tanto entusiasmo, as mangas da camisa arregaçadas para expor seus músculos, que me pego pensando se ele tinha combinado esse desafio de antemão só para se exibir. Outra pessoa pergunta a uma das alunas do clube de teatro qual o maior medo dela, ao qual ela responde "A percepção de que a vida é pouco mais do que o lento escoamento do tempo até encontrarmos nossa inevitável morte", o que faz com que todos fiquem em um silêncio desconfortável por um tempo.

Então, é a vez de Julius.

Sendo sincera, estou surpresa por ele ainda estar aqui. Ainda mais surpresa por ter aceitado jogar.

— O que você quer? — A amiga de Rosie pergunta para ele.

Julius consegue parecer indiferente quando responde:

— Verdade.

É óbvio que ele escolheria isso, penso com desdém. Deus o livre de alguém o forçar a fazer algo indecoroso, como bagunçar seu cabelo.

A amiga de Rosie dá uma risadinha. Olha para ele por baixo dos longos cílios.

— Certo, então... Você gosta de alguém?

Não tem nada a ver comigo, mas meu coração dispara como se eu tivesse acabado de ser eletrocutada. Estou piscando rápido demais, sentada ereta demais. Não consigo controlar meu corpo, não consigo controlar a sensação estranha e cheia de nervosismo que corre em minhas veias. Não consigo me impedir de encará-lo, como se pudesse encontrar a resposta escrita em seu rosto.

Por um breve segundo, ele retribui meu olhar.

Depois, franze a testa e balança a cabeça uma vez.
— Não. — Sua voz é firme.

A garota franze o rosto depressa, em evidente decepção. De uma forma que não sei explicar, também sinto a decepção ecoar em meu peito.

— Que tédio — reclama Georgina. — Você não gosta mesmo de *ninguém*? Tem tantas meninas lindas no nosso ano.

Julius dá de ombros.

— Você pediu a verdade.

— Tudo bem. Seguindo, então. Verdade ou desafio, Sadie? — pergunta Georgina. Agora todos os olhos estão voltados para mim e o ar na sala de estar de repente parece pesado. Posso senti-lo me pressionando, esmagando minhas costelas, selando minha próxima respiração dentro dos pulmões.

Minha garganta está seca. Se *eu* escolher verdade, como Julius fez, com certeza vão me perguntar sobre os e-mails, e não posso me dar ao luxo de aborrecer mais ninguém. Todo o meu trabalho para esta noite, toda esta festa... será em vão. Então, eu respondo:

— Desafio.

Ray sorri.

— Desafio, hein?

Tarde demais, sou atingida pela terrível, profunda noção de que fiz a escolha errada. Eu me joguei de cabeça na armadilha. Nem consigo imaginar o que eles vão inventar. É por *isso* que eu deveria ter me preparado melhor; poderia ter pensado nas opções com mais cuidado, compensado minha falta de experiência fazendo mais pesquisas.

Ray abaixa a cabeça e murmura algo para os amigos, e eles caem na gargalhada.

— É demais? — pergunta a garota sentada de pernas cruzadas ao lado deles.

— Não, é só por diversão, certo? — responde Ray, o sorriso se alargando. — E Sadie sabe brincar.

O medo corre em minhas veias como ácido. Torço meus dedos no colo, depois os enrolo atrás das costas. Nada ajuda.

— Certo. — Ray bate palmas com o ar pomposo de um apresentador de *game show*. — Está decidido. Desafio você a... beijar o Julius.

Minha mente parece congelar.

Só consigo ficar olhando para ele, sem saber se é isso que consideram engraçado, se ouvi errado. Devo ter ouvido. É impossível que tenham me desafiado a fazer isso. Eles *sabem* da nossa história, leram os e-mails, sabem que passamos os últimos dez anos nos odiando...

Mas, óbvio, foi por isso que me desafiaram.

Volto o olhar na direção de Julius. Só preciso ver a reação dele. Espero que ele pareça enojado com a ideia, ou furioso, ou talvez encantado com minha humilhação iminente. Mas sua expressão é ilegível. Ele não demonstra nenhuma emoção externa e, de alguma forma, isso é pior. Talvez porque isso não o afeta, porque não significa nada. Talvez porque *eu* não signifique nada.

É como se houvesse uma pedra alojada em meu peito, impedindo que o sangue chegue ao meu coração.

— Então? — desafia Ray.

Eu engulo seco. Forço-me a imitar a indiferença de Julius.

— Lógico, por que não?

Murmúrios de surpresa reverberam na roda. Até o Ray parece atônito, como se estivesse esperando que eu protestasse.

E Julius está me encarando, com as sobrancelhas levemente franzidas. Consegui pegá-lo desprevenido, também. Sinto uma onda de vitória, não muito diferente da emoção de terminar à frente dele em uma corrida.

— Vem — digo, levantando-me e alisando a saia, rezando para que ninguém veja minhas mãos tremerem. *É só um beijo*, digo a mim mesma. *É só um garoto*.

Julius hesita, depois se levanta também. Ninguém fala; todos estão nos observando, mortalmente concentrados, com a expectativa crescendo como o vento antes de uma tempestade. As luzes parecem diminuir aos poucos, e o espaço entre nós parece nada, algo entre trinta quilômetros e chamas fantasmas. Ele está esperando. Que eu faça papel de boba. Que eu dê o primeiro passo.

Deixo que minha raiva tome o lugar dos nervos, fecho os olhos e o beijo. É tão rápido, tão leve, que só tenho tempo de registrar a suavidade surpreendente de seus lábios antes de voltar a me afastar.

Meu Deus do céu.

Eu consegui.

Eu consegui, de verdade.

Consigo escutar o pessoal rindo ao fundo. Alguém está chamando meu nome, mas eu não a escuto. Não tem mais a ver com eles. Trata-se apenas de nós, da batida dolorosa do meu coração, do calor que queima meu rosto.

Julius leva um dedo aos lábios como se também não conseguisse acreditar. Então ele se endireita. Inclina a cabeça, me encarando com os olhos negros e parecendo quase se divertir.

— Você chama isso de beijo? — pergunta, em tom de zombaria. Sua voz sai mais baixa do que o normal, e posso ver o esforço no movimento de sua garganta. — Isso não foi nada.

O calor dentro de mim aumenta, incinerando qualquer lógica e ressalva. Quero tirar aquele olhar presunçoso do rosto dele no tapa, mas então tenho uma ideia ainda melhor.

— Que tal assim, então? — digo em tom de desafio e, antes que ele possa responder, agarro a gola de sua camisa e o puxo na minha direção.

Desta vez, quando nossos lábios se encontram, eu não recuo. Aprofundo o beijo, deixando meus dedos deslizarem pelo pescoço dele e se enroscarem em seu cabelo. Por um instante, posso sentir seu choque, a tensão percorrendo seu corpo como um fio aquecido, e penso: *eu ganhei*. Provei que ele estava errado. Então ele retribui o beijo, me puxa mais para perto, e algo dentro de mim se desequilibra.

Não era para ser assim. O pensamento é nebuloso, distante, perdido na sensação da boca dele colada na minha. Porque eu estava mentindo para mim mesma antes. Julius não é só um garoto. Ele é meu inimigo. Meu igual. Meu ponto de comparação. É aquele que estou constantemente tentando superar, ser mais esperta, impressionar. Ele é o alvo sempre em movimento em minha visão periférica, a pessoa em torno da qual tracei todos os meus planos, a linha de partida e de chegada e tudo o que está no meio. Todos os meus sonhos e pesadelos são com ele e só ele.

Não consigo me concentrar. A parte mais terrível disso tudo é que a sensação não é nada terrível; nem o calor da pele dele na minha, nem o aperto firme, nem o som ofegante no fundo da garganta dele.

Eu quero ficar assim.

Quero continuar.

Assim que o pensamento me ocorre, o pânico me atinge em cheio, reavivando o pouco de bom senso que me resta. *Não*. Não, eu não deveria querer isso. Eu não deveria estar fazendo isso de jeito nenhum. Eu o empurro e ele me solta no mesmo instante, com os olhos arregalados e as mãos caídas ao lado do corpo, como se tivesse sido tirado de um estado de torpor.

Nenhum de nós fala, e fico constrangida ao perceber que estou respirando com dificuldade. O som áspero e irregular enche a sala.

— Caramba. — Alguém sussurra. — Não sabia que ela tinha essa coragem...

Em um dia normal, só isso já me faria me encolher toda e morrer na hora. Mas minha atenção está concentrada em Julius.

— Com licença — murmura ele, limpando a garganta. Não me olha nos olhos. — Vou lá fora pra... — Ele faz um gesto vago para a porta sem terminar a frase, e então sai andando, com passos rápidos e urgentes, os ombros tensos.

Não quero nem imaginar como meu rosto está vermelho neste momento.

— Eu também... preciso pegar uma bebida — comento. Minha voz soa estranha, engasgada. — E-eu já cumpri meu desafio.

Ninguém tenta me impedir.

O ar da noite me envolve quando saio. Está fazendo mais calor do que nos últimos meses e posso ver os primeiros sinais da primavera em nosso quintal. As rosas brotando, o doce aroma da grama verde fresca, o farfalhar dos pássaros nas árvores. Uma brisa serpenteia pelos meus cabelos e agita minha saia. O céu está de um preto profundo e sem estrelas, mas as luzes do pisca-pisca na varanda dos fundos brilham em rosa, azul e amarelo, como se corpos celestes tivessem caído na Terra.

Julius também está olhando para o céu, o contorno de seu corpo iluminado em dourado. Está com os braços apoiados na grade e, quando me aproximo, percebo que ele está cravando as unhas nas palmas das mãos.

Caminho devagar sobre as tábuas de madeira. Puxo minhas mangas, de repente me sentindo constrangida. Não sei como agir ou o que dizer. Nem mesmo sei por que o segui até aqui.

Então Julius se vira, e tantas emoções passam por seu rosto que não consigo começar a decifrá-las antes de desaparecerem, restando apenas uma: raiva.

— Por que você fez aquilo?

O veneno em sua voz me faz congelar.

— O quê? — pergunto, confusa. — O que você quer dizer? Eu... foi um desafio. Eles me desafiaram.

— Você beijaria alguém que odeia só por causa de um desafio infantil? Só porque outras pessoas queriam que você fizesse? — Seu tom é de desprezo. Cada palavra é uma flecha e sua mira é certeira todas as vezes. — A opinião deles é realmente tão importante pra você? — Isso é tão irracional e tão ofensivo que nem sei o que dizer. Não posso acreditar que o beijei há apenas alguns minutos. Não acredito que deixei que ele me puxasse para perto daquele jeito... que passasse os dedos na minha pele...

Algo brilha em seu rosto, como se ele também estivesse lembrando.

— Qual o seu *problema*? — Finalmente consigo dizer. — Se não queria me beijar, poderia ter se recusado.

— E você acha que eu tive alguma chance? Você me agarrou...

— Você também se levantou — corto, minha voz tremendo de fúria. — Você retribuiu...

— Foi um reflexo natural — aponta ele. — Não que eu espere que você saiba, mas...

— E quem disse que eu não sei?

Isso o cala.

Ele fica me encarando. Atrás das paredes de tijolos, o barulho da festa, a batida da música — o barulho das garrafas, o zumbido da conversa pontuada por gritos abafados de riso — parece estar a cem quilômetros de distância. Como se pertencesse a outro mundo, outra época, outro lugar.

— Esse... esse não foi seu primeiro beijo — diz ele. Uma meia pergunta.

— Claro que não foi. — Foi só meu segundo beijo, mas estou gostando disso, de provar que as suposições dele estão erradas. E não quero que ele tenha motivos para pensar que o que aconteceu agora foi especial, que significou algo quando não significou. Não deveria.

— Com quem foi? — pergunta ele. Dessa vez, uma pergunta real.

Eu me inclino sobre a grade, com a cabeça virada para o outro lado.

— Por que você se importa?
— Não me importo — responde ele, com irritação. — Mas eu quero saber.
— Bom, eu não quero contar — respondo, só para ser difícil. Só para privá-lo de algo também, depois de ele ter tirado meu orgulho.
— Ele estuda na nossa escola? — insiste, depois se corrige.
— Não, não tem como. Tenho certeza de que teria ouvido fofocas a respeito disso.
Mantenho um silêncio estratégico.
— Nas férias, então? Em um acampamento?
Ele está certo.
Meu rosto deve confirmar a resposta, porque ele insiste:
— Foi em um acampamento, não foi? Um daqueles acampamentos de aventura ao ar livre?
A sugestão de que eu participaria de um acampamento para aprender habilidades divertidas como cortar madeira, tecer e assar marshmallows, em vez de algo academicamente rigoroso, é ofensiva demais para eu engolir.
— Acampamento de codificação — respondo, depois vejo a curva satisfeita da boca dele. Era uma provocação. Óbvio. Ele sabe que eu jamais desperdiçaria meu verão em um acampamento como aqueles, quando poderia estar adiantando os trabalhos acadêmicos.
— Então, um acampamento de codificação — comenta ele, remoendo a informação em sua língua como se fosse algo amargo. — Qual é o nome dele?
Meus ombros se curvam em autodefesa.
— Você parece muito interessado nos detalhes para alguém que não se importa.
— Eu já disse que não tô nem aí. — Ele faz uma pausa, com os lábios esculpidos em um sorriso sarcástico. — Estou curioso para saber quem teria um gosto tão... peculiar... para sair com você. A menos, é óbvio, que você esteja inventando...

— Não estou — protesto, afastando-me do corrimão e virando a cabeça. Um erro. Ele parece perigoso na escuridão, as luzes esparsas realçam as cavidades de suas maçãs do rosto, o olhar penetrante. — Ele se chamava Ben. Me convidou para sair depois de nosso segundo seminário juntos. Pode pesquisar por ele, se quiser. Era nadador e dava aulas particulares para crianças durante as férias de primavera. Todos diziam que ele era um gato. Deixo de fora a parte sobre ele ter terminado comigo apenas duas semanas após nosso primeiro encontro. Na noite anterior, houve um jogo de perguntas e respostas e minha equipe venceu a dele. Eu o procurei quando terminou, segurando radiante o troféu de plástico, esperando que ele ficasse impressionado, mas ele nem sequer me parabenizou. Quando terminou comigo fora da sala de aula, disse que era porque eu era muito intensa. *Tudo é uma competição para você, Sadie*, ele acusou, passando a mão no rosto. *Você só quer saber de ganhar. É muito cansativo ficar perto de você o tempo todo, entende o que estou dizendo? Eu quero alguém que consiga, tipo, relaxar.*

É engraçado pensar nisso agora. Porque o Julius também me acusou de muitas coisas no passado, mas nunca me culpou por ser intensa. Por ser exagerada em tudo. Por querer vencer. Ele é parte da razão pela qual vale a pena vencer.

— Você... achava ele um gato? — pergunta Julius. As palavras soam forçadas.

Penso a respeito. Sim, eu consigo entender, em um nível geral e biológico, por que os outros achavam Ben atraente. Ele tinha um corpo de nadador, cílios grossos, um sorriso como o sol. Toda vez que penso nele, eu o associo ao verão: ar salgado, areia quente e grandes ondas. Nada parecido com Julius, com seus olhares frios e contornos afiados. Julius é o ápice do inverno: a sensação gelada na boca, a geada branca e a fumacinha da respiração em um corredor escuro.

Mas eu não conto isso a ele.

— Sim — digo, erguendo o queixo. — É lógico que sim. E ele também beijava muito bem.

Ele fica em silêncio.

Isso me deixa nervosa.

— O quê? Está com ciúmes? — pergunto só para provocar uma resposta dele, para irritá-lo.

O que eu não esperava é que ele ficasse com as bochechas coradas. E que cerrasse os punhos.

— Por que eu estaria com ciúmes? — diz ele fazendo uma careta, a aversão estampada em seu rosto. — Prefiro morrer do que beijar você outra vez.

A vergonha queima minha pele. Parece que meu corpo inteiro está pegando fogo. As chamas atravessam minha corrente sanguínea, enchem minha garganta, queimam meus pulmões por dentro. Dói. Dói tanto que a única maneira de me distrair é sentir raiva. A necessidade de vingança, de feri-lo de volta, de machucá-lo ainda mais. Eu me inclino para a frente e faço a primeira coisa que me ocorre: dou um chute nele. Com força, bem no joelho. O som do impacto é ainda mais alto do que eu esperava, um baque terrivelmente satisfatório que vibra nos meus ossos.

Ele sibila, parte de dor e parte de surpresa.

— Você *perdeu o juízo de vez,* Sadie?

— Você mereceu — protesto com fervor, meu sangue martelando nos ouvidos.

Minha cabeça está zumbindo. Nada nessa noite parece real.

— Sadie...

Mas eu já perdi muito tempo. Desde o início, foi uma péssima ideia segui-lo até aqui. O que eu estava pensando? O que esperava de Julius Gong? Então, quando ele me chama de novo, talvez para exigir uma explicação, talvez apenas para lançar outro insulto, eu o ignoro. Jogo o cabelo por cima do ombro e entro em casa, batendo a porta atrás de mim com tanta força que as vidraças estremecem.

Capítulo doze

A casa virou uma verdadeira zona de guerra. Por alguns instantes, só consigo ficar aqui parada e observar a cena, boquiaberta e horrorizada. Alguém está despejando bebida alcoólica em um dos vasos de porcelana preferidos da minha mãe e usando-o como uma taça gigante, o aroma cítrico do álcool flutuando no ar que quase posso sentir o gosto de tão forte. *Três* casais estão se agarrando no sofá em uma fileira, como se estivessem em uma competição para ver quem consegue emitir os sons mais perturbadores ou exibir mais pele. A mesa de jantar foi empurrada para trás para dar espaço a um jogo barulhento de *beer pong*; todas as cadeiras estão empilhadas, a fruteira está no chão. De vez em quando, um grito de frustração ou alegria é seguido por um coro de aplausos. Há embalagens por toda parte, copos plásticos meio vazios, purpurina sabe-se lá de onde. Pior ainda, só agora me dei conta de que as pessoas estão usando os sapatos de rua dentro de casa, deixando marcas de lama por todo o carpete bege.

Tento respirar fundo, mas acabo me engasgando.

É um pesadelo.

E a culpa é toda minha.

Nunca me senti tão tola, tão desamparada. Eu não deveria ter organizado essa festa. Ben estava certo a meu respeito. Não sou o tipo de garota que consegue *relaxar*, o tipo de pessoa que convida todo mundo da turma para ir à sua casa e espera sentada enquanto há uma onda de destruição no local. Preciso recuperar o controle da situação.

— Você pode colocar isso no chão, por favor? — pergunto ao garoto mais próximo de mim. Ele faz parte do time de beisebol e está fazendo malabarismo com cinco maçãs ao mesmo tempo. Mas a música está no volume máximo, o baixo pesado sacudindo as paredes. Minha voz foi praticamente abafada.

— Oi? — Tento de novo, mais alto, forçando minhas cordas vocais. Quando não funciona, cutuco o ombro dele.

— O que foi? — O garoto olha para mim sem interromper o malabarismo. — O que você quer?

— As maçãs... você vai bater em alguma coisa...

As palavras mal saíram da minha boca quando sua mão escorrega e uma das maçãs voa. Ela derruba o vaso de plantas na estante. A cerâmica se estilhaça de uma só vez e toda a sujeira se espalha pelo chão.

— Ops — diz ele, com a voz fraca. — Talvez eu possa...

— Não... não, está tudo bem. — Olho para as maçãs restantes, com medo de que elas também acabem se espalhando pela sala. — Você só... fique aí. Eu posso cuidar disso sozinha.

Passo pelos corpos suados e dançantes e pelos grupos de amigos rindo e vou em direção ao armário de limpeza na lavanderia, mas um dos astros do time de futebol sai cambaleando. Jonathan Sok: alto, bronzeado, lindo e famoso por ficar bêbado rápido demais. Ele está balançando uma garrafa de cerveja vazia e montado em nossa única vassoura como se ela fosse um cavalo.

— Olha só meu cavalo — grita com alegria, galopando em círculo pelo espaço apertado. Está tão bêbado que mal dá para entender o que diz. Mas ele continua falando. — Olha só meu cavalo... Olha só meu cavalo... Olha só meu cavalo...

— Sim, estou vendo — respondo, tentando agradá-lo. Na verdade, eu só quero a vassoura de volta. — Se puder, por favor, devolver pra mim...

— É um *cavalo* — protesta ele, fazendo beicinho. — Se chama Wendy.

Estou cansada demais para ficar sentada discutindo o nome de um objeto inanimado.

— Certo, que incrível. Eu preciso mesmo limpar essa bagunça...

Ele sai galopando. Até este exato momento, eu não achava que as pessoas conseguissem de fato galopar.

— Vai ter que me pegar primeiro — retruca ele.

— Não, isso não é uma brincadeira... — Pego a vassoura no mesmo instante em que ele se vira, fazendo com que o cabo bata com tudo no meu rosto.

Não dói muito. Não o suficiente para deixar um hematoma. Mas o simples choque físico me faz cambalear para trás, levando a mão à bochecha. Parece que algo saiu do lugar dentro de mim. Ou talvez eu já estivesse desequilibrada, vai ver estou assim desde que agarrei Julius e o beijei, ou desde que o chutei lá fora. Talvez seja como uma daquelas situações de blocos de Jenga, em que toda a estrutura está tremendo, instável, e basta um único movimento errado (ou, neste caso, uma infeliz colisão com a ponta de um cabo de vassoura) para que tudo desabe.

— Tá, quer saber? — Tiro a mão do meu rosto dolorido. Jonathan Sok me encara com os olhos turvos, atordoado demais para pedir desculpas. — Esta festa acabou.

— Quê?

— Eu disse que *acabou*. — Minha voz sai mais alta e ríspida do que eu pretendia, e as conversas ao meu redor vão minguando. O ar parece congelar. — Preciso limpar tudo e tem gente demais aqui, então, se vocês puderem, por favor, apenas... Eu não sei.

Há uma pausa terrível. A música foi desligada, e o silêncio imediato é ensurdecedor em contraste. Posso ouvir meus ouvidos zumbindo.

— Tá, beleza então. Meu Deus — murmura alguém. Ele joga a garrafa na lixeira, pega a jaqueta e se vira para ir embora.

Não demora muito para que os outros sigam em uma fila escalonada, pegando suas bolsas e mexendo em seus celulares, os que estão sóbrios sacudindo as chaves do carro. Alguns param para me agradecer por ter organizado a festa ou se desculpar por terem feito bagunça, mas a maioria nem olha para mim.

Bela forma de consertar as coisas.

Meu rosto e meus olhos ardem. Aos poucos, a casa se esvazia, deixando-me com a sujeira no chão, os vasos derrubados e as cadeiras viradas. Parece que alguém raspou minhas entranhas. É uma sensação pior do que chorar, porque não há escapatória, nenhum lugar para onde a decepção e a vergonha possam sair.

Em que momento, eu me pergunto, encarando a porta da frente enquanto ela se fecha pela última vez, *algo se torna inconsertável?* Em que ponto uma tapeçaria se torna tão cheia buracos e fios soltos que é impossível remendá-la de novo? Que acaba sendo melhor jogar fora?

— Uau. Essa casa está um caos.

Eu me sobressalto com a voz, o coração indo parar na garganta.

Pensei que todos tinham ido embora, mas, quando me viro, Julius está ali. Ele ficou. Há uma expressão desconhecida em seu rosto, algo de confuso, algo quase suave, como se houvesse uma dor nele. No brilho alaranjado das luzes da sala de estar, ele parece muito mais vulnerável do que do lado de fora, contra as sombras e o céu.

Eu me pergunto se ele vai me fazer pedir desculpas por tê-lo chutado. Não sei se conseguiria, ainda que sinta uma leve pontada de culpa.

Mas ele não diz mais nada. Ele só arregaça as mangas e começa a alisar as almofadas do sofá.

Eu o encaro.

— O que você está fazendo?

Ele não olha para trás.

— O que parece que estou fazendo?

— Eu... — Não consigo dizer nada. Eu chego a suspeitar que seja um truque, mas então ele se agacha para limpar o confete no chão, seus olhos escuros e límpidos, o rosto sério. Com hesitação, me junto a ele. Nenhum de nós fala, mas o silêncio não parece mais um golpe mortal. Na verdade, há muita paz. Eu me concentro nos movimentos repetitivos, no ritmo fácil da tarefa, no silencioso balançar da vassoura. Talvez seja porque já trabalhamos juntos antes no galpão de bicicletas, mas parece que nos entendemos. Ele pega a lata de lixo sem que eu precise pedir; eu passo a água quando percebo que ele está estendendo a mão.

Em uma aula de psicologia, o professor nos explicou como as memórias são construídas. Quais são as lembranças que permanecem conosco ao longo dos anos. Nem sempre são aquelas que você acredita ser as mais importantes, os marcos da vida. Por exemplo, não consigo me lembrar do que fizemos no meu aniversário de treze anos, ou do Festival da Primavera do ano em que viajamos para a China, ou do dia em que recebi o prestigioso Prêmio de Aluno Versátil.

Mas me lembro de voltar da escola certa tarde, sentir o cheiro de bolo de limão na cozinha e dividi-lo com minha mãe em um lindo prato de porcelana que ela havia comprado com desconto. Lembro-me de um sábado qualquer, há mais ou menos nove anos, quando Max e eu tentamos atrair os patos para casa com migalhinhas de pão. Lembro-me do rosto de uma senhora idosa por quem passei na rua, dos exatos padrões florais de sua camisa, do dente-de-leão costurado em sua bolsa, embora nunca tenhamos nos falado e eu nunca mais a tenha visto.

E sei, mesmo enquanto o momento se desenrola, que sempre me lembrarei dele. O brilho do confete no piso de madeira. A noite caindo ao nosso redor. A mecha escura de cabelo caindo sobre os olhos de Julius. O silêncio que parece uma trégua, um alívio da guerra, algo mais.

— Então — diz Julius, enquanto retira com cuidado um chapéu de festa colocado em uma estátua de madeira de mamãe. — Acho que é seguro presumir que você não vai dar outra festa tão cedo?

Eu bufo, como se a ideia em si não me causasse náuseas.

— Não. Não, nem deveria ter dado essa aqui. Eu só queria... Só achei que...

— Você achou que isso compensaria pelos e-mails. É tão constrangedor ouvir em voz alta, ainda mais vindo do Julius. Parece tão patético.

— Mas por quê? — insiste ele.

Eu varro os confetes restantes em uma pequena pilha.

— Como assim, *por quê*? Eu não tinha muitas outras opções. Não é como se eu pudesse me dar ao luxo de mandar uma carta de desculpas personalizada e uma caixa de mimos caros para compensar os danos emocionais para cada pessoa.

— Eu quis dizer por que você acha que precisa fazer todo mundo perdoar você? O que tem para ser perdoado? Não estou dizendo que você estava certa em escrever aqueles e-mails — acrescenta ele depressa, percebendo minha expressão. — Mas eu li o que você mandou pra Rosie. Ela roubou sua ideia da feira de ciências. Se estamos mesmo falando de perdão, não deveria ser ela a te pedir desculpas?

Não sei o que pensar disso. Nunca pensei no que os outros me devem, apenas no que eu devo a eles.

— É... diferente — digo, por fim. — Ela está mais chateada.

— Você também está chateada.

— Sim, mas ela parece não se importar, e eu me importo. Eu... — Perco o fôlego. Abaixo a cabeça, despejo os confetes em um saco plástico, observando as cores artificiais captarem a luz enquanto rodopiam pelo ar. — Eu odeio de verdade quando as pessoas ficam com raiva de mim. Tipo, sei que pode ser simples para os outros, mas não consigo me concentrar em mais nada. Não consigo só deixar pra lá e seguir em frente com a vida.

É como se tivesse algo pesado preso no meu peito. Sempre vou me sentir culpada. Sempre vou querer fazer as pazes. Ele não responde e percebo que falei demais.

— Deixa pra lá — murmuro. — Você não vai entender.

— Estou tentando entender.

Ergo a cabeça e, quando olho nos olhos dele, sinto uma onda de calor.

— Por quê? — pergunto de volta.

Ele sustenta meu olhar por um segundo. Dois. Três. Conto cada um deles à medida que passam, da mesma forma que conto minhas respirações oscilantes. O silêncio se estende como uma corda — então ele coloca a sacola plástica cheia pela metade em sua mão, as latas e os recipientes amassados fazendo barulho dentro dela, e o silêncio se rompe.

— Eu não sei. — Ele limpa a garganta. Se vira em direção à saleta. — Eu vou... é melhor eu limpar lá dentro. Acho que alguém estava tentando recriar a Torre Eiffel com seus livros didáticos.

Assinto uma vez. Como se eu não me importasse com o que ele faz.

— Está bem. Obrigada.

Faço um esforço consciente para não ficar encarando enquanto ele sai.

E faço um esforço ainda maior para permanecer na sala de estar, mantendo assim uma distância entre nós, para não prolongar muito nossa conversa. Mas, graças a ele, não sobrou muito para eu limpar. Depois de passar o esfregão e o aspirador de pó na última poeirinha e colocar os sofás de volta em suas posições originais, paro na porta.

Tudo já foi arrumado. Ele está parado ao lado da escrivaninha, olhando para a foto que tem em mãos. Está tão concentrado que não me ouve chegar até que eu esteja bem atrás dele.

— Eu não queria... — Ele se vira, visivelmente constrangido. — Juro que não estava bisbilhotando. Alguém tirou esse álbum do armário e algumas fotos caíram e...

Olho para a foto também e sinto um aperto no coração. É uma foto antiga de família, tirada há dez anos. Estamos em um restaurante de *hot pot*, nós quatro espremidos em volta da mesa redonda, com os pratos à nossa frente. Max é apenas uma criança, com os cabelos espetados e as bochechas redondas. Ele está vestindo aquela camiseta de basquete da qual gostava tanto que se recusava a tirá-la até mesmo para lavar as manchas de pasta de dente na frente. Minha mãe está com seu cardigã e camisa de gola alta preferidos, com o cabelo preto ondulado e penteado de uma forma que nunca mais usou desde aquela noite. E meu pai está olhando para mim com tanto orgulho que respirar chega a doer. Nós parecemos... felizes. Deve ser o maior espetáculo do mundo; é tão convincente, mesmo que seja uma farsa. Inventado. De faz-de-conta. Porque, em menos de um mês desde que a foto foi tirada, ele foi embora.

— Eu nunca vi seu pai antes — diz ele com cuidado, porque tenho certeza de que já sabe. Todos eles sabem, até certo ponto, não importa o quanto tentemos esconder, alisar a parte visivelmente enrugada no carpete. Quando seu pai não comparece a um único café da manhã de dia dos pais por dez anos seguidos, as pessoas eventualmente presumem que algo está errado.

— Ele não deve mais ter essa cara — respondo, pegando a foto dele. Resisto à tentação de rasgá-la em pedaços. De abraçá-la contra o peito. — Quer dizer, eu não teria como saber, na verdade. Vai ver ele deixou crescer a barba. — Era uma das coisas de que sempre reclamávamos. *Prefiro homens com a barba feita*, minha mãe insistia sempre que ele trazia à tona essa ideia. *No dia em que você deixar essa barba crescer, a gente vai se divorciar.* Costumava ser uma piada interna da família.

Julius olha para mim, ainda com aquele jeito cuidadoso e atento, como se o chão fosse de vidro. *Você não vai entender. Estou tentando entender.*

— É difícil? Não tê-lo por perto?

— Não — respondo por instinto. Força do hábito. Já repeti isso tantas vezes para mim mesma que, na maioria dos dias, consigo acreditar. Deslizo a foto de volta para o álbum desbotado, fecho-o, mas, por algum motivo, continuo falando. — Quer dizer, eu não... Talvez não seja bem que eu sinta a falta dele. Mas há momentos em que... em que fico imaginando como seria se ele ainda estivesse aqui. Como quando minha mãe e eu brigamos no verão passado porque ninguém sabia quem tinha perdido o carregador do celular e, enquanto ela gritava comigo, eu me peguei desejando... que ele estivesse lá para intervir. Para me dizer que estava tudo bem. Para me consolar e levar minha mãe para fora até que nós duas nos acalmássemos. — Faço uma pausa e continuo: — Ou, por mais ridículo que pareça, quando vamos ao meu restaurante favorito. Minha mãe e meu irmão têm os mesmos gostos, sabe como é... eles odeiam comida picante e mais azeda. Mas meu pai e eu sempre pedíamos um prato de frango frito apimentado. Eles só fazem em porções para duas pessoas, então agora... agora eu nunca peço. Porque não tenho ninguém com quem dividir.

Porque ter um dos pais é o suficiente.

Até que não seja mais.

— Então, onde estava seu irmão nesses momentos? — pergunta ele.

Eu pisco, confusa.

— Meu irmão?

Ele aponta com a cabeça em direção para o álbum, parecendo confuso com minha confusão.

— Ele é o mais velho da família, certo? Ele não deveria ter... não sei, sido mais proativo?

— Não. Não, mas não é culpa dele — acrescento depressa, percebendo o leve franzir das sobrancelhas dele. *É óbvio que não.* *É tudo sua culpa,* uma voz fria e familiar sussurra dentro da minha cabeça. *Foi você quem arruinou tudo.* — Foi mais difícil pra ele do que pra mim. Eu me lembro que ele costumava ser bem comportado, mas depois que nosso pai foi embora, ele meio que... desistiu. Começou a faltar às aulas, a entregar o dever de casa atrasado e a se meter em problemas na escola. Honestamente, a única coisa pela qual ele ainda parecia interessado era o basquete. Se não fosse por isso, não sei se ele teria entrado na faculdade.

Julius escuta tudo o que digo sem esboçar nenhuma emoção, mas não desvia o olhar em nenhum instante.

— Desculpe — murmuro, passando por ele e enfiando o álbum no armário. Não sei o que deu em mim, por que de repente estou desabafando com *Julius*.

— Por que está se desculpando? — pergunta ele.

— Desculpe, não foi minha intenção — digo, mas depois me contenho. Dou uma risadinha e o gelo dentro do meu peito derrete um pouco. — Tá, não, na verdade, retiro o que disse... Não estou arrependida. De forma alguma. De nada.

— Com certeza não pareceu nada arrependida de ter me chutado.

Fico tensa, mas, ao olhar para ele, percebo que o canto de sua boca está curvado para cima. Como se estivéssemos compartilhando uma piada interna. Antes que eu possa relaxar, ele se aproxima vários centímetros e o ar entre nós parece sumir de repente.

— Você também não pareceu arrependida de... — Ele se afasta de propósito, mas seu olhar para na minha boca. Fica ali por um instante a mais do que o normal.

Esse é mais um momento do qual eu sei que vou sempre me lembrar, não importa o quanto eu tente apagar da minha memória ou fingir que não.

O momento em que beijei Julius Gong.

Em que o beijei e que quis beijar.

O ar quente se espalha por minhas veias e eu me afasto, procurando uma distração. Dele. De toda essa noite. Da sensação de estufamento em meu peito, do peso esmagador da desaprovação de todos, das consequências da festa. Eu a encontro com facilidade, talvez fácil demais. Uma garrafa de cerveja em cima da escrivaninha. Fechada. Intocada. Meus dedos se contorcem em direção a ela.

Será que eu conseguiria?

É surpreendente que eu esteja sequer cogitando. Seria impulsivo, tolo, nada do meu feitio. Mas quantas coisas impulsivas eu já fiz hoje? Será que mais uma faria tanta diferença assim?

Há uma suposição falsa que as pessoas tendem a fazer a meu respeito: elas acreditam que só estou interessada em ser a melhor. Que quanto mais perto estou do topo, mais feliz estou. Que, no final das contas, trinta por cento é melhor do que zero; que ser medíocre é pelo menos melhor do que ser *ruim*. Mas eu oscilo entre os extremos. Se não posso ser a melhor, prefiro ser a melhor em ser a pior. Se vou fracassar, prefiro fracassar por completo do que fazer um trabalho pela metade.

E se vou me autodestruir, então por que me contentar apenas em beijar o inimigo?

— Você não quer beber isso — alerta Julius, sua voz interrompendo meu raciocínio. Ele está me estudando, com a cabeça inclinada para o lado como uma ave de rapina. Parece tão confiante. Como se soubesse mais do que eu. Como se sempre soubesse mais do que eu.

É irritante — e é exatamente o que me ajuda a tomar uma decisão.

Abro a garrafa, sustentando o olhar dele o tempo todo em desafio, e dou um gole longo e deliberado. O líquido queima minha boca, muito mais forte do que eu imaginava. Tem gosto de fogo. Sobe direto pra minha cabeça.

Tusso, gaguejo, mas continuo bebendo.

Os primeiros goles são nojentos. Amargo e cortante, como um remédio, mas ainda mais pesado, com um gosto residual desagradável. Não acredito que os adultos façam tanto alarde por causa disso. Não acredito que as pessoas paguem dinheiro de verdade só para consumir essa bebida. Mas então meu corpo começa a se aquecer por dentro e minha cabeça começa a girar. Normalmente, eu odiaria o que está acontecendo: a perda de controle, a desorientação. Mas, esta noite, isso ajuda a suavizar os contornos afiados, reduz o ruído de fundo a um zumbido agradável, entorpece a dor em meu peito.

Os próximos goles são muito mais fáceis de engolir. O sabor ainda não é muito bom, mas até que gosto da maneira como queima a garganta.

Bebo depressa, encorajada pela surpresa silenciosa de Julius. *Isso vai calar a boca dele,* penso comigo mesma. Bebi quase tudo quando eu giro a garrafa para verificar o rótulo e percebo que, afinal, não é cerveja. É uísque.

— Ah — exclamo, apoiando a garrafa na mesa. — Ah. Merda.

Não é de se admirar que eu esteja tão tonta.

Penso que deveria estar mais preocupada. Que a situação é muito, muito, *muito* ruim. Mas o pânico permanece distante, como uma aranha em um cômodo vizinho: não tão perto a ponto de precisar tomar uma atitude, ainda. Se tanto, estou me sentindo perfeitamente bem.

— Este seria um péssimo momento para descobrir que você tem baixa tolerância pra bebida — murmura Julius.

Olho de soslaio para ele. Analiso seu rosto. E talvez seja por causa desse novo calor, dessa sensação aérea — como se estivesse caindo e flutuando — que me pego maravilhada com suas feições bem definidas. Não *lindas,* como os príncipes em contos de fadas. Mas belas, frias e mortais, como os vilões que nos ensinaram a temer.

— Não tenho baixa tolerância para bebida — informo, pronunciando cada palavra em voz alta e com cuidado, como prova. — Eu estava meio preocupada agora, literalmente, há um segundo, que eu estivesse bêbada, mas agora acho que...

— Fecho os olhos. Examino meu corpo. Abro-os de novo. — Na verdade, estou bem. Acho que não fez nenhuma diferença perceptível? Uau, sim. Que loucura. Não acredito que estou, tipo, absorvendo esse álcool em minha corrente sanguínea. Não atrapalhou minha fala nem um pouco. Eu poderia ir para a escola assim. Eu poderia *fazer uma prova* assim. Desde que seja em uma matéria que eu já tenha estudado antes.

Ele sorri, entretido.

— Claro — responde. — Claro que sim.

— Você quer um pouco? — pergunto, oferecendo o pouco de álcool que sobrou para ele, por educação. — O gosto não é tão nojento depois que você se acostuma.

Ele gentilmente empurra a garrafa de volta para baixo.

— Não, obrigado.

— O que você quer, então? Eu posso dar.

Essa era uma pergunta simples. No máximo, de múltipla escolha. Mas ele vacila como se tivesse recebido uma proposta de redação de três mil palavras. Engole em seco. Desvia o olhar.

— Nada — responde, por fim. — Eu não... quero nada.

— Tem certeza? Você está, tipo, ficando vermelho. — Talvez eu não devesse ter mencionado isso. Uma voz discreta na parte de trás da minha cabeça me diz que eu não devia. Mas por quê? Por que *não*? Não é como se eu estivesse mentindo. Eu caminho para frente, só para dar uma olhada mais de perto. E estou certa. O pescoço dele está corado, a cor se infiltrando em suas bochechas. — Aqui. É bem perceptível aqui — comento, traçando a linha de sua clavícula com a ponta de um dedo. Até mesmo a pele dele está estranhamente quente.

Algo surge em sua expressão. Ele lambe o lábio inferior e se afasta.

— É uma queimadura de sol? Ah, espere, não faria sentido. — Dou risada sozinha, como se fosse a coisa mais engraçada do mundo. Tudo me parece hilário agora. — Não dá pra se queimar de sol à *noite*. Ou... não. Dá? É, tipo, possível? É algo que poderia aparecer em nosso próximo teste de ciências? — Sinto uma necessidade súbita de descobrir, neste exato momento. Preciso saber. Odeio não saber das coisas. — Alex? — grito. Não há resposta.

— Alex? — falo de novo, mais alto, girando ao redor. — Alô? Você está aí?

Julius me encara.

— Tem um homem aleatório chamado Alex escondido na sua casa? Ou você quis dizer Alexa?

— Não foi o que eu acabei de dizer? — pergunto, irritada.

— Alexis? *Alexis*, está me ouvindo? Me responda. Eu preciso muito, muito mesmo saber se é possível se queimar ao sol depois de escurecer. Isso é importante de verdade.

— De novo, é Alexa — comenta Julius.

— Fica quieto. — Coloco minhas duas mãos sobre a boca dele. — Você fica mais bonito quando não está falando.

Ele emite um som fraco e incrédulo que é abafado pela minha mão, a respiração fazendo cócegas em minha pele. Sua expressão não muda muito, mas posso sentir sua surpresa, como ela se dissipa de repente.

— Você acabou de me chamar de bonito?

— Quando você não está falando — enfatizo. — O que você está fazendo no momento.

— Então você admite.

— O quê? — Já perdi o rumo da conversa. Talvez eu esteja bêbada. Ou vai ver minha memória está definhando. É uma possibilidade aterrorizante. Mas então minha atenção se volta para a mecha de cabelo que cai sobre a testa dele. Quero estender a mão até ela e penteá-la para trás. *Não faça isso*, aquela mesma voz sussurra, mas soando cada vez mais distante a cada segundo. Inconsequente. Então, eu cedo ao impulso e me inclino para frente, alisando o cabelo dele.

— É tão macio. Ainda mais macio do que parece — murmuro, brincando com uma mecha escura entre dois dedos. Ele está paralisado diante de mim, com as pupilas pretas e dilatadas.

Posso sentir o ar ondular quando ele expira, quase um suspiro de dor. — Sempre gostei do seu cabelo.

— Achei que você odiasse — retruca ele. A voz está rouca, como se ele tivesse engolido areia.

Eu franzo a testa. Puxo a mecha de cabelo distraidamente.

— Eu disse isso?

— Disse. No e-mail. — E então, com os olhos fixos em mim, sem precisar pausar ou pensar duas vezes, ele recita: — *Do fundo do coração, espero que seu pente quebre e todos os produtos caros que você tem usado para fazer seu cabelo parecer tão macio acabem. Tenho certeza de que ele não é tão macio, porque não tem nada de suave em você.*

As palavras são minhas, mas soam diferentes vindas da boca dele. Íntimas. Confessionais.

— Como você... se lembra de tudo isso? — pergunto.

— Decorei cada palavra de cada um dos seus e-mails — responde ele, e parece se arrepender no mesmo instante.

— Você decorou? — Fico boquiaberta.

— Não. — Ele faz uma careta. — Não, esquece que eu disse...

— Você decorou — falo, em um tom acusatório desta vez.

— Ai, meu Deus, você decorou mesmo. — Começo a rir de novo, tanto que tropeço para trás, caio no chão e levo as mãos à barriga. Rio até ficar sem fôlego, até meu peito não doer mais, até que nada mais importe, exceto isso. Quando enfim consigo conter as risadas, sorrio para ele. — Bem, Julius Gong. Parece que é *você* quem é obcecado por mim.

Ele revira os olhos, mas a pele de seu pescoço fica com um tom mais profundo de vermelho.

— Posso fazer uma pergunta, então? — digo.

Ele me olha com desconfiança.

— Depende.

— Sente-se, primeiro — ordeno, dando um tapinha no chão ao meu lado.

— Eu preferiria não...

— *Sente-se* — exijo, agarrando o pulso dele e puxando-o para baixo.

— O chão está frio — protesta ele, embora continue sentado, com as longas pernas esticadas e as mãos sustentando seu peso.

— Não tão frio quanto você — respondo. Minha cabeça não para de girar, e parece que estou me movendo em câmera lenta quando me viro para encará-lo. — Então... Me diga. Por que sempre eu?

Ele franze as sobrancelhas.

— Que tipo de pergunta é essa?

— Por que *eu*? — As palavras saem arrastadas, pesadas na minha língua. Agito minhas mãos com uma frustração crescente. — Por que você... Por que você dedica toda sua energia pra tornar a *minha* vida mais difícil? O que eu fiz para que você... me odiasse tanto? Tem sido assim desde o dia em que nos conhecemos. Com o queimado. Com o teste de ortografia no sexto ano. Com nosso projeto de história. Com *tudo*. Por que você sempre se concentra em mim?

— Porque — responde ele calmamente, com uma expressão curiosa no rosto. Nunca o vi tão sério. Tão sincero. — você é a única pessoa em quem vale a pena prestar atenção.

E a dor volta a bater em meu peito, mas ela se transforma. Quente nos contornos, ardendo por dentro. Fecho os olhos, engulo em seco, incapaz de falar. Quero que ele diga de novo. Gostaria que ele nunca tivesse dito.

— Você está satisfeita agora? — pergunta Julius. Ele parece quase irritado, talvez rancoroso, como se tivesse sido forçado a provar um ponto contra si mesmo.

Abro os olhos e fico alarmada ao ver o quão perto ele está. Ele estava tão perto assim, antes? Posso ver as sombras azuis escuras sob suas clavículas, as manchas douradas em suas íris, a curva suave da boca, a pulsação em seu pescoço. *E se a gente se beijasse de novo?* A ideia ridícula flutua em meu cérebro e não consigo afastá-la.

No entanto, antes que ela possa se transformar em algo perigoso, ouço o ronco inconfundível de um motor de carro. Os faróis brilham através das janelas, banhando de leve a entrada da frente com uma luz laranja forte, a silhueta das árvores delineada contra o vidro. Em seguida, vozes soam pelo jardim. A voz de Max, alta, não importando a hora.

— ...não pode me culpar por *ganhar*, pode? Você está sempre me dizendo para aprender com minha irmã e estabelecer metas mais altas para mim. Você não deveria estar feliz por eu ser tão bom em...

— Em mahjong? — É a resposta estridente da minha mãe.

— Você acha que eu deveria estar orgulhosa de você? Onde aprendeu a jogar, aliás, hein? Você tem apostado quando deveria estar na faculdade?

— Não! Mano, eu juro...

— Eu não sou seu *mano*. *Ni bu xiang huo le shi ba...*

— Tudo bem, então, mamãe querida, vai ver é só um talento natural. Talvez essa seja a minha vocação... *Ai*, pare de me bater...

Ai, meu Deus.

Eles voltaram mais cedo.

— Merda. — Eu me levanto rápido demais e, por um segundo, a sala não passa de um borrão de cores. Minha cabeça começa a latejar mais forte. — *Merda.*

Julius também se levanta.

— O quê...

— Meus pais — balbucio. — Quer dizer... um deles. Minha mãe. Ela voltou. Ela não sabia... Ela não sabe que eu estava dando uma festa. Ela vai literalmente me matar e jogar meu cadáver em uma lixeira quando descobrir.

— Acho que você não está usando direito a palavra *literal*... Eu o interrompo.

— Você tem que sair daqui antes que ela te veja.
— Eu... Tá. — Ele dá um passo para a esquerda, depois para a direita de novo. Daí ele para, hesitante.
— A porta dos fundos. — Eu jogo a garrafa na lixeira. — Deus, eu poderia me dar um *tapa*, eu não deveria ter me permitido beber. — E empurro Julius para fora do cômodo com as duas mãos. Os passos lá fora estão se aproximando. As luzes automáticas da varanda da frente se acendem. Posso sentir meu coração batendo na garganta. A metafórica aranha do pânico não está mais no cômodo vizinho — agora ela está subindo pela minha perna e eu quero gritar.

— Aqui — sibilo para Julius, apontando para a porta. Mas então vejo o topo do cabelo espetado de Max por entre os arbustos. Ele está vindo por aqui. Agarro a camisa de Julius e o puxo para trás.

— Que merda é essa? — exige Julius.

— Porta da frente — corrijo, empurrando-o na outra direção. — Não vá por aí, use a porta da frente.

Mal acabo de falar e as luzes da varanda da frente também se acendem.

Minha barriga se revira. Estamos cercados.

É uma emboscada.

— Certo, *pense*, Sadie. — Eu me instruo em voz alta, massageando a cabeça. — Pare de ficar bêbada e *pense*. Pense com calma. Você não tem muito tempo.

— Essa é uma visão fascinante do seu processo de pensamento — comenta Julius.

— Quieto — retruco. — Estou *pensando*...

E então encontro outra solução.

— A janela. — É a única maneira.

Ele arregala um pouco os olhos.

— Você só pode estar de brincadeira. Não vou sair pela janela, Sadie. É humilhante.

— Eu fico te devendo uma.

— Você já está me devendo várias. Como planeja retribuir todos esses favores?

Ignoro o comentário e começo a arrastá-lo em direção à janela da lavanderia. Ela é larga o suficiente para que todo o corpo dele passe, e leva ao caminho lateral que ninguém usa. Grande parte dele está escondida por arbustos sem poda.

— Por aqui — aviso, abrindo a janela para ele. Posso ouvir o barulho de chaves vindo da porta da frente. — *Vai logo*.

Ele me encara, mas obedece, jogando a perna sobre a moldura pintada de branco e pousando de forma suave e graciosa na grama selvagem abaixo...

E bem nessa hora, a porta da frente se abre.

Capítulo treze

Estou tentando ir na ponta dos pés pelo corredor quando minha mãe chama meu nome.
— Sadie? O que você ainda está fazendo acordada?
Eu me viro e o quarto também gira. O álcool ainda está se espalhando pela minha barriga, pela minha corrente sanguínea, tornando tudo embaçado e surreal. Tenho de apertar os olhos para me concentrar.
Minha mãe está tirando o casaco, colocando as chaves do carro no balcão; é fácil reconhecê-las porque ela se recusa a jogar fora as fitas brilhantes das caixas de chocolate e insiste em amarrá-las no chaveiro. Deveria haver cinco fitas no total, mas quando eu pisco, elas se duplicam em um emaranhado de linhas rosa e azuis.
Meu Deus, estou tão bêbada.
— Não estou bêbada — anuncio em voz alta. Parece ser a coisa mais normal e inocente a se dizer, mas percebo, pela forma como minha mãe me olha, que cometi um deslize. *Tudo bem*, tento me acalmar, mordendo a língua com tanta força que sinto o gosto forte de sangue. *Pelo menos ela não descobriu da festa. Você limpou a maior parte das evidências. Não tem a mínima chance...*
— Você... deu uma festa enquanto estávamos fora? — pergunta minha mãe, franzindo a testa. Antes que eu possa responder, ela entra na sala de estar e começa a inspecionar todos os móveis. Eu quero desaparecer. — A mesa de jantar está desa-

linhada. Os livros na estante não estão em ordem alfabética. A gaveta esquerda do armário está aberta. E isso é... — Ela passa o dedo sobre algo tão minúsculo na parede que nem consigo ver o que é, até que ela o coloque bem perto do meu rosto, sob as luzes. — Isso é *purpurina*, não é? Ela está sendo muito precisa. É, de fato, um único grão de purpurina do tamanho de uma poeira.

— Não temos nada com purpurina em casa — acusa ela, mudando para o mandarim. Ela sempre fala rápido em mandarim quando está agitada, como se todas as palavras da língua inglesa não fossem suficientes para conter sua raiva. — A purpurina é, sem sombra de dúvidas, a pior coisa já inventada pela humanidade.

Por motivos que não sei dizer, decido que a melhor resposta é:
— E quanto às armas de guerra?
— Como?
— Nada. — Recuo. Estou com dificuldades para ficar em pé e falar ao mesmo tempo. Ou talvez apenas para ficar em pé sem apoio. Ou talvez para ser humana de forma geral.

— O que está acontecendo com você? — pergunta ela, com o olhar fixo em mim.

Tudo é pesado demais: o ar ao meu redor, as roupas no meu corpo, a pele na minha carne, a força invisível pressionando meu peito. O esforço de uma única respiração trêmula. Posso sentir as palmas das mãos suando, a verdade subindo como bile.

— Eu...

— Sentiu nossa falta? — Max entra na sala, vindo do outro lado da casa, com um sorriso largo. Ele está segurando um pacote de balas de goma Wang Wang, no meu sabor favorito de lichia, e balança na minha frente como um prêmio antes de deixá-las cair em minhas mãos. — Cara, você precisava ter ido. A Da Ma convidou um grupo de amigos dela e eu dei uma surra neles no mahjong. Elas ficaram sem dinheiro e tiveram que começar a pagar em doces... você gosta desse sabor, certo? De qualquer

Tudo o que eu não te disse 159

forma, foi hilário. A mãe me obrigou a vir embora antes que eu pudesse levar tudo, mas juro que, se tivesse a chance...

— Estou falando com a sua irmã — diz a mamãe, irritada.

— Vá se lavar.

— Espera aí. Ei, ei, ei, Espera um segundo. — Meu irmão me encara fixamente. — Você está... *bêbada*? Cara, não consigo acreditar. O que rolou aqui?

Abro a boca para negar...

Em vez disso, me debulho em lágrimas.

Estou horrorizada, chocada demais. Eu nunca ajo dessa forma. Meu dever é absorver o que os outros sentem, apresentar meu melhor lado, ficar quieta e engolir minhas emoções. Mas é como se eu tivesse perdido o controle do meu corpo, como se estivesse me observando do teto enquanto estou aqui no meio da sala de estar, chorando e segurando o pacote de bala. Estou inconsolável. Histérica. Estou soluçando o equivalente a dez anos de lágrimas, engasgando como se houvesse algo doentio e venenoso dentro de mim, algo doloroso, algo que eu precisasse forçar para fora do meu sistema. Mas está preso. Está enterrado sob minha carne há tanto tempo que agora faz parte de mim, a dor profunda como um machucado sensível ao toque.

— Calma aí. — Max está alarmado. Já o vi ter um colapso mental por causa de um anúncio sobre um esquilo perdido, mas ele não me vê chorar há anos. — Mano, você está me assustando...

— Max — diz mamãe em voz baixa. — Vai.

Ele não protesta dessa vez, mas continua me olhando preocupado por cima do ombro enquanto segue pelo corredor.

Então, minha mãe segura meu braço com gentileza, fazendo com que eu me sente no sofá ao lado dela.

— Qual é o problema? — pergunta ela. Se o mandarim é sua língua para a raiva, também é sua língua para a suavidade. É a voz dela nos colocando para dormir quando éramos mais novos, cantarolando baixinho enquanto pregava os botões de nossas jaquetas para que ficassem como novas, nos chamando para jantar, sussurrando boa noite enquanto apagava as luzes, ligando para nos avisar que estaria chegaria em breve, era só esperar.

— Estou arrependida — consigo dizer em um suspiro gaguejante. Choro como não chorava há muito tempo, desde que era um bebê.

— Arrependida do quê?

De tudo. Arrependida de ter escrito os e-mails, arrependida de ter dado a festa, arrependida de ter beijado Julius em um momento de impulsividade e de ter dado a ele o poder de me humilhar. Tão arrependida que parece que meu fígado está secando. Tão arrependida que parece mais ódio, uma faca virada para dentro, as unhas se cravando na carne. Eu me odeio por tudo o que aconteceu, porque cada erro é meu. E também parece medo. Como um terror puro e animal, o momento de dar frio na barriga em um filme de terror quando você percebe que fez o movimento errado, que destrancou as portas cedo demais e que o homem mascarado com a motosserra está bem atrás de você.

Não há nada que eu queira mais do que que o tempo seja uma coisa palpável, algo que eu possa quebrar com minhas mãos, para que eu possa virá-lo, despedaçá-lo, desfazer todas as consequências.

— É por causa da festa? — pergunta minha mãe. — Porque não estou chateada. Gostaria que você tivesse me *contado* e não concordo com o consumo de álcool, mas na verdade estou muito feliz. Já era hora de você fazer as coisas como uma adolescente normal.

Isso é tão chocante que minhas lágrimas congelam em meus olhos.

— Você... não está?

Ela sorri diante da minha surpresa. *Sorri.* Eu me pergunto se fui transportada para um universo alternativo. Na versão correta, ela estaria me dando um sermão ou me perseguindo pela casa com seus chinelos de plástico. Ela estaria furiosa por eu continuar estragando tudo e teria todo o direito de estar. Eu não mereço ser perdoada com tanta facilidade.

— É lógico. Quando eu era adolescente, dava festas semana sim, semana não. Eram muito famosas.

— Eu... O quê? — Uma sensação latejante pulsa atrás dos meus olhos, mas não sei dizer se é por causa da bebida, do choro ou do esforço de processar essas informações bizarras em meu cérebro. — Desde quando? Pensei que você tivesse dito... Pensei que você tivesse dito que cuidava das cabras nas montanhas quando era adolescente.

— Só porque tínhamos cabras, não quer dizer que não tínhamos festas.

Pisco algumas vezes. A sala está girando de novo, mais rápido do que antes.

— Mas... Eu não posso. Eu não deveria estar me divertindo, dando festas e... fazendo coisas erradas. Não devo causar problemas.

— Quem foi que disse isso? — pergunta ela. — Quem falou que você não podia?

Ninguém, finalmente chego a essa conclusão. Mas ninguém *precisava* me dizer. Foi o bastante me encolher atrás da parede enquanto meus pais brigavam, foi o bastante ver meu pai ir embora, sentir as portas tremerem quando ele saiu. Isso não teria acontecido se não fosse por mim. Essa é a verdade para a qual sempre volto, o osso que cresceu torto em meu corpo durante todos esses anos. Meu pai estava no trabalho, Max estava jogando basquete com os amigos e minha mãe precisava fazer compras, então me pediu para cozinhar os *bao* de porco no vapor para o jantar. Eu estava animada com a perspectiva de me provar confiável, mas depois me distraí com o programa a que estava assistindo.

Só voltei a me lembrar da panela fervendo quando senti o cheiro de fumaça. O cheiro forte e amargo de algo queimando.

Joguei o computador no chão e corri para a cozinha para verificar, mas era tarde demais: o fogo tinha feito um buraco direto no fundo, o metal estava tão queimado que ficou preto como carvão. Era a panela favorita da minha mãe, a que ela havia comprado com suas economias e encomendado de uma loja em Xangai. Não tentei esconder quando ela entrou uma hora depois. Fiquei ali parada, de cabeça baixa, com o estrago que tinha feito atrás de mim.

— Como você pode ser tão irresponsável? — bradou ela, esfregando o rosto como se quisesse limpar a exaustão. — Pedi que fizesse *uma* única coisa enquanto estava fora. Você não é mais um bebê, Sadie. Eu esperava mais de você.

Eu já havia me desculpado, várias e várias vezes.

— Eu sei. Eu sinto muito. Sinto muito mesmo, mamãe. Por favor, não fique com raiva de mim. Eu sinto muito. — Mas então meu pai chegou em casa e também ficou com raiva, não de mim, mas da minha mãe.

— Ela ainda é uma criança — insistiu ele, largando a pasta no sofá. — Por que você sempre faz isso? Por que sempre faz um drama por nada? É só uma panela.

Minha mãe se virou para ele com uma velocidade alarmante, os olhos brilhando.

— Você diz isso porque *nunca* cozinha. Você vai para o trabalho, volta e espera que o jantar esteja pronto e esperando na mesa por você. Você não é melhor do que uma criança.

— A culpa é minha — falei. Era tão raro ver meus pais discutirem que eu não sabia o que fazer, só sabia que odiava aquilo e precisava fazer com que parasse. — Eu vou consertar, prometo. Eu.... eu vou encontrar uma panela nova, da mesma marca que a antiga. Não vou fazer isso de novo...

Mas eles nem estavam mais olhando para mim.

— Eu nunca cozinho porque você não deixa — disse meu pai. — Você perde a paciência em poucos minutos. Olhe só pra você, já está perdendo a paciência agora...

Tudo o que eu não te disse 163

— Não seja tão *hundan* — vociferou minha mãe, e foi assim que eu soube que ela estava mesmo muito brava: estava xingando em mandarim.

E, sem mais nem menos, meu pai explodiu. Ele bateu com a mão na mesa com tanta força que eu esperei que alguma coisa quebrasse, suas feições se distorceram de raiva. A panela derretida estava esquecida no fogão. Eles se encararam de extremos opostos da sala, então foi como se algum tipo de barreira invisível tivesse se rompido. E eles começaram a atirar acusações um contra o outro, reclamações, palavrões.

— Você *gosta* de fazer os outros infelizes? — acusou meu pai, e eu não consegui mais evitar. Me vi presa entre os dois lados de uma guerra e, por puro instinto de proteção, resolvi defender minha mãe. Escolhi minhas alianças sem pensar.

— Não fale assim com minha mãe — briguei com ele. Primeiro em voz baixa, depois mais alta. — Você está irritando ela. Vai... vai embora. — Eu não estava falando sério. Eu só estava exausta por causa da briga deles. Eu só queria que a discussão acabasse.

A mágoa surgiu no rosto dele e tive a sensação de ter cometido um ato terrível de traição, antes que suas sobrancelhas grossas se juntassem e ele cerrasse os punhos.

— Vocês todos querem que eu vá embora? Tudo bem — cuspiu as palavras. — Eu vou.

Então ele foi embora, porque eu pedi que fosse, e minha mãe ficou ali, observando, testemunhando nossas vidas desmoronarem.

— E não volte mais — gritou ela, e ele nunca mais voltou.

Quando a poeira baixou, ela me disse que não tinha sido culpa minha. A escolha tinha sido dela. Eles eram adultos; sabiam tomar as próprias decisões. Todas as desculpas esperadas e vazias. Mas eu não acreditei nela. *Não podia.* Toda vez que eu reproduzia a cena na minha cabeça, eu me via no início e no fim da discussão. Eu tinha sido o gatilho, e tudo o que veio depois aconteceu por quê? Porque eu não a havia escutado. Por não ter me comportado bem. Por ter sido impulsiva.

Porque alguns erros são irreversíveis, como purpurina no carpete ou uma mancha de vinho no vestido favorito.

— O que está acontecendo de verdade, Sadie? — pergunta minha mãe, encarando meu rosto.

Não consigo contar a ela sobre os e-mails, então sigo com a resposta mais próxima da verdade que consigo encontrar.

— Todo mundo me odeia — sussurro. — Fiz algo que fez com que todos me odiassem, e pensei... Pensei que poderia mudar a opinião deles.

Ela absorve minhas palavras por um momento.

— Bem, duvido que isso seja verdade. E mesmo que seja, não é o fim do mundo.

Dou uma risada trêmula. Os adultos estão sempre dizendo essa frase. Junto com *se alguém pedisse pra você pular do penhasco, você pularia?* (o que não me parece um cenário realista; quem ganharia alguma coisa fazendo outra pessoa se atirar de um penhasco?) e *quando você tiver filhos, vai entender* (embora eu não planeje ter filhos), essa parece ser a frase favorita deles. *Não é o fim do mundo.* E talvez haja um milésimo de verdade nisso. Talvez eu cresça e mude de ideia uma década depois. Mas, por enquanto, este *é* o meu mundo. As pessoas com quem me sento na sala de aula, os rostos que tenho de ver na escola todos os dias, os professores que dão as notas que são enviadas para a universidade que determina a trajetória do resto da minha vida.

— Por que você não dá tempo ao tempo? — sugere ela. — Quanto mais você força uma coisa, menos ela tem chance de funcionar. Você não conhece o ditado? Um melão colhido cedo demais raramente é doce.

Eu fico olhando.

— Você quer dizer... pra não fazer nada? — É uma ideia absurda. É o caminho que as pessoas que entregam suas redações com dois dias de atraso escolheriam. Mas, de repente, me dou conta de como estou exausta.

— Sim, não fazer nada — diz ela com firmeza. — Viva sua vida e veja o que acontece. — É óbvio que não estou me referindo à casa — acrescenta ela. — Quero que você limpe todos os cômodos e coloque tudo de volta em seu lugar original.

— Eu... tá bom — Começo a me levantar, mas ela me puxa de volta para o sofá.

— *Amanhã* — explica. — Tudo o que você precisa fazer hoje é tomar a canja de galinha que vou fazer e ir para a cama, está bem?

— Tá bom. — Repito, atônita. Ainda devo estar muito bêbada, porque não consigo evitar dizer as próximas palavras que saem da minha boca: — Sinto muito mesmo.

Ela balança a cabeça.

— Não precisa se desculpar pela festa...

— Não estou falando da festa — explico. — Mas do... do meu pai.

Silêncio.

É o único assunto sobre o qual nunca abordamos nessa casa. É como uma ferida que dizem para você não coçar, mesmo quando está incomodando, por medo de piorar a situação. Já estou me arrependendo, já quero retirar as palavras, mas o olhar da minha mãe está calmo.

— Sadie. A culpa não é sua.

— Mas...

— Aconteceu — diz ela — e era inevitável, e agora temos o resto de nossas vidas para viver.

— *Inevitável?* Como? Vocês nunca brigavam. Vocês eram tão felizes até aquela noite — sussurro.

— Ah, não, nós não éramos felizes. Não estávamos apaixonados um pelo outro. Só éramos *educados* — diz ela, de repente olhando por cima do meu ombro, como se pudesse ver seu passado projetado nas paredes nuas. — Eu quase desejo que tivéssemos brigado mais, que tivéssemos nos importado o suficiente para desafiar um ao outro e discutir pelas pequenas coisas. Teria sido melhor do que engolir o ressentimento e ficar em silêncio até não aguentarmos mais.

Sinto como se alguém tivesse me virado de ponta-cabeça. Como se eu fosse vomitar a qualquer momento.

— Não é possível — protesto. — Eu deveria ter notado. Eu teria percebido...

— Você era tão novinha — responde ela. — *Ainda* é tão nova. E nós não queríamos que você soubesse. — Ela aperta meu pulso de leve.

— Mas então... você não está feliz agora — digo, examinando o rosto dela, notando os sinais familiares de fadiga no roxo fraco ao redor dos olhos, a curva dos lábios para baixo. — É porque ele se foi, não é?

Ela balança a cabeça.

— Se há alguma razão para eu estar infeliz, é porque *você* não está feliz.

Estou sim. Estou bem, tento dizer, mas a mentira nem passa pelos meus lábios.

— Tudo o que você faz é trabalhar, estudar e viver para outras pessoas — acrescenta, apontando para as pilhas de livros didáticos no chão, os prêmios brilhantes e os troféus esportivos na estante. — Sim, você ajuda muito, e sou muito grata por isso; a padaria não estaria funcionando sem você. Mas eu preferiria que você aproveitasse a adolescência enquanto pode. Eu me preocupo com a possibilidade de você olhar para trás quando tiver vinte ou quarenta anos e só se lembrar da sua mesa e da louça. De verdade, eu me sentiria muito menos culpada se você se divertisse. — Seu sorriso é triste. — Eu nunca quis que você precisasse crescer tão rápido.

Minha cabeça está zumbindo. Não consigo acreditar nisso. É como passar anos de sua vida treinando para uma partida e perceber que você entendeu errado as regras.

— Vou preparar aquela sopa agora. — Mamãe se levanta.

— Fique aqui.

E então ela se dirige para a cozinha, enquanto fico sozinha remontando todas as peças de minha vida das quais eu tinha tanta certeza.

Capítulo catorze

Todo mundo odeia o Carnaval do Atletismo. *Todo mundo.* Os alunos não atléticos odeiam porque é um dia inteiro suando ao ar livre e tropeçando em seus colegas de classe. Os esportistas odeiam porque há uma pressão enorme para que tenham um bom desempenho, e alguém sempre acaba com o tornozelo torcido ou com o ligamento rompido.

Embora eu me enquadre na última categoria, não costumo me incomodar com o evento tanto quanto os outros. Mas depois de passar o fim de semana de ressaca e infeliz, é difícil ficar empolgada.

— Eu tenho uma solução — diz Abigail enquanto entramos no estádio alugado, com nossas bolsas de lona batendo nos joelhos. Hoje está mais quente do que o normal, e a temperatura sobe em qualquer lugar que a luz do sol toque, de modo que logo a maioria dos alunos está tirando seus suéteres grossos e agasalhos. Acho que é melhor assim do que o ano em que a escola insistiu para que, literalmente, corrêssemos durante uma tempestade. Naquela ocasião, mais de uma pessoa torceu o tornozelo. — E se você me atropelasse bem de leve? Eles teriam que cancelar o carnaval, certo? Estou disposta a me sacrificar pelo grupo.

Uma risada discreta escapa da minha boca. O estádio é tão grande que levamos dez minutos apenas para chegar às arquibancadas e colocar nossas garrafas de água nos assentos de plástico. Viemos aqui todos os anos e, todos os anos, ainda fico intimidada pelo tamanho da pista de corrida.

— Se você quiser fazer algum sacrifício pelo grupo, pode participar do revezamento — digo a Abigail enquanto passo várias camadas de protetor solar em todo o corpo. Aqueles infográficos sobre a radiação uv durante todo o ano que nos enfiaram goela abaixo no ensino fundamental realmente ficaram tatuados na minha mente. — Ainda tem uma vaga.

Ela faz uma careta.

— Olha, nós duas sabemos que tenho vários talentos, mas correr é uma das únicas coisas em que *não* sou boa.

— Não importa. Eu corro rápido o suficiente pra compensar.

— Podemos, por favor, pelo menos cogitar a ideia de me atropelar? — reclama ela.

— Abigail.

— Tudo bem. — Ela levanta as mãos. — Só porque ainda me sinto culpada por ter saído mais cedo da festa.

Minha barriga se revira com a lembrança, mas eu me forço a sorrir.

— Eu já disse, está tudo bem. Tudo correu bem.

— Não é o que estão dizendo por aí.

Faço um esforço para não reagir. *Eu não ligo.* Coloco mais protetor solar nas palmas das mãos e passo no pescoço, o cheiro forte e artificial queimando minhas narinas. *Não quero saber. É melhor se eu não souber.*

— O que... O que estão dizendo por aí?

Ela hesita.

— Que você meio que, tipo, surtou.

Eles não estão errados, mas ainda parece um tapa na cara. Uma centena de protestos, explicações e pedidos de desculpas chegam aos meus lábios. Engulo todos eles. Depois do meu pequeno colapso, prometi a mim mesma que ouviria minha mãe. Que daria tempo ao tempo. Resistir a colher melancias que não estão maduras, ou seja lá qual for a metáfora.

— Além disso — diz ela, franzindo a testa —, ouvi dizer que algo... aconteceu com o Julius?

Meu estômago dá um nó.

— Calma aí. Primeiro me conte o que aconteceu com *você* — peço, limpando o excesso de protetor solar nos braços. Estou mudando de assunto acima de tudo para ganhar tempo, para descobrir como contar a ela que beijei o garoto de quem passei a última década reclamando. — Você conseguiu ajudar sua irmã?

Uma sombra cruza seu rosto.

— Consegui. Bem, mais ou menos. Eu ajudei com o carro, mas... — Ela morde o lábio inferior, depois suspira. — A razão pela qual ela e Liam estavam brigando era porque ela descobriu que ele a estava traindo. Não só com uma pessoa, mas com *várias pessoas*. Estremeço com empatia, mas sem nenhuma surpresa.

— Não acredito que eu não sabia — diz, chutando a grama artificial. — Eu até a incentivei a ficar com ele na última vez em que brigaram. Eu deveria ter sido capaz de perceber que tinha alguma coisa errada.

Esse é o detalhe sobre a Abigail: ela pode não ter as melhores notas ou os planos de carreira mais confiáveis, mas sei que ela se orgulha de ter um bom instinto, seja em relação a sapatos, ou meninos, ou se os professores vão de fato recolher a lição de casa na segunda-feira. Ela faz todas as previsões, dá conselhos. Ela está sempre certa, e essa é uma citação direta de um dos bilhetes na lancheira dela.

— Eu só... eu achei que estava fazendo o que era melhor para ela — acrescenta ela em voz baixa.

E percebo que, sem sombra de dúvidas, não posso contar para ela o que aconteceu entre mim e Julius. A festa também foi ideia dela. A última coisa que ela precisa ouvir agora é o quanto me arrependo da noite inteira, como ela tornou minha estranha relação com Julius mil vezes mais complicada.

— Você não tinha como saber. — Eu a tranquilizo. — É uma característica infeliz dos babacas serem bons em esconder suas tendências babacas. E, a propósito, você estava totalmente certa sobre a festa.

— Jura?

O fato de ela sequer estar perguntando é prova de que acabou de sofrer um golpe terrível em sua autoestima.

— Sim, juro. Tipo, sim, eu meio que surtei no final porque as coisas ficaram um pouco fora de controle, mas antes disso, eu me diverti muito. Não me sentia tão empolgada com a vida desde que terminei de organizar minhas anotações de história por cores. — É por puro milagre que não engasgo enquanto falo. Antes que ela possa detectar minha mentira, eu me viro. — Agora, se me der licença, tenho que ir atrás de um monte de gente para se inscrever em corridas que eles prefeririam morrer a participar.

É um motivo verdadeiro. A sra. Hedge me encurralou do lado de fora do ônibus antes de sairmos esta manhã e jogou a tarefa no meu colo. Julius e eu temos vinte vagas cada um para preencher, e é por isso que passo a meia hora seguinte correndo pelo estádio, não em corridas, mas em busca de possíveis participantes. No final, ainda tenho dez vagas sobrando. Nada funciona, mesmo quando uso todas as estratégias em que consigo pensar:

Suplicar.

— É muito importante — imploro a um dos rapazes mais atléticos do nosso ano. Ele está na primeira fila da arquibancada, olhando descaradamente o perfil de alguma garota bonita em seu celular. Ele não olha para mim. — Por favor. Todos deveriam se inscrever em pelo menos uma corrida...

— Mas é obrigatório? — pergunta ele.

— É... é *esperado*...

— O diretor vai me expulsar se eu não participar dessa corrida?

— Não, mas...

— Bom, então estou de boa, obrigado. — Eu o vejo enviar a postagem recente da garota para um amigo, junto com um número perturbador de emojis com olhos de coração. — Boa sorte para encontrar outra pessoa.

— Boa sorte para chamar a atenção dela com essa sua foto de perfil. — Não posso deixar de murmurar. — Em circunstâncias normais, eu não o faria, mas depois da festa, acho que não tenho como ficar menos popular do que já sou.

Ele levanta a cabeça. Parece alarmado.

— O quê? Ei, calma aí, o que há de errado com minha... Mas já estou indo para o meu próximo alvo com outra estratégia.

Negociar.

— Só uma corrida — digo a Georgina quando a encontro perto dos bebedouros. — Posso correr os dois quilômetros e meio pra você se você correr os quinhentos metros.

Ela me dá um sorriso de desculpas.

— Foi mal, Sadie. Torci o tornozelo no ônibus agora há pouco. Acho melhor não.

— No... no *ônibus*? — repito, piscando. — Como você... Como isso pode ser...

— Acho que eu estava sentada — diz ela.

— E então?

— E então eu me levantei — responde ela sombriamente.

— Você torceu o tornozelo — confirmo, caso eu esteja entendendo errado. — Com o simples ato de levantar.

— Sim. Foi isso — concorda ela e se afasta.

O que me leva ao meu último recurso...

Usar a culpa.

— A gente precisa de você — explico, encurralando Ray do lado de fora dos banheiros. — Se você não correr pelo menos uma das corridas, Georgina Wilkins terá que correr, e ela torceu o tornozelo. Você não vai deixar que ela vá no seu lugar, vai?

Ray seca as mãos na camisa e ergue as sobrancelhas.

— Torceu o tornozelo? Como?

— Não vem ao caso — respondo depressa. — Você topa correr? Ou vai se sentar do lado de fora, na sombra, e assistir a todos os seus colegas de classe sofrendo na pista, suando e com falta de ar?

Tudo o que eu não te disse 173

— Sentar na sombra — retruca ele, sem hesitar. — Eu tenho medo de corridas, sabe.

Quase vomito sangue.

— Você não está falando sério.

— É um medo muito legítimo. Pode procurar no Google.

— Desculpa, mas como isso sequer funciona?

— Assim que meus pés começam a se mover muito rápido — explica —, meu coração começa a bater mais forte e minha visão fica toda embaçada. É como estar em uma montanha-russa. Ou em um carro de corrida. A velocidade com que o mundo passa por mim é aterrorizante.

— Que poético — comento em voz baixa.

— De nada, aliás — acrescenta ele.

Eu o encaro.

— Pelo *quê*?

— Pelo desafio na sua festa. — Ele sorri. — Nunca imaginei que você e o Julius fossem curtir tanto.

— Eu não... — Minha voz sai dez oitavas acima do normal, e eu me forço a abaixá-la quando o sorriso de Ray se alarga. — Eu não curti. E ele com certeza também não curtiu.

Só de lembrar, meu rosto arde como se estivesse sendo pressionado em um fogão. *Prefiro morrer do que beijar você de novo.*

— Esqueça — decido, sacudindo a cabeça e me livrando de todos os pensamentos indesejáveis. — Eu vou... vou correr as corridas sozinha.

— Bem, é melhor você ir logo — anuncia ele, se posicionando na sombra. — Acho que o revezamento já vai começar.

Estou xingando Deus e o mundo quando tomo meu lugar ao lado de Julius.

Ele parece relaxado até demais. Preparado. O sol dança em seu cabelo enquanto ele alonga os membros e observa a pista de corrida. É óbvio que, se eu tivesse a equipe *dele*, também estaria relaxada. Ele tem Rosie, Jonathan e um atleta nacional como seus três primeiros corredores para o revezamento. Todos eles são conhecidos por serem rápidos. Eu tenho a Abigail, uma das amigas da Rosie e o cara que ficou em último lugar na corrida de cem metros no ano passado porque se cansou no meio do caminho.

— Como foi para pegar nomes pra corrida? — pergunta ele, olhando para mim.

— Bem — digo depressa, flexionando minha perna direita e depois a esquerda. A corrida começará em dois minutos.

— Bom, eu preenchi todas as vagas das minhas corridas — diz ele. — Não foi nem um pouco difícil fazer as pessoas se inscreverem.

— Que bom que deu certo pra você.

Ele finge não perceber meu sarcasmo.

— Você não vai me desejar boa sorte? — pergunta ele. — Já que vamos correr um contra o outro e tal.

Eu pulo nas pontas dos pés para me aquecer, esperando que meus nervos se transformem em adrenalina. Como é a primeira corrida do dia, o revezamento é sempre aquela em que todos prestam mais atenção. Preciso me concentrar. Preciso vencer essa corrida. Preciso vencê-lo.

— Você vai *me* desejar boa sorte?

Ele ri. Literalmente, ri na minha cara.

— Ora, por que eu faria isso?

Ao longe, o professor levanta a pistola de partida. Todos os músculos do meu corpo ficam tensos.

— Nesse caso — digo, olhando para a frente —, espero que você quebre a perna.

— Você está muito irritadinha hoje — comenta ele, sem se incomodar. — É porque não conseguiu encontrar ninguém disposto a correr? Ou é por causa da ressaca gigantesca?

Eu enrijeço, perdendo a concentração, e me viro para encará-lo. Por sorte, todos os outros corredores já estão em suas posições, então não há ninguém por perto para ouvir.

— Não me diga que esqueceu o quanto estava bêbada — diz ele, com o olhar mais aguçado, me encarando.

— E-eu... não sei do que você está falando.

— Sério? — Ele inclina a cabeça. — Nada?

— Não. — Estou mentindo, em partes. Os detalhes de sábado estão confusos, mas me lembro da sensação que crescia dentro de mim quando estávamos apenas nós dois. Como se houvesse uma tocha acesa em meu peito, o calor zumbindo em minhas veias, mais potente do que a própria bebida. Eu me lembro da vontade, do desejo perigoso como uma ponta de faca, da necessidade de fazer algo tolo e imprudente com ele. Agora, que estou completamente sóbria, é fácil ignorar tudo isso e colocar na conta da pura atração física. Faz sentido do ponto de vista científico. O álcool fez com que eu ignorasse os muitos defeitos de personalidade dele, até que tudo o que restou foram seus traços geometricamente agradáveis, os olhos, a boca e as mãos. E do ponto de vista evolutivo, não é normal querer alguém bonito, que por acaso tenha a sua idade e que também esteja em sua casa? Isso não está codificado em nossa biologia?

— Então, por que você ficou vermelha? — pergunta Julius.

Eu viro minha cabeça para o outro lado.

— Para com isso. Eu sei o que você está fazendo.

— O que estou fazendo?

A pistola dispara com um estrondo alto e as pessoas na arquibancada aplaudem.

Está começando.

— Me distraindo — respondo entredentes, tentando me concentrar na corrida. Na Abigail. Em apenas alguns segundos, Rosie já a está deixando para trás.

— Você não acharia isso se não estivesse funcionando — diz Julius, e posso ouvir o sorriso venenoso em sua voz. — Mas você não se lembra mesmo de nenhum detalhe?

O segundo corredor da equipe deles pega o bastão. Jonathan é tão rápido que juro que posso ver o vento em seus calcanhares.

Abigail, por sua vez, está ofegante, segurando o bastão com um braço trêmulo... e o próximo corredor o derruba.

Uma mistura de gritos e vaias de frustração ecoa pelo estádio.

Está tudo bem, eu me tranquilizo. Repito como um cântico em minha cabeça. *Está tudo bem. Está tudo bem. Tem um motivo para eu ser a última a correr. Posso compensar todo o tempo perdido.*

— Você não se lembra do que me pediu para fazer? — Julius insiste.

Não consigo evitar. Viro na direção dele de novo, meu coração palpitando, mesmo sabendo que estou mordendo a isca.

— O quê?

Mas *agora* ele decide se calar. A equipe deles completa a segunda troca e eu só posso observar, engasgada com a minha própria frustração, enquanto Julius pega o bastão e parte.

— Anda — sibilo, batendo os pés. Nosso corredor ainda está a um metro e meio de distância.

Um metro e vinte.

Julius está correndo bem à frente, apenas a parte de trás de sua cabeça visível de onde estou.

Noventa centímetros.

Contraio meus músculos, estico a mão.

Sessenta centímetros.

— *Anda logo* — insisto baixinho, ainda que queira gritar. Julius não pode vencer. Ele não pode. Não vou lhe dar essa satisfação.

Trinta centímetros...

Meus dedos se fecham no bastão e estou correndo.

Demora um instante para eu encontrar meu ritmo, mas, quando o faço, toda a adrenalina acumulada inunda meus membros. Corro mais rápido do que jamais corri em toda minha vida, meus olhos fixos em uma única pessoa: Julius. Meu alvo, minha meta. É isso que fazemos, o que sempre fizemos. Perseguimos um ao outro, circulamos um ao outro e nos alcançamos.

Tenho que alcançá-lo agora.

Forço meus pés para a frente, saboreando o forte impulso do chão sob mim, o sangue queimando dentro de mim, meu cabelo voando para trás com o vento. As cores se confundem, embaçadas, na minha visão. O barulho chega até mim em ondas. Estou correndo tão rápido que me sinto sem peso. Sinto como se estivesse caindo, meu corpo se movendo à minha frente. Não há gravidade, nem atrito, nada, exceto a batida frenética do meu coração e a pessoa no centro da minha visão.

Estou apenas alguns passos atrás dele agora, e posso sentir que ele nota minha proximidade pela forma como acelera. Está respirando com dificuldade, com a testa coberta por uma camada de suor. Seus olhos se voltam para mim.

A distância entre nós aumenta e depois diminui, como em um jogo de cabo de guerra.

Sinto cãibras em um dos músculos, mas ignoro a dor.

Aumento minhas passadas. Minhas mãos cortam o ar. Não é apenas uma competição física, mas também mental, um teste de força de vontade, de quem quer mais ganhar. E estou tão *perto*. Estamos lado a lado a essa altura e a linha de chegada está bem na nossa frente.

Preciso continuar.

Continuar correndo.

Ele fica na frente por um centímetro e uma fúria toma conta de mim.

Com uma explosão final de energia pura e irrestrita, dou um salto para a frente, o ar chicoteando meu rosto enquanto cruzo a linha de chegada — uma fração de segundo antes dele.

Estou radiante, rindo entre grandes golfadas de ar. *Eu ganhei.* A vitória é sempre deliciosa, mas tem um gosto ainda melhor quando é de Julius que estou vencendo. Nós dois diminuímos a velocidade. A multidão aplaude sem parar ao fundo, as palmas indistinguíveis do som dos batimentos cardíacos em meus ouvidos. *Sete pontos para mim*, eu me vanglorio em minha cabeça, embora perceba que não consigo me lembrar de quais eram nossas pontuações antes. Eu não estava contando direito.

A maioria dos corredores se agacha assim que a corrida termina, ou se joga no chão de forma dramática, como Abigail está fazendo agora. Mas é claro que Julius não se sujeitaria a isso. Ele fica em pé, limpando o suor da testa, e se vira para mim, com os lábios franzidos.

— Não vai me dar os parabéns? — pergunto, imitando seu tom presunçoso de antes.

Ele revira os olhos.

— Sem-vergonha.

— Devo ter aprendido com você — digo a ele, meu sorriso se alargando.

Ele faz uma pausa. Sua irritação se dissipa, substituída brevemente por um olhar confuso e atordoado, como se tivesse acabado de se deparar com algo inesperado. Ele encara por tempo suficiente para que eu me sinta constrangida.

— O quê? — Tento soar casual. — Está atordoado demais com a própria derrota?

A careta reaparece depressa em seu rosto.

— Foi só um aquecimento, para mim.

— Veremos se isso é verdade na próxima corrida — digo a ele antes de me afastar para pegar minha medalha. Posso senti-lo olhando para mim.

Infelizmente, não tenho tempo para saborear a derrota dele. Não tenho tempo nem mesmo para me sentar ou tomar um copo de água. Há corridas demais das quais participar, pessoas demais exigindo minha atenção. Consigo vencer a corrida seguinte, mas Julius vence a que vem depois, bem como o salto em distância, o que atribuo amargamente à vantagem injusta que ele tem em termos de altura.

O sol se ergue mais alto no céu, lançando raios de luz ofuscantes.

Começo a perder as contas de quanto já corri e quanto ainda falta para acabar. Eu só forço meu corpo a ir mais rápido, e está *funcionando*. Sou invencível. Estou indo tão bem que até consegui chegar em primeiro lugar nos oitocentos metros. Outra medalha recebida, outra marca ao lado do meu nome, outro número adicionado à minha sequência de vitórias.

Mas, enquanto cambaleio para a lateral do campo, uma súbita onda de exaustão me atinge e...

Não consigo respirar.

Quando me dou conta disso, entro em pânico. Tento aspirar mais ar, mas é como se houvesse uma mão invisível em volta da minha garganta, apertando cada vez mais. O oxigênio fica preso na metade do caminho e meus pulmões ficam vazios. Eu agacho, tremendo, agarrando-me ao meu corpo. O sol está forte demais. Todos os meus sentidos estão fora do eixo, tudo se inclina em um grau estranho. Minha visão se reduz a um ponto branco.

Ainda estou lutando para respirar.

Pisco com força e, quando o mundo volta depressa, um único rosto entra em foco. Cabelo preto, pele clara, linhas nítidas. Uma expressão estranha nos olhos.

Julius.

Ele está olhando para mim, dizendo algo, mas o som está distorcido. A princípio, só consigo ouvir o sangue correndo em meus ouvidos, a batida estrondosa do meu coração. É tão alto que me assusta, e imagino aterrorizada meu coração explodindo dentro do peito. Engulo outra lufada inútil de ar. Ele não chega a lugar algum.

— ...Sadie. Você precisa se sentar.

De alguma forma, é a voz dele que atravessa todo o resto, o borrão de ruídos e cores ao fundo, os aplausos alheios da multidão. Clara como o céu, familiar como meus batimentos, uma corda à qual me agarrar no mar.

Murmuro uma resposta, *estou bem, está tudo bem, só um pouco cansada*, mas nem sei se ele consegue me ouvir. Se meus lábios sequer se movem para formar palavras de verdade. Um vinco se forma entre as sobrancelhas dele.

— Sadie...

Dou mais um passo à frente e meus joelhos derretem como gelo. Eu cambaleio.

Então, de repente, sem aviso, os braços dele estão ao redor do meu corpo. Se não estivesse tão tonta, eu me afastaria. Mas, para minha humilhação, eu me inclino sobre o corpo dele. É bom. É horrível e repugnante o quanto acho maravilhoso sentir o calor do corpo dele, as linhas duras de seu peito. Eu poderia me afundar nesse momento para sempre, poderia deixar que ele me abraçasse e...

Não.

A falta de oxigênio deve estar sufocando minhas células cerebrais.

— Aqui. — Ele me leva para um dos bancos na sombra, e o alívio imediato do sol é maravilhosamente doce. O ar aqui parece mais fresco, mais suave. Eu o bebo como se estivesse me afogando, até minha cabeça ficar leve. — Inspire devagar. — Ele se ajoelha na minha frente, com as mãos em volta dos meus pulsos. — Conte comigo: um, dois, três...

Sigo a orientação dele, contando até cinco, segurando e soltando, depois inspirando de novo. Após contar dez vezes, o ponto branco em minha visão começa a desaparecer. Mais dez vezes e a faixa de metal em volta do meu peito se solta.

— Está se sentindo melhor? — pergunta Julius.

Minha voz é um coaxar seco.

— S-sim.

Em um instante, ele abaixa as mãos, dá um passo para trás e sinto uma pitada de algo parecido com decepção. Como uma perda. Suas feições estão tensas quando ele sibila suas próximas palavras.

— Qual é o seu problema?

— Qual é o meu problema?

Minha mente está atrasada, trabalhando na metade de sua velocidade normal. Só consigo repetir as palavras que nem uma boba. Além de me perguntar por que ele está com essa aparência, com os músculos da mandíbula tensos, o olhar frio, agudo e furioso.

— Está tentando se matar? — pergunta ele. Seus olhos me atravessam enquanto ele fala, abrindo-me da cabeça aos pés.

— Parece que você está prestes a desmaiar, Sadie. Não é uma imagem muito bonita.

Meus pulmões estão funcionando bem o suficiente agora para que eu consiga ofegar uma resposta.

— Por que *você* está tão irritado? Sou eu que estou ofegando por ar aqui.

Ele faz um pequeno som exasperado na parte de trás da garganta, como uma zombaria e um suspiro ao mesmo tempo.

— Você não entende, não é?

— Entender o quê? Do que você está falando?

Mas ele não responde à pergunta. Está falando cada vez mais rápido, as palavras saindo de sua boca sem parar.

— Chega a ser risível. Você sempre insiste em ser a primeira em tudo, mas quando realmente precisa, você lugar deixa a si mesma em último lugar só para agradar aos outros...

— Os outros precisam que eu... — protesto, confusa com a razão de estarmos tendo essa conversa. — Eles não queriam correr, então...

— Que se danem os outros — protesta ele, com firmeza. O calor em sua voz me choca. Queima tudo em mim. — Eu não me importo com eles. Só me importo com... — Ele para de falar. Desvia o olhar e olha para o céu azul vívido que se estende sobre o estádio. Os alunos se aglomerando ao redor do bebedouro, abrindo pacotes de nozes secas e barras de chocolate. Os participantes se aquecendo perto das cercas, dobrando e esticando as pernas sobre a grama.

Minha cabeça está girando, mas não consigo mais dizer se é por falta de oxigênio ou por causa dele.

— Por que você está com raiva de mim? — pergunto, sem rodeios. — Você deveria estar feliz. Não tem a menor chance de eu ganhar nenhuma das corridas que restam. Você pode me derrotar. É o que você sempre quis.

Ele dá risada. Quando me olha de novo, seus olhos são de um preto insondável, o tipo de escuridão que você poderia atravessar para sempre e nunca chegar ao fim.

— Meu Deus, como você é irritante.

— E o seu comportamento não está fazendo sentido.

— Por que você não pode só...

O barulho agudo do apito abafa o resto de sua frase. A próxima corrida começará em breve: os mil metros.

Eu me levanto... ou tento. Mas minhas pernas parecem ter sido infundidas com chumbo, e o mundo inteiro balança quando me levanto, a pista de corrida deslizando para os lados. Estrelas brancas brilham em minha visão de novo. Frustrada, me jogo de volta no banco frio.

— Meu corpo não quer me obedecer — murmuro, recuperando o fôlego.

— Sim, os corpos tendem a fazer isso para se protegerem da autodestruição. — O tom de Julius é mordaz. — Acredito que seja uma de nossas principais características evolutivas.

Não tenho energia para discutir com ele.

— Ainda tenho que correr...

— Os mil metros, certo?

Eu pisco para ele.

— Eu corro por você.

— Calma... como é que é? — Massageio minhas têmporas latejantes, querendo me concentrar. Tirar algum sentido disso.

Tudo o que eu não te disse 183

— Eu vou ser mais rápido, de todo modo — provoca ele, com seu desdém habitual, como se agora eu o estivesse atrasando. Mas a presunção não se estende a seus olhos. Ele está me observando, hesitante e com uma concentração intensa.

— Não. Julius, você não precisa...

— Dou a medalha de presente pra você — anuncia ele, já se virando. — Espere aqui.

Não posso fazer nada além de ficar olhando enquanto ele vai até o professor, diz algo e aponta para mim. Minha pele fica vermelha. O professor concorda depressa e dá um tapinha no ombro dele, que se junta aos outros corredores na linha de largada. Para a maioria deles, essa é a primeira corrida do dia. Dá para ver que estão descansados, com os cabelos penteados para trás, camisas lisas, protegendo os olhos do sol, com uma energia inquieta que se espalha por seus corpos. Ao lado deles, Julius se move com a calma calculada de um predador. Ele se abaixa até a posição correta. Os dedos tocam a superfície sintética vermelha. Os ombros ficam tensos. Olhos à frente.

O professor levanta a pistola de partida.

Bang.

Os gritos de torcida irrompem da multidão nas arquibancadas quando eles começam a correr. Desde o início, ele está à frente por alguns metros. Eu sempre corri ao lado dele, só tive acesso a lampejos de movimento em minha visão periférica, a ameaça de seus passos ao meu lado. Nunca tive a chance de observá-lo em ação.

Ele faz com que pareça fácil. Cada passo dele é longo, deliberado e firme. Ele corre como se não houvesse gravidade, como se não houvesse resistência.

Normalmente, somos instruídos a trotar nos mil metros, para poupar nossa resistência para o final, mas ele corre o caminho todo sem vacilar.

— Puta merda — ouço alguém gritar do lado de fora. — Puta merda, cara. Ele está indo *rápido*...

— O que está acontecendo com ele?

Quando Julius cruza a linha de chegada sozinho, o vencedor sem sombra de dúvidas, sob os gritos selvagens dos espectadores, um sorriso se espalha pelo meu rosto.

Mas eu o contenho quando ele vem direto até mim.

A medalha de ouro está pendurada em seu pescoço, brilhando sob luz do sol.

Ele a tira e a estende para mim.

— Sua.

Eu pensei que ele estava brincando.

— Você... Mas você ganhou. Deveria ficar com ela.

Ele revira os olhos.

— Tenho tantas desses em casa que nem tenho mais espaço para elas.

— Certo, agora você vai ficar se gabando...

— Só estou falando a verdade.

— Eu...

— Aceite logo, Sadie. — Ele diminui a distância entre nós e pendura a medalha em meu pescoço. Ela ainda está quente devido ao seu toque, suave contra minha pele quando a viro, incapaz de me impedir de admirar seu brilho fraco, o brilho do ouro. O peso dela. É mais bonita do que qualquer colar que eu já tenha visto. Abro a boca para agradecê-lo, mas ele acrescenta, despreocupado: — Considere isso uma forma de compensar por todos os prêmios que ganhei de você.

Minha gratidão se transforma em uma zombaria na ponta da língua, e ele ri da minha cara.

— De nada — diz ele.

— Por ser arrogante?

— Isso também.

Mas passo o polegar sobre a medalha e, embora eu não consiga decidir o que ela significa — um presente, uma forma de compensação, uma prova de alguma coisa — é, de certa forma, uma das melhores coisas que já ganhei.

Capítulo quinze

No dia seguinte, somos chamados à sala do diretor outra vez.

Está tudo igual. O mesmo carpete sem graça, as mesmas duas poltronas em frente à mesa, o mesmo ar sufocante. Os mesmos nervos à flor da pele. A única diferença é a maneira como os olhos de Julius se fixam nos meus quando me sento ao lado dele.

— Bem, olá, capitães — cumprimenta o diretor Miller.

— Olá — digo, com cautela.

— O senhor está ótimo hoje, diretor Miller — comenta Julius. A capacidade dele de fazer um elogio tão descarado a qualquer instante quase me impressiona. Ainda mais a uma hora dessas, tão cedo. — Essa gravata é nova?

O diretor olha para sua gravata preta simples, idêntica a todas as gravatas que já o vi usar. Espero que ele repreenda Julius, mas sua fisionomia impassível se transforma em um sorriso satisfeito.

— Ora, é mesmo nova. Obrigado por reparar.

Só pode ser brincadeira.

— O que você queria falar com a gente, diretor Miller? — pergunta Julius.

O diretor volta a se concentrar.

— Ah, certo. Sei que já faz um tempo que tivemos nossa última conversa sobre aquele pequeno... *incidente.* — Sua boca se enruga de desgosto, como se o incidente em questão envolvesse vandalizarmos publicamente seu escritório ou despirmos o mas-

cote da escola. — Eu só queria saber como vocês estão. Como estão se sentindo? Têm aproveitado o tempo que passam juntos?
— Sim, estou me *divertindo* muito — responde Julius.
Quando me viro para ele, surpresa, ele inclina a cabeça de modo quase imperceptível em direção ao diretor, com os olhos se estreitando.
— Tem sido incrível — concordo, entrando no jogo dele. Se conseguirmos convencer o diretor Miller de que seu plano funcionou, talvez possamos por fim deixar os e-mails para trás e seguir cada um com a sua vida. — Estamos *tão* próximos agora. Somos quase melhores amigos.
— Os melhores dos amigos. — Julius assente depressa. — Saímos juntos mesmo quando não estamos na escola. Ela é a primeira pessoa em quem penso quando algo dá certo ou quando algo dá errado. Nós até terminamos as...
— Lições de matemática um do outro — acrescento. — Ele tem sido de grande ajuda nas aulas.
— Ela tem razão. Eu a ajudo o tempo todo.
Dou uma risada aguda.
— Apesar de, *claro*, eu ajudar bastante também, já que estou muito mais familiarizada com o programa do que ele...
— Mas só porque estou muito ocupado resolvendo as questões avançadas. — O sorriso de Julius é tão largo que parece que está doendo. Há um músculo visível se contraindo em sua mandíbula. — E porque eu não acho que memorizar o programa seja um método de estudo eficaz, mas entendo que pode ser benéfico para aqueles com uma compreensão rudimentar do conteúdo...
— Que é exatamente o tipo de pensamento que pode levar *algumas* pessoas — digo com uma voz animada, apertando os dedos sob a escrivaninha — a perder três pontos em um teste importante e depois reclamar que o tópico não foi abordado, quando na verdade estava escrito com todas as letras.
O diretor Miller franze as sobrancelhas.

Tudo o que eu não te disse 187

— Tudo isso para dizer que Julius é *um querido* — acrescento depressa.

— E Sadie é a luz dos meus dias — diz Julius, com os lábios curvados, embora haja uma nota estranha em seu tom. Algo que poderia ser confundido com sinceridade. — O sol em meu céu, a fonte de toda a minha alegria. É por causa dela que acordo todas as manhãs animado para ir às aulas. Não há um dia sequer em que não me sinta grato por ela existir, por estar ali, por poder conversar com ela, passar por ela nos corredores e ouvir sua risada.

Estou preocupada que ele tenha exagerado um pouco na ironia, mas o diretor Miller parece convencido. Não, ele parece até *emocionado*.

— Que lindo — diz o diretor, e tenho de me controlar para não revirar os olhos. — De verdade. Tenho que admitir que eu estava um pouco cético quanto ao resultado disso entre vocês dois, dada a natureza bastante intensa dos e-mails, mas... bem, eu sempre soube que fazia milagres acontecerem. Acho que *encontro* mesmo as melhores soluções.

Minha boca se abre por conta própria. Não acredito que essa seja a conclusão à qual ele chegou.

— Só tenho uma última tarefa pra vocês — anuncia o diretor Miller. — A viagem de formatura está chegando e, depois do feedback não muito positivo que recebemos sobre a viagem do ano passado...

— Quer dizer quando os professores levaram a turma para uma estação de tratamento de esgoto? — digo.

— Sim. — Ele esfrega a parte de trás da cabeça. — Sim. Só pra não deixar dúvidas, esse foi um caso de propaganda enganosa e falha de comunicação, mas é a isso que estou me referindo.

— Entendi.

— É por isso que, para este ano — acrescenta ele —, queremos mais opiniões dos alunos. Vou confiar em vocês dois para darem algumas sugestões sensatas e econômicas de onde poderiam ficar. Seria ótimo se vocês pudessem organizar tudo o mais rápido possível e me entregar uma proposta amanhã de manhã.

— Calma. — Troco um rápido olhar de descrença com Julius e, pela primeira vez, as linhas de batalha parecem estar sendo traçadas diante de nós, em vez de entre nós. — *Amanhã*...

— Isso mesmo. — O diretor faz um gesto com a mão que provavelmente tem a intenção de ser encorajador, mas parece mais que ele está ameaçando nos dar um soco. Eu me *sinto* como se tivesse levado um soco. — Boa sorte, capitães.

— Você está atrasado — informo Julius assim que ele entra. Reservei uma das salas de estudo da biblioteca para usarmos durante nosso período livre. Os prós: há um vitral em arco que oferece uma vista deslumbrante dos gramados abaixo, e as paredes são perfeitamente à prova de som. Há também um quadro branco para eu colar fotos e detalhes de todos os destinos que reuni.

Os contras: a sala foi obviamente projetada para acomodar só uma pessoa, o que significa que ele tem que se espremer para passar pela cadeira e alcançar o quadrado de espaço vazio disponível ao meu lado. O que significa que estamos muito mais próximos um do outro do que eu gostaria. O que significa que tenho de respirar fundo e me firmar, forçando-me a me concentrar no quadro e a não olhar para o rosto dele.

— Eu me lembro de quando você costumava pelo menos fingir ser civilizada — comenta Julius enquanto leva a xícara de café em suas mãos à boca. — Primeiro, você abria um sorriso que doía de tão falso, depois inventava uma maneira longa de me lembrar da hora, tipo... *É impressão minha ou a escola comprou relógios novos? O ponteiro dos minutos está muito diferente.* Agora você parece não ter problemas em me criticar sem rodeios. Isso que é progresso.

Continuo como se ele não tivesse falado.

— Você está atrasado porque foi tomar *café*?

— Viu só? — Ele aponta para mim, como se eu tivesse acabado de oferecer provas valiosas para sua tese. — Muito mais direta. — Ele dá outro gole devagar. — E sim, parabéns, suas habilidades de detecção de bebidas são impressionantes. É, de fato, café puro.

Eu torço o nariz. O aroma amargo é tão forte que praticamente posso sentir o gosto.

— Como você consegue beber isso sem açúcar ou creme?

— Acho que é estimulante. — O canto de sua boca se enruga, seus olhos negros e afiados em mim. — E talvez eu prefira o desafio.

— Me parece masoquismo.

— Parece, não é? — retruca ele. Em seguida, se volta para o quadro. Olha para ele, meu trabalho duro, o material que *eu* preparei com antecedência, as notas adesivas e os cálculos detalhados por apenas cinco segundos antes de me dizer: — A propósito, ir para a praia não vai dar certo. Vamos eliminar esse logo de cara.

— Como? Por que não? — O retiro na praia foi o lugar que achei mais promissor. Fica a apenas duas horas de carro daqui, e o cenário é lindo: areia lisa, ondas azul-turquesa e redes entre as palmeiras. Eu até comecei a fazer uma lista de todas as atividades que poderíamos fazer, desde vôlei de praia até surfe e coleta de lixo, o que não é tão divertido, mas com certeza é bom para o meio ambiente. O comitê de meio ambiente poderia escrever um artigo sobre isso para o anuário.

— Não me leve a mal, é bonito — diz ele, dando de ombros. — Mas esse também é o problema. É romântico demais.

Fico olhando para ele.

Ele suspira. Como se eu estivesse sendo obtusa de propósito.

— Você sabe qual é o maior medo dos professores com relação a esse tipo de retiro?

— Que um de nós caia morto e a escola acabe envolvida em um processo longo, doloroso e caro, apesar de eles fazerem nossos pais assinarem aquela declaração que diz em letras bem miúdas que ninguém pode ser culpado se formos feridos, sequestrados ou assassinados.

— Quase, mas não. Se morrermos, isso será um grande inconveniente para eles. Mas se a gente se pegar, vai ser inconveniente e estranho para eles.

Tenho certeza de que todos os meus órgãos param de funcionar.

— O que...

— Quando digo *a gente*, é óbvio que não estou falando... de *nós dois* — explica e, apesar do tom de provocação em sua voz, suas bochechas ficam vermelhas. Ele está *corando*, eu percebo. É tão bizarro. Nada típico dele. É um sinal visível de fraqueza, e guardo a informação discretamente para futura referência. — Estou falando de forma geral. Acredito que exista uma equação científica para isso: a probabilidade de adolescentes entrarem sorrateiramente nos quartos uns dos outros e darem uns amassos aumenta em zero vírgula quatro vezes quando você os coloca em um cenário de praia.

— Você está inventando — protesto. — Você literalmente só disse isso porque gosta de discordar de mim.

Ele revira os olhos.

— Não se iluda. Só estou dizendo o que sei que é verdade.

— Em seguida, ele se move para retirar o folheto do retiro na praia do quadro.

Em um movimento rápido, coloco minha mão sobre a dele. Forço os dedos dele para baixo. Ignoro o calor de sua pele contra minha palma.

— Precisamos *chegar a um acordo* sobre um destino. E eu não concordo com você neste momento.

— Quando foi que você já concordou? — murmura ele.

Mas sacode a mão para soltá-la da minha, o que deveria ser mais satisfatório do que doloroso.

— Não estou dizendo que não seria um problema se o retiro se transformasse em algum tipo de... antro de pegação — digo.

Tudo o que eu não te disse 191

— Mas será que a praia é necessariamente um facilitador para isso? Quem disse que tem de ser romântico?

— Não sei — responde ele de forma sarcástica, fingindo pensar. — Só todos os filmes, livros que se passam na praia e músicas lançados na última década. — Ele deve perceber a teimosia e descrença estampadas em meu rosto, porque inclina a cabeça e suspira de novo. — Tá bom, já que você está tão sem imaginação, deixa eu pintar um cenário pra você. É pôr do sol, o céu está no tom perfeito de rosa, o ar está quente o bastante para que você possa tirar o suéter e colocá-lo na areia como uma toalha. Você consegue ouvir as ondas batendo na praia, sentir o gosto do sal em sua língua. Há uma música suave tocando no alto-falante do celular de alguém. Você está sentada ao lado da pessoa em quem estava de olho durante todo o semestre e, quando uma brisa se levanta e bagunça seu cabelo, ele ergue a mão e...

E ele demonstra, estendendo a mão no espaço apertado e ajeitando uma mecha de cabelo atrás da minha orelha, as pontas dos dedos frios roçando minha pele. É um movimento tão discreto e breve, o mais leve dos toques. É patético que eu sequer tenha percebido. Mas sinto uma pontada aguda ecoar em minhas costelas, tão intensa que quase chega a doer. Todo o meu corpo reage de forma exagerada como se eu estivesse em perigo mortal, meu coração bate cada vez mais rápido até que não consigo suportar.

Fecho os olhos para abafar a emoção e, quando os abro de novo, ele está me encarando, com a mandíbula tensa.

Ele engole em seco uma vez.

— Eu... não entendo o que você quer dizer — consigo dizer, a voz muito alta.

Ele ergue as sobrancelhas, a mão ainda na minha orelha.

— Tem certeza?

Preciso de toda a força do mundo para falar.

— Não. E... — Engulo o estranho nó em minha garganta. Faço o possível para soar o mais irreverente possível. — Acho que você não está dando o devido crédito aos nossos... *colegas*. Eles têm *algum nível* de disciplina, sabe. Não é como se eles fossem tentar entrar escondidos nos chalés uns dos outros para dar uns amassos só porque a vista é bonita e alguém tocou em seus cabelos...

— Nem mesmo se eles fizerem isso? — pergunta ele baixinho, inclinando-se para a frente. De uma só vez, chegando perto demais, assustadoramente perto. Congelo no lugar quando ele para de propósito, a boca a centímetros da base do meu pescoço, para que eu possa sentir sua respiração vibrando contra minha pele. — Você precisa que eu demonstre mais?

Um som baixo e rouco escapa pelos meus lábios. Pode ser um protesto ou uma súplica; não sei mais. Não sei de nada.

— O que disse, Sadie? — Ele pressiona, abaixando-se por apenas mais uma fração de centímetro...

Eu o empurro para longe.

— Já entendi. — Meu coração ainda está batendo em um ritmo anormal, o calor correndo com fúria em minhas veias. No entanto, ainda pior do que o medo do que poderia ter acontecido é a decepção por não ter acontecido. E o medo de que ele possa, de alguma forma, sentir minha decepção, a coceira em minha pele onde sua boca havia pairado segundos antes. *É só atração física,* eu me lembro com firmeza. Deve ser algum tipo de efeito colateral infeliz que sobrou do beijo na festa. — Já entendi, tá bom? Você não precisava enfatizar seu ponto de um jeito tão nojento.

Algo muda em sua expressão. Então ele sorri e parece mais convencido do que nunca.

— Está admitindo que estou certo?

— Sim. Tá bom. Tanto faz — vocifero. Perdi a discussão, mas parece que perdi algo maior. — Vamos ouvir sua proposta, então.

— É o que a gente deveria ter feito desde o começo.

Ele se afasta e começa a pesquisar locais no celular com a rapidez de alguém em uma reunião de negócios, o que me faz pensar se eu alucinei os últimos cinco minutos. A única evidência deles é a batida irregular do meu pulso e o cabelo preso atrás da minha orelha.

— Que tal esse aqui? — pergunta ele, mostrando-me a foto em sua tela.

É um retiro no meio de uma cadeia de montanhas a três horas daqui, e todas as paredes e pisos são feitos de vidro. Por acaso, também é uma construção suspensa a quase seiscentos metros acima de um vale, com uma "área de estar ao ar livre" disponível no telhado. A página principal do site descreve a paisagem como "emocionante", o que traduzo em minha mente como "aterrorizante".

— Você sabe que tem pelo menos cinco pessoas no nosso ano que têm medo de altura, certo? — pergunto.

Ele nem sequer pisca.

— Então é exatamente disso que elas precisam. Já foi comprovado que a terapia de exposição funciona, não?

— Como você pode ser tão... tão *insensível*? — digo.

— Não sou insensível. Você que é mole demais.

Eu cerro os dentes.

— Empática, você quer dizer. Gentil. Responsável.

— Em uma tentativa teimosa e fútil de agradar todo mundo, é o que quero dizer — corrige ele.

— E qual é o problema? — Coloco o celular de volta na mão dele. — Esta é a última viagem que faremos juntos como uma turma antes de nos formarmos. Quero que todo mundo aproveite ao máximo, o que não vai acontecer se algumas pessoas mal conseguirem andar de um cômodo para o outro. Além disso, você não viu as resenhas? É literalmente obrigatório usar um *capacete* e um *arreio* só para subir na cama.

— O que com certeza resolve o problema da pegação — comenta ele.

— Não tenha tanta certeza. Algumas pessoas gostam desse tipo de coisa.

Ele parece, por um breve momento, perplexo. Em seguida, morde o lábio, os ombros tremendo tanto que ele parece prestes a cair. A voz está carregada de diversão quando ele desliza para a frente de novo. Inclina a cabeça para mim.

— Uau. Nunca imaginei que você fosse desse tipo de garota.

— Cale a boca — resmungo. — Eu só estava querendo provar um ponto.

— Eu também.

— Seu ponto não foi convincente o bastante — retruco, me livrando do olhar dele. — Vamos voltar para o quadro.

— Seu desejo é uma ordem — diz ele, em um tom doce.

Tão doce que o encaro fixamente, meus pensamentos se confundindo e me fazendo cair de cabeça na armadilha. Ele começa a rir de novo quando meu rosto esquenta demais. — Você gosta mesmo disso, né? Então você *é* do tipo...

Viro a cabeça para o outro lado e puxo o computador como um escudo. Passamos o tempo restante discutindo todas as opções possíveis. Sugiro uma fazenda; ele diz que gostaria de ir a algum lugar em que não corresse o risco de pisar acidentalmente em excrementos de animais. Ele mostra o site de um hotel cinco estrelas "acessível" no centro da cidade; eu o lembro que só seria *acessível* se a escola comercializasse drogas ou vendesse nossos rins, o que nos leva a uma conversa sobre qual professor tem mais chance de ser um traficante em potencial (chegamos em um consenso sobre ser o sr. Kaye, e eu observo como é deprimente que essa seja, de alguma forma, o único assunto no qual conseguimos concordar até agora). Em seguida, sugiro que a viagem seja para um parque nacional; ele protesta, dizendo que não gosta de parques.

— Por que você está dificultando tanto isso, Julius? Você não ouviu o diretor? Assim que terminarmos essa proposta, a tortura acaba e finalmente estaremos livres um do outro. Não precisamos nem nos falar nunca mais.

Um olhar estranho surge em seu rosto.

— Eu sei disso.
— Então...
— Vamos com esse aqui, então — diz ele, já sem um pingo de humor em seu tom. Ele aponta para um local à beira de um lago que escolhi e que ele descartou porque achou a mensagem de boas-vindas na página inicial *amigável de uma forma suspeita demais.*
Eu pisco.
— É mesmo? Esse... Você concorda?
— Sim. Com certeza. — Ele se levanta e pega a xícara de café, tudo sem olhar para mim. E embora eu devesse estar feliz por termos cumprido nossa última tarefa, e mais feliz ainda por estar livre dele, sinto como se tivesse pisado em falso e errado um degrau na descida de uma escada. Antes que eu possa identificar o motivo, ele se vira para mim da porta e diz:
— Parabéns, Sadie. Acabou a tortura.

Capítulo dezesseis

Acabou a tortura.
Essa foi a última coisa que Julius me disse, há mais de um mês. E é verdade. Ou deveria ser verdade. Depois que entrego a proposta concluída ao diretor Miller, ele não apresenta mais nenhuma tarefa para Julius e eu fazermos juntos. Voltamos para nossas vidas, nossas agendas lotadas e antigas rotinas. Nós nos movemos como dois planetas em órbita, ambos na mesma trajetória, mas sem nunca nos tocarmos.

A única vez que ele quebra o silêncio é quando recebemos a correção dos nossos testes de matemática.

— Quanto você tirou? — pergunta ele, virando-se na cadeira para olhar minha nota.

Eu coloco o teste sobre a mesa, virado para baixo, e tento esconder minha surpresa. Tento controlar meu coração palpitante. Faz tanto tempo que não conversamos que me sinto estranhamente autoconsciente, fora de sincronia com nosso ritmo antigo e familiar.

— Não vou contar. — Na verdade, não me importo de mostrar. Gabaritei o teste. Eu só quero me fazer de difícil. Quero que ele continue falando.

Ele me olha com uma intensidade surpreendente. Está segurando o teste com tanta força que está começando a ficar amassado.

— Se você me contar a sua, eu conto a minha — diz ele.

— Promete?
Seu olhar é afiado.
— É lógico.
— Tudo bem. — Deixo escapar um sorriso satisfeito. — Gabaritei.

Os cantos de seus lábios se contraem, a mais sutil das reações, o menor sinal de irritação, mas então ele se vira de novo.

— Ei. — Franzo a testa para as costas dele. — *Ei*, você não vai me contar a sua?

— Prefiro não contar.

Meu sangue ferve.

— Você literalmente me prometeu, tipo, dois segundos atrás...

— Eu estava de dedos cruzados — declara ele.

— Você estava o quê?

Ele levanta os dedos para me mostrar.

— Está vendo? Então a promessa não vale.

— Ah, certo. — Eu bufo. — Muito maduro.

— A culpa é toda sua — retruca ele. — Por que acreditaria em mim, pra começo de conversa?

Por mais irritante que ele esteja sendo, parte de mim está quase grata por isso. *Essa* é a versão dele, de nós, com a qual estou acostumada. Talvez tudo ainda seja o mesmo.

— Me mostra logo, Julius — exijo.

— Não.

— Então não me culpe por isso. — Antes que ele tenha tempo de reagir, me jogo na direção da mesa, arranco o trabalho da mão dele e viro na primeira página, esperando a mesma nota que a minha, ou pelo menos um 98...

86 por cento.

Fico olhando para o número em vermelho, presa naquela descoberta impossível. Tenho que piscar várias vezes para ter certeza de que não estou lendo de cabeça para baixo. É o tipo de nota com a qual alguém como Ray ficaria muito feliz. O tipo de resultado que faria os pais de Georgina comprarem um carro novo para ela, como recompensa. Mas, para os nossos padrões, Julius e eu sabemos que qualquer nota que comece com o número 8 é baixa. É só um pouquinho acima da média. É uma aberração.

— Satisfeita? — protesta ele, pegando o teste de volta. Há um nervo sobressaltado em seu pescoço, e ele cobre depressa a pontuação com a manga, como se fosse uma cicatriz terrível.

— D-desculpa — gaguejo, sem saber o que fazer, como reagir. — Eu não sabia... eu estava apenas...

— Você pode se vangloriar — provoca ele, com a voz afiada.

— Anda. Pode fazer. É o que eu faria.

Embora também fosse o que *eu* teria feito há um mês, não estou com vontade de me vangloriar.

— Julius.

Na frente da sala, o sr. Kaye começa sua próxima aula, dando um fim à conversa. Julius não se vira de novo. E, sem mais nem menos, o silêncio está de volta, uma cortina pesada caindo entre nós. Ele dura o resto da aula, depois o resto do dia, e então o resto da semana. É engraçado como minha definição de tortura pode mudar tão rápido.

Fico de olho na porta da padaria, mas ninguém entra.

Não tivemos nenhum cliente hoje até agora, e eu culpo o clima. Não chega a estar chovendo, mas de vez em quando uma nuvem escura passa e algumas míseras gotas de água molham o cimento. Como se o céu não conseguisse se decidir.

Sob a luz fraca e cinzenta, empilho as bandejas, limpo o vidro e alinho nossos novos bolos de morango em camadas atrás da vitrine. Minha mãe saiu cedo para se encontrar com um contador, deixando Max e eu aqui de olho na padaria. Bom, *eu estou* de olho na padaria. Max está assistindo a um jogo de basquete no celular e comendo um pastel de nata.

— Eu preciso perguntar — digo. — Você *nunca* tem lição de casa, mesmo? Nunca?

Ele responde sem erguer o olhar.

— Não.

— Eu não acredito em você.

— Então por que você perguntou?

Passo a mão no rosto. Normalmente, eu esqueceria o assunto e o deixaria perder tempo como quisesse. Mas hoje, sinto um lampejo de irritação.

— Então, você poderia pelo menos fingir que está sendo produtivo? Ou até, quem sabe, ajudar um pouco na loja?

— Eita, uau, cara. Você anda com um humor péssimo nos últimos dias — declara Max, enfim deixando o celular de lado. Ele limpa as migalhas de pastel de nata do queixo e se inclina para a frente em seu assento. — Levou um pé na bunda de alguém, ou algo do tipo? Se for o caso, é só me falar... eu posso dar uma surra.

— Prefiro que você esfregue uma mesa — retruco, lutando para manter minha expressão neutra, mesmo quando sinto minha pele esquentar.

— Ei, não precisa ser tão radical — responde Max. — Naquela vez em que limpei uma mesa, você e a mamãe gritaram comigo por usar o pano errado.

— No caso, o pano que a gente usa para *limpar o chão*...

A porta se abre atrás de mim, e eu me viro instintivamente para cumprimentar, com meu sorriso de atendimento ao cliente pronto...

Até que vejo quem é.

Julius Gong está parado na entrada. Ele ainda está vestindo o uniforme escolar, mas retirou o blazer e o nó de sua gravata está desfeita, pendurada sobre a camisa branca de botões. Ele parece diferente, por um motivo que não consigo identificar. Talvez seja a postura. Ou o vinco entre as sobrancelhas. As sombras sob os olhos.

— Por que você está aqui? — pergunto.

Ele cruza os braços, mas não antes de uma emoção complicada transparecer em suas feições.

— Por que não posso estar aqui? — retruca — Eu estava na vizinhança e queria comprar pão. É óbvio que não imaginei que *você* estivesse aqui.

— Óbvio — repito, envergonhada por minha reação inicial. É lógico que ele não estaria aqui por minha causa. Na verdade, estou disposta a apostar que, se ele soubesse que me encontraria aqui, teria dirigido trinta quilômetros até a padaria do outro lado da cidade só para evitar esse encontro.

— Você vai negar atendimento a um cliente? — pergunta, com um desafio no levantar de sua sobrancelha. — Tenho certeza de que poderia registrar uma reclamação por isso.

Eu mordo a língua. Só de pensar em tê-lo por perto enquanto trabalho, sou tomada por um tipo de pavor muito específico, de arrepiar a pele. Mas negócios são negócios. Por isso, volto a sorrir e gesticulo na direção das prateleiras com as duas mãos.

— O que você gostaria de comprar hoje?

— Vejamos... — Ele anda para cima e para baixo na padaria. Passa pelos pães doces de taro, pelos rolinhos de pizza e pelos bolos com raspas de coco. Ele faz uma pausa, inclina-se para inspecionar as vitrines. Estende a mão, como se fosse pegar alguma coisa, e depois recua. E começa a andar tudo de novo.

Depois de dez minutos disso, perco a paciência.

— Você veio pra escolher pão ou sua futura esposa? Por que essa demora?

Seu sorriso é afiado, provocador.

— A segunda opção.

— Você só pode estar... — Respiro fundo, lembrando-me de todas as regras básicas de atendimento ao cliente que já aprendi. *Seja receptivo tanto ao feedback positivo quanto ao negativo. Dedique tempo para conhecer as expectativas de seus clientes. Ofereça soluções, não desculpas. Não empurre seu cliente na pilha de copos de pudim de manga no canto, mesmo quando ele estiver sendo difícil de propósito...*

— É o seu irmão? — pergunta, olhando para mim e para Max.

— Receio que não possamos passar informações pessoais aos clientes — respondo com doçura. — Se você puder se concentrar em comprar o que precisa...

— Sim, eu sou — diz Max, levantando-se da cadeira. *Traidor.* Ele examina Julius da cabeça aos pés como se estivesse avaliando-o antes de uma partida de luta livre. — Quem é esse cara?

— Ninguém — respondo.

— Julius — diz Julius. Eu poderia muito bem estar falando com o ar. — Eu sou da escola da Sadie. Você já deve ter ouvido falar de mim.

Max franze a testa.

— Desculpe, mano. Não me soa familiar. — Antes mesmo que eu tenha a chance de me sentir grata, seus olhos se estreitam. — Calma aí... foi você que deu um pé na bunda da minha irmã? É por isso que ela anda tão pra baixo?

— *O quê?* — Sibilo.

— O quê? — pergunta Julius, enrijecendo no mesmo instante. Seu olhar se volta para mim.

— Não liga pra ele, está inventando coisas — respondo, passando firmemente entre eles. — Max, volte a assistir ao seu jogo de basquete. E Julius, só... saia do caminho.

Julius levanta o queixo.

— E se eu também quiser assistir ao jogo? Sou um grande fã dos... — Ele faz uma pausa de apenas uma fração de segundo e olha para o celular sobre a mesa. — Dos Hunters, também.

Estou chocada, passada. Mas Max relaxa a postura, abrindo um sorriso largo.

— Mano, você devia ter falado *antes*. Vem, vem sentar aqui.

— Do que você está falando? — murmuro de canto de boca enquanto Julius passa por mim e se junta ao meu irmão. Não é possível que isso esteja mesmo acontecendo. Ele não tem outro motivo para fazer isso a não ser para me irritar. — Você nem gosta de basquete.

Ele pausa.

— As pessoas podem mudar — diz ele, com um tom perceptível em sua voz. — Você mudou.

— Como eu...

— Parece que você anda toda cabisbaixa por causa de um garoto — sussurra ele em meu ouvido. O calor sobe pelo meu pescoço, juntando-se ao ponto em que posso sentir seus lábios.

— Quem é? Eu conheço?

— Já falei que não é ninguém. Ignore meu irmão.

Pela expressão dele, é óbvio que não acredita em mim.

— Tanto faz. Pode achar o que quiser — resmungo, me virando. — Tenho outras coisas para fazer.

O céu começa a clarear enquanto varro o chão e preparo a próxima fornada de pastéis de nata. Os resquícios da chuva secam; as nuvens flutuam em mechas rosa-claras sobre o horizonte, tão insubstanciais que poderiam se dispersar com um simples sopro. A luz dourada do sol entra pelas janelas, alguns raios de sol pousando na mesa em que Julius e Max estão sentados. Não que eu esteja olhando para eles *o tempo todo*. Não que eu esteja lançando olhares curiosos para Julius, ou notando a maneira como ele passa a mão casualmente pelo cabelo.

De jeito nenhum.

Conforme o tempo melhora, mais clientes chegam. Uma senhora idosa com as sacolas cheias de pitaia e carnes marinadas. Uma mãe e os dois filhos pequenos, que encostam o rosto na vitrine de bolos. Uma garota bonita da minha idade que, de alguma forma, consegue fazer com que uma camisa branca simples e saia escolar fiquem muito estilosas. Ela me parece familiar e, depois de um momento, percebo: é a menina que o cara da minha série estava stalkeando durante o Carnaval do Atletismo.

Ela não parece particularmente interessada na comida. Assim que entra, seu olhar se desvia para Julius, e ela se dirige à mesa dele.

Observo quieta a troca de olhares de trás do balcão.

— Academia Woodvale, certo? — pergunta a menina, apontando para o uniforme dele a uma distância tão próxima que nem faz sentido estar apontando.

Julius ergue a cabeça do jogo que está passando na tela. Dá um sorriso tímido para ela. Cerro os meus dentes de trás.

— Isso mesmo.

— Sempre ouvi dizer que os meninos eram mais gostosos em Woodvale — diz ela, tirando a franja do rosto. — E eu que achava que era exagero.

Julius ri, e eu sinto uma onda quente de violência. Cravo as unhas na superfície do balcão quando ele se vira na direção dela.

— Não sei se você me reconhece? — declara a garota. — Tenho muitos seguidores. Não estou dizendo que sou famosa, mas também não sou, tipo, *não* famosa.

— Esta é a primeira vez que vejo você — responde Julius.

Ela não parece incomodada.

— Bem, nunca é tarde. Se quiser pesquisar meu nome... — Então ela estende a mão para o celular dele.

Fico esperando que ele recuse. Não é a primeira vez que uma garota demonstra interesse por ele, seja ela famosa ou não. No oitavo ano, basicamente todo mundo da nossa série tinha uma quedinha por ele já que era o corredor mais rápido na aula de educação física e conseguia abrir qualquer garrafa que você passasse para ele. No nono ano, todas o adoravam porque ele foi convidado para fazer uma espécie de sessão de fotos para a escola e, no resultado final, estava lindo de doer, com as mangas da camisa dobradas, o cabelo preto caindo longo e macio sobre os olhos. No décimo ano, todas o queriam porque ele *existia*. Porque ele não parecia se importar muito com ninguém, o que lhe concedia um ar frio e inacessível. Porque ele tinha crescido mais dois centímetros, e seus ombros estavam mais largos, a mandíbula mais afiada. Porque ele tinha um jeito de falar como se tudo o que dissesse fosse importante, significasse algo.

E, embora ele sempre tenha gostado da atenção, nunca pareceu particularmente interessado em se comprometer com um relacionamento. É por isso que fico surpresa ao vê-lo pegar o celular e entregar para a menina. Seu olhar se volta para mim enquanto a garota digita seu nome, como se quisesse ter certeza de que estou assistindo, e me lembro do quanto o odeio. É um tipo de ódio palpável, do tipo que parece que alguém enfiou o punho em meu peito. Do tipo que faz minhas gengivas coçarem.

— Tá, essa aqui é a minha conta — explica ela, como se ele nunca tivesse usado um celular antes. — Eu me segui pra você. Essas fotos recentes na praia são *tão* constrangedoras... Quer dizer, sei que todos os comentários dizem que estou muito bonita, mas ainda não sei o que acho desse biquíni...

— Desculpem interromper, mas estamos fechando — anuncio. É verdade. Bem, teoricamente, deveríamos fechar em dois minutos e meio, mas todos os outros clientes já foram embora.

A garota pisca para mim. Julius só sorri.

— Acho melhor eu ir embora, então — diz a garota, e me lança um olhar tão amigável que me sinto mal. Quase penso em retirar minhas palavras, convidá-la a ficar mais tempo, se ela de fato quiser, até que ela agarra o ombro de Julius, os dedos delicados se enroscando em sua camisa, e acrescenta: — Não esquece, pode me mandar mensagem quando quiser. Hoje à noite, se estiver a fim.

Julius ainda está sorrindo para mim quando responde.

— Vou me lembrar disso.

Julius não vai embora.

Nem quando eu viro a placa na porta, nem quando apago as luzes da frente, nem mesmo quando digo, com todas as letras:

Tudo o que eu não te disse **205**

— É melhor você ir embora.
Ele se levanta, mas apenas se apoia na parede.
— Você vai me obrigar?
— Eu posso — respondo. — Você não é mais um cliente. Posso fazer qualquer coisa.
Sua postura não muda.
— Vai em frente, então. Faça o que você quiser.
Sou tomada por uma onda de irritação. Estou pensando seriamente se devo ou não arrastá-lo para fora à força quando noto a tensão em seu maxilar. O brilho em seus olhos. Ele está me provocando. Mas não é só isso. É como se... ele estivesse procurando uma briga, ou uma distração. Eu me lembro da cara dele quando entrou na padaria e hesito.

Mas ele parece notar a mudança em mim. Em um piscar de olhos, se afasta da parede, a expressão fechada.

— Na verdade, eu não estava planejando ficar muito tempo — diz ele, afastando-se da parede. — Vejo você na escola.
— Ei...

Ele se afasta sem dizer mais nada, e eu fico olhando para ele, a cabeça zumbindo como se eu tivesse acabado de estudar para uma prova final. Muito ruído, muitos conceitos confusos. Ele nem sequer comprou um pão.

— Ele está a fim de você — comenta Max, atrás de mim.

Eu me assusto.

— Como é?

— Ele ficou virando pra te olhar — diz ele, com um sorriso discreto. — Pelo menos trinta vezes. Eu contei.

— Não sabia que você podia contar até tanto — retruco, seca, para esconder meus batimentos acelerados.

— É sério. E sendo sincero, é uma boa. Ele é atleta que nem você, alto e bonito...

— Não quero falar disso — anuncio. — E só pra constar, você está errado. Ele devia estar olhando para algum lugar atrás de mim; toda vez que *eu* olhava, ele estava assistindo ao jogo com você. — Aponto para a mesa onde eles estavam sentados, e então faço uma pausa. O celular de Julius ainda está lá, virado para cima. Ele estava com tanta pressa de ir embora que deve ter esquecido ali. Viro a cabeça e olho pela janela, mas ele já está na metade da rua, sua silhueta magra é uma sombra na escuridão que cai.

— Já volto — digo, pegando o celular. Ao fazê-lo, não posso deixar de notar que ele ainda está aberto na conta da garota, mas ele já deixou de segui-la. Uma pedra se desprende do meu peito e o alívio resultante é tão forte que chega a ser constrangedor. Totalmente irracional.

Ainda assim, todo o meu corpo parece mais leve quando atravesso a porta e corro atrás dele, o ar da noite chicoteando meu cabelo. A maioria dos restaurantes ainda está aberta a essa hora, com a luz laranja de dentro se espalhando em longos retângulos.

Viro na próxima esquina e paro.

Julius está parado em frente a um carro esportivo estacionado. Por um instante, acho, incrédula, que ele pertence a uma das tias para quem mostramos a escola. Mas não, esse carro é ainda mais caro, tão novo que está brilhando. As janelas estão abertas, e vejo o rosto inconfundível do irmão de Julius. Desta vez, porém, ele não está radiante; suas sobrancelhas estão franzidas, a irritação estampada em todas as feições que compartilham.

— ...não pode sair por aí como uma criança toda vez que estiver chateado — diz James. — Não foi nada demais. Nossos pais só estavam te dando conselhos...

— Como você me encontrou? — pergunta Julius. Ele está de costas para mim; não consigo ver sua expressão, mas a frieza em sua voz é cristalina.

— Não foi um trabalho de detetive, Ju-zi. Dei uma olhada no seu histórico de pesquisas.

— Meu... — A estrutura de Julius se enrijece. — Isso é particular.

— Se acalme, não é como se você estivesse procurando o bordel mais próximo. É só uma padaria. Por que está ficando tão irritado?

As luzes do restaurante não alcançam a calçada aqui, então dou um passo à frente em silêncio, escondida atrás de um carvalho, pressionando meu corpo contra o tronco. Não quero ficar ouvindo. Não é minha intenção. Mas as palavras voam em minha mente como vespas. *Histórico de pesquisas. Particular. Ele estava procurando por uma padaria? Por esta padaria?*

— Não precisava ter vindo, de verdade — protesta Julius com firmeza.

— Você ainda está chateado — observa James, baixando mais as janelas e se inclinando para fora. — Por quê? Só porque a gente queria saber, com as melhores intenções, por que você basicamente tirou nota baixa na última prova de matemática? *É* um pouco preocupante. Você continua deixando essa tal de Sadie ganhar de você...

Meu coração bate forte.

Eles estão falando de mim.

— Eu não *deixo* ela fazer nada — salienta Julius e, mesmo com a luz fraca, consigo ver o formato dos nós em seus dedos quando ele cerra os punhos. — Ela é inteligente, tá? É uma força formidável. Ela faz o que der na telha e nada pode se enfiar em seu caminho. Nem mesmo eu.

— É só isso, mesmo? — pergunta James. Há algo curioso em seu tom, algo que faz com que minha próxima respiração saia muito curta e rápida, faz com que meu coração suba pela garganta. Julius deve ter notado, também.

— O que você está insinuando?

— Quer dizer, você tem certeza de que não tem nada a ver com a maneira como você estava agindo perto dela na livraria? Eu vi o jeito que você olhava pra ela. Nunca tinha notado antes, mas agora...

— Você está enganado — diz Julius, com frieza.

— Espero que sim — responde James. — É seu último ano de escola. O início do resto da sua vida. E você precisa ficar no caminho certo. Não espero que você ganhe uma bolsa de estudos integral em Harvard e siga exatamente os meus passos, mas entenda... Nossa família tem padrões altos. Eu odiaria ver você se distrair e perder a cabeça por causa de uma *garota* e desperdiçando todo o seu trabalho...

— Não é...

— Porque você vai ter muito tempo para namorar depois de entrar na faculdade dos seus sonhos, tá? Quando entrar na faculdade, verá que há garotas muito mais bonitas por aí. É tudo uma questão de entender o tempo das coisas. De prioridades. E olha só, eu entendo. De verdade. Se for só atração física... Se você precisa ficar com ela uma vez pra matar essa vontade e se concentrar no que é importante, então, por favor...

— *Pare de falar dela* — interrompe Julius, e a ameaça em sua voz quase me faz recuar. Até James vacila. — Não a arraste para essa conversa. Eu já falei. Se eu fui mal no teste, a culpa é minha. E-eu vou estudar mais... vou me sair melhor...

— Só estou dizendo — James tamborila os dedos no painel —, eu nunca tive esses problemas quando tinha sua idade. Nunca fiquei em segundo lugar em nada. Se eu fosse você, ficaria envergonhado.

Não consigo explicar o que acontece dentro de mim.

É como se alguém tivesse acendido uma chama na minha corrente sanguínea, tomado o controle do meu corpo. Tudo o que vejo é a mágoa escancarada nos olhos de Julius, a vergonha estampada em seu rosto, a maneira como ele abaixa a cabeça, e perco um pouco a cabeça.

Saio de trás da árvore e vou direto para o carro, os punhos cerrados, o coração acelerado.

— Pois fique você sabendo — digo, minha voz tão alta e aguda que soa estranha aos meus próprios ouvidos — que Julius é um dos melhores alunos da nossa série.

Julius pisca para mim com surpresa.

— Sadie? O que você está... — Ele fica vermelho, os olhos correndo de mim para o irmão. — Não precisa...

— Cale a boca, Julius — retruco. — Estou falando.

— Sim, deixe ela falar — brinca James, inclinando a cabeça e me avaliando como se eu fosse uma pergunta bônus inesperada no final de um teste. — É bom ver você de novo, Sadie Wen. É óbvio que nunca imaginei que seria nas circunstâncias atuais...

Eu falo por cima dele.

— Você está enganado sobre o Julius. Ele não foi mal em um único teste nos dez anos em que o conheço. Ele é presidente de todos os clubes aos quais se candidatou. Ele é o único que conseguiu fazer com que seus colegas de classe o aplaudissem de pé depois de uma simples apresentação de inglês. E se fica em segundo lugar, não é porque ele não é bom o suficiente... é porque eu sou melhor...

Julius tosse.

— Tudo isso pra fazer um discurso autocongratulatório?

— Você não consegue parar de ser irritante quando estou literalmente defendendo você? — Eu sibilo.

— Sim, bem, você parecia estar se desviando do assunto...

— Você é que está se desviando. — Eu fecho os olhos. Passo a mão pelo cabelo. Retomo minha linha de pensamento. — O que eu estava *dizendo* é que, apesar de Julius ser irritante, vaidoso, covarde e falso, qualquer um que o conheça sabe que ele está destinado à grandeza. Através da teimosia e da manipulação, ele vai encontrar formas de fazer com que grandes coisas aconteçam.

James lança um olhar cético para Julius.

— Estamos mesmo falando da mesma pessoa?

— Talvez você não conheça seu irmão tão bem — retruco, com frieza. Não me lembro de já ter me sentido tão irritada alguma vez na vida. Tão tentada a quebrar um carro com um martelo. Não, não é verdade... Julius sempre consegue me enfurecer. A ironia é que, pela primeira vez, não estou com raiva dele; estou com raiva por ele. Porque a única pessoa que deveria ter permissão para atacá-lo sou eu.

James fica em silêncio por um tempo. Então ele ri, o som alto e muito alegre ecoando pela rua.

— Que comovente, meu irmãozinho tem uma garota protegendo sua dignidade por aí. É mesmo uma graça.

— Não se trata da dignidade dele — retruco, articulando cada palavra. — É a minha. Quando você insulta meu concorrente, está me insultando.

Ele ergue as sobrancelhas.

— Essa é uma declaração bastante ousada.

Normalmente, eu me encolheria diante desse tipo de acusação. Coraria e recuaria. Engoliria minhas palavras, cederia o espaço que conquistei. Mas a adrenalina ainda está correndo em minhas veias, e a sensação é diferente quando estou falando por nós dois. Quando, e só Deus sabe como isso aconteceu, estamos do mesmo lado.

— E daí?

James ri de novo, com a boca tão aberta que posso ver o fundo da sua boca.

— Acho que veremos se você está certa quando saírem os resultados do final do ano, não é? — Então ele olha para Julius e o chama com dois dedos. — Pare de fazer cara feia e entre no carro.

— Espere — digo, lembrando. — Seu celular. Você esqueceu.

Eu estendo o celular e Julius o pega com muito cuidado, mas sua mão ainda roça na minha, o mínimo contato de certa forma torturante. Ele hesita. Sustenta meu olhar. Mil emoções nadam em seus olhos, uma ligada à outra: gratidão, e ressentimento por sua gratidão, e algo mais.

— Sadie — diz ele, a voz baixa se projetando no espaço entre nós. — Eu...

Os faróis se acendem, o forte feixe de luz branca me cegando. Bloqueio meu rosto com uma mão, semicerrando os olhos.

Tudo o que eu não te disse 211

— *Entre* — repete James. — Vem logo.

Os lábios de Julius se separam, mas ele se contenta com um aceno de cabeça e entra lentamente no carro. As portas se fecham e o motor ganha vida. Enquanto dirigem pela estrada, tenho a impressão de vê-lo se virar no banco. Olhando para mim.

Não consigo parar de pensar nele. É humilhante. Nada produtivo. *Anormal*. E, sinceramente, é muito irritante. Ele não tem o direito de ocupar tanto espaço na minha cabeça. No entanto, depois de ir para casa com Max e me trancar em meu quarto com a intenção de terminar minha lição de casa de história antes do prazo, acabo encarando a parede por onze minutos.

— Pare com isso — sibilo para mim mesma, esfregando o rosto. — Se *controle*.

Meu cérebro sempre foi disciplinado. Bom em compartimentar sentimentos, separar as informações necessárias do lixo, rotular o bom e o terrível. Julius com certeza entra na pasta dos Terríveis.

Mas hoje meu cérebro está me traindo. Mesmo quando tento me distrair fazendo o dobro da minha série habitual de abdominais, torcendo para que a exaustão física acalme minha mente, tudo o que consigo é deixar meus músculos doloridos.

Como uma compulsão, um hábito ruim que não consigo mudar, fico imaginando a volta dele para casa. Será que Julius ficou discutindo com o irmão? Será que meu nome voltou a ser mencionado? Será que estaria pensando em mim?

Por fim, desisto e mando uma mensagem para Abigail. Duas únicas palavras: *vestido azul*.

É o código que usamos em pequenas emergências, de términos a notas ruins e reuniões familiares chatas. Significa: me ajude. Significa: largue o que está fazendo e converse comigo. Nós o criamos quando fiz um buraco enorme na parte de trás do meu vestido em um dia de compras e, na mesma hora, Abigail correu para a loja mais próxima e comprou uma jaqueta para cobrir o buraco. Eu nunca tinha visto alguém sacar o cartão de crédito tão rápido.

Abigail me liga em dois minutos e meio.

— Sim, meu bem? Que incêndio vamos apagar hoje?

— Tá ocupada?

— Estou no meu quarto — declara ela, e eu ouço o clique suave da porta, o barulho dos travesseiros sendo ajeitados. — Então, se for me contar que roubou um banco, ninguém vai ouvir.

— Não é isso — respondo, com uma risada fraca. Acho que preferia que fosse. Pelo menos a solução seria mais simples. — É só que... — Paro de falar, sem saber como articular o que estou sentindo quando eu mesma não consigo entender. — Como você sabe se você... você sabe.

— Como assim?

Eu me encolho. Fecho os olhos bem apertados. Arranco as palavras da minha bocas.

— Como você sabe se você... gosta de alguém?

— Ah. — O tom dela muda no mesmo instante. Há um sorriso evidente em sua voz. — É uma *daquelas* conversas. Faz um tempão que você não tem crush em ninguém.

— Pode não ser — eu me apresso em dizer, endireitando-me na cadeira. — Eu só estou... confusa. E fiquei na rua, no frio, por um tempo esta noite, então pode ser que sejam só os primeiros sintomas de uma febre...

— Não precisa se explicar. Só vou fazer uma pergunta: você pensa muito nele?

— Não, tipo, *muito*...

— Sua voz sempre fica estridente quando você está mentindo — ressalta. — Isso não vai funcionar se você não for sincera.

— Está bem. Certo, então, talvez? — Aproximo o celular do ouvido e avalio a pergunta como se fosse uma daquelas redações que valem vinte pontos em uma prova. — Tipo de manhã, quando estou prestes a entrar na sala de aula, eu penso... nele. Meu coração acelera e fico irritada sem motivo nenhum quando olho pra cara dele, mas nos dias em que ele não está, também fico decepcionada. E, de vez em quando, tipo, só a cada poucos minutos, fico curiosa para saber o que ele está fazendo. E quando a gente conversa, sempre fico repensando e analisando cada coisa que ele disse e que eu disse. Quero causar uma boa impressão. Quero ser melhor do que ele, mas também quero impressioná-lo...

— Odeio ter que dizer isso, mas não me parece só um crush de nada — informa Abigail. — Isso parece muito sério, Sadie.

— Não — protesto, em pânico. — Não, não é... *Não pode ser.* Quer dizer, eu não sentiria todas essas coisas também se o odiasse? Como a gente diferencia gostar e detestar alguém? Fisicamente falando. Como saber se a sua pressão arterial está subindo porque a pessoa é irritante ou porque você a acha atraente? Se suas mãos estão tremendo porque você está tentando não estrangular a pessoa ou porque quer beijá-la?

— Puta merda.

— Que foi?

— É o Julius, não é? — constata Abigail. — Você está falando do Julius Gong.

Eu me engasgo e me pergunto se é possível alguém morrer de pura vergonha. Até mesmo o som do nome dele é aparentemente demais para mim. Minha pulsação está tão acelerada que posso sentir o sangue em minhas veias. *Patético.* Eu poderia me dar um chute.

— Hum...

— Ai, meu Deus — exclama ela, com a voz rouca. Repete várias vezes em uma centena de variações diferentes, como se estivesse tentando reinventar a frase. — Ai, meu Deus, ai, meu Deus. Ai. Meu Deus. Ai, meu *Deus*...

— Nesse ritmo, você vai literalmente chamar Deus para descer à Terra — sibilo, pressionando a mão no meu rosto em chamas.

— Não, não, sabe de uma coisa, meu bem, não estou julgando você. De forma alguma — responde ela. — Quando tinha treze anos, tinha uma atração gigantesca por um leão de desenho animado. Tipo, tinha alguma coisa nas garras dele que me deixava doidinha.
— Não acredito que você está comparando essas duas situações bizarras de tão diferentes — reclamo. — Antes de mais anda, Julius é uma *pessoa*...
— Ele também faz da sua vida um inferno há dez anos — corta ela. — Não se lembra de quando vocês foram designados para o mesmo projeto em grupo e ele trabalhou em segredo sozinho só pra parecer mais preparado do que você na frente do professor? Ou quando ele ganhou de você no concurso de soletrar e te seguiu pela escola só para esfregar o troféu na sua cara? Ou quando ele comprou todas aquelas rosas no Dia dos Namorados e as colocou em um vaso bem em cima do seu armário para provocar você por não ter recebido nenhuma?
— Todas lembranças muito boas, sim — respondo. — Eu lembro bem. Mas...
Mas também me lembro da maciez do blazer dele em volta dos meus ombros. A expressão dele esta noite, a reação instantaneamente violenta em sua voz quando o irmão falou de mim. Sua respiração calma ao meu lado enquanto ele varria confetes do chão depois da festa. As mãos firmes, mas quentes, ao redor dos meus pulsos após a corrida. O brilho da medalha, a luz em seus olhos, a curva da boca. Tão lindo, irritante e confuso. Tão pronto para me quebrar ao meio com uma única palavra e me consertar de volta com um toque fugaz.
— Você acha que tem alguma chance... — Parece bobeira sequer perguntar isso em voz alta. — Alguma chance de ele gostar de mim?
— Uau, caramba, você tá caidinha — diz ela. — E não vejo por que ele *não gostaria*. Você é o pacote completo. Você é

inteligente e boa em tudo, e é gostosa num estilo meio futura-
-executiva-bem-sucedida...
 Dou uma gargalhada, apesar de tudo. Então, chego a uma conclusão preocupante.
 — Mas você não está levando em conta os e-mails — digo a ela. — Você deveria ter visto como ele ficou chateado quando os recebeu. Acho que ainda não me perdoou por eles. Não sei se algum dia vai perdoar.
 — Pois é. — Ela faz uma pausa. — Sobre aqueles e-mails...
 — Tipo, você gostaria de ficar com alguém que já expressou explicitamente, por escrito, que *preferia ouvir alguém fazer poesia sobre imposto de renda corporativo em um auditório sem ventilação no dia mais quente do verão, enquanto um bebê brinca de cabo de guerra com seu cabelo,* do que ter que assistir ao seu discurso de capitão da escola de novo?
 Há um longo silêncio. Então, em uma voz de otimismo forçado, ela diz:
 — Talvez ele acorde um dia e perca parte da memória.
 — Então, nem vem ao caso o que estou sentindo. — Volto a me recostar na cadeira. — Porque ele nunca será capaz de superar isso.
 — Você não tem como ter certeza — insiste ela. — Você não tem como ter certeza de nada, a não ser que conte para ele, cara a cara.
 Eu tusso.
 — *Contar pra ele?* Contar o quê? *Ah, oi, sei que passamos a última década nos odiando com todas as nossas forças e que você me acha insuportável, mas acho que a gente deveria se pegar.*
 — É uma proposta bem convincente — diz ela. — E sabe do que mais? O retiro será o momento perfeito para isso. Vocês estarão no mesmo lugar, terão tempo livre e não vão ter tantos professores por perto. É uma pena que o retiro não seja em uma praia ou algo assim. Seria tão bonito...

— Ia ser — digo sombriamente —, mas Julius rejeitou a ideia, alegando que seria romântico demais. E sim, eu sei, percebi a ironia nisso enquanto falava.

— Ele deu um tiro no pé nessa, né?

— Ou se safou — respondo. — Vai ver ele estava se protegendo antecipadamente das probabilidades de alguém o encurralar e se declarar. Talvez ele se oponha a relacionamentos em geral, e ainda mais a um relacionamento comigo, especificamente.

Ela estala a língua para mim.

— Para onde foi sua confiança?

— Você sabe que, de acordo com as leis da física, não tem como uma coisa que nunca existiu desaparecer, certo? A matéria não pode ser criada ou destruída...

— *Fale com ele*, Sadie. De verdade. Qual é a pior coisa que pode acontecer?

Eu suspiro. Agarro a ponta da mesa para me firmar contra a maré avassaladora de possibilidades.

— Tudo — respondo. — Ele poderia rir de mim. Poderia usar meus sentimentos contra mim em todos os testes e competições que viessem. Poderia zombar de mim pelo resto da minha vida. Poderia recuar com horror e nojo...

— Ou a resposta dele poderia surpreender você — retruca ela. — Só pense nisso, está bem?

Mastigo minha bochecha por dentro até doer. De alguma forma, me sinto ainda mais desorientada agora do que no início da ligação.

— Está bem, eu vou.

Capítulo dezessete

Há um truque ótimo para escrever uma boa redação de história. A maioria das pessoas acha que é melhor começar com o conflito. Elas leem o enunciando e na mesma hora decidem um posicionamento em coisas tipo se os *sans-culottes* na Revolução Francesa devem ser considerados uma gangue, e depois procuram em sua memória evidências para se apoiar: citações de historiadores famosos, datas, estatísticas. Mas eu sempre começo com as evidências primeiro. Analiso as informações que já tenho, os fatos que considero mais convincentes e que sejam mais prováveis de se destacar para um examinador. Só depois disso é que escolho meu argumento. Caso contrário, é uma prática fútil, uma perda de tempo precioso na escrita; não importa no que você acredita ou quer acreditar, se não tiver dados como fundamento.

Eu sei disso. Eu *deveria* saber disso.

Mas assim que desligo, não consigo deixar de torcer para que Abigail esteja certa. Para que, por algum milagre, Julius possa sentir algo por mim além de amargura ou irritação. E mesmo que não seja a coisa mais lógica a fazer, acabo abandonando todas as minhas técnicas de estudo testadas e comprovadas e procuro evidências que corroborem com essa possibilidade.

Evidências como: ele correu a corrida por mim quando eu achava que ia morrer. Como: ele ficou aqui em casa comigo depois da festa, e nunca tinha mostrado um interesse específico por varrer o chão antes, então deve ter sido por outro motivo.

Como: o Max disse isso quando ele veio à padaria depois da escola, e o irmão dele não mencionou que ele estava procurando pela *nossa* padaria? Como: houve um breve momento, há quatro semanas e meia, em que ele olhou para mim com tanta ternura que fiquei sem fôlego.

Não devem ser provas concretas o bastante para convencer um examinador, mas é o suficiente para que eu me convença até o fim da noite. Decido que vou fazer. Vou contar para ele e vou rezar para que não me rejeite na mesma hora.

— Vou vomitar — informo a Abigail quando deslizo para o assento do ônibus na manhã seguinte.

Ela está tomando uma bebida que tem mais chantilly do que líquido, com a bolsa enfiada no espaço entre nós, e a jaqueta jeans enrolada no colo como um travesseiro. Ela nunca aceita passar por desconforto, mesmo que seja em uma viagem de apenas uma hora de ônibus para a floresta.

— Você tá com cara de quem não dormiu nada ontem — comenta ela, analisando meu rosto.

Faço uma careta.

— Não dormi. Estava ocupado montando meu plano de ação.

Ela quase cospe a bebida de tanto rir.

— Meu bem, você não está se planejando para uma guerra, sabe... você só vai falar pra um menino que gosta dele...

— Fale baixo — protesto, examinando o ônibus. Alguns alunos ainda estão se arrastando pelo corredor, outros se levantam para procurar os amigos ou enfiar a mala embaixo dos bancos.

— Alguém vai acabar ouvindo.

— Ninguém conseguiria nem adivinhar de quem estamos falando. Tipo, eu mesma mal acreditei quando você me *contou*. E ele nem chegou ainda — comenta ela, tranquilamente. — Além disso, se vamos mesmo focar na estratégia, acho que é melhor ir com calma. Sabe, considerando o... histórico de vocês.

Você não vai querer assustar o garoto fazendo um discurso inflamado logo de cara.

— O quê? — Ainda estou esticando o pescoço, checando cada rosto que passa. Sinto-me fisicamente enjoada, e só parcialmente por ter pulado o café da manhã. Estou quase tão enjoada quanto antes do meu discurso de capitã da escola, ou até mesmo quanto antes das provas de fim de ano. É *essa* a sensação de gostar de alguém? Porque, ao contrário do senso comum, não tem nada de caloroso ou gentil nisso. É uma intrusão violenta, meu corpo se revoltando contra mim. Não tem frio nenhum na minha barriga, é pura chama.

— Talvez seja melhor ser simpática primeiro. Ou ao menos agir como se não *odiasse* o garoto — aconselha Abigail. — Além disso...

— Ai, meu Deus, ele está chegando.

Depois de passar tanto tempo pensando nele desde ontem, é uma experiência surreal vê-lo parado a poucos metros de distância. Está bem ali. O sol entrando pelas janelas do ônibus e batendo no rosto dele.

Mas se eu pareço não ter dormido na noite passada, ele parece não dormir há semanas. Círculos azul-acinzentados de exaustão estão ao redor dos olhos e, pela primeira vez, está com o cabelo desgrenhado, os fios bagunçados caindo livres sobre a testa. Então ele me vê olhando e retribui o olhar.

A chama na minha barriga sobe até a garganta.

— Lembre de ser simpática — acentua Abigail num murmúrio.

Isso vai contra tudo o que aprendi durante os últimos dez anos. Tão natural quanto pular para trás, enfiar a mão numa panela fervente ou entrar correndo em um prédio em chamas. Mas forço os músculos do rosto a relaxarem. Os cantos da minha boca a se erguerem. Um som agudo e estrangulado sai da minha boca.

Ele franze as sobrancelhas.

— Como?

— Eu só estava dizendo oi — respondo, com alegria. — Cumprimentando. Olá.

Ele me olha de um jeito estranho e passa por mim sem dizer mais nada.

E eu decido que gostaria de sumir da face da terra.

— Ok, para ser justa, poderia ter sido muito pior — comenta Abigail quando ele se acomoda na parte de trás do ônibus. As portas se fecham e os professores fazem uma última contagem de pessoas antes de começarmos a dar ré para sair do estacionamento da escola. — Não é como se você tivesse derrubado *totalmente* a peteca.

Estou batendo a cabeça na janela bem devagar.

— Talvez seja melhor não fazer isso — sugere ela.

— Não se preocupe, não estou fazendo com força o bastante para correr o risco de prejudicar minhas funções cognitivas.

— Não, estou preocupada porque a sra. Hedge pode ver e nos obrigar a assistir de novo àquele vídeo de setenta minutos sobre a importância do amor-próprio. E também porque o Julius está olhando pra você neste exato momento.

Eu congelo. Sinto todo o sangue do meu corpo subir para as minhas bochechas.

— Tem certeza?

— Absoluta — confirma ela num tom sombrio. — Mas deixa comigo. — Antes mesmo que eu possa questionar, ela fala em voz alta, tão alta que abafa o barulho dos motores. — Bom saber que as janelas são tão resistentes, Sadie. Muito obrigada por testar para mim. Agora estou tentada a acreditar que a notícia que li sobre aquele jovem de vinte anos que bateu de cabeça na janela do ônibus e deixou um buraco em forma de ser humano no vidro devia ser falsa.

Não sei se devo chorar ou rir.

— Ele ainda está olhando? — sussurro.

— Não. Agora está tudo bem.

Suspiro e me recosto em meu assento.

— Deus, eu *odeio* isso.

— Você ainda tem a viagem toda — afirma ela, colocando um fone de ouvido e oferecendo o outro para mim. — É só esperar até chegarmos lá.

Não conversamos muito durante o resto do trajeto, exceto para mudar a música a cada poucas canções (nossos gostos são muito diferentes; Abigail ouve o que costuma chamar de *músicas tristes para gostosas,* ou música para se lamentar, enquanto eu prefiro música para estudar). Esse é um dos muitos motivos pelos quais adoro estar com Abigail. Podemos falar ao telefone por cinco horas seguidas à noite, parando apenas para pegar nossos carregadores de celular ou um copo d'água, mas também podemos ficar sentadas juntas e observar a mudança de cenário pela janela. Logo as estradas se estreitam em uma única pista sinuosa, e o sol que nasce brilha por entre as árvores dos dois lados. Os shoppings, os postos de gasolina e as cafeterias movimentadas desaparecem. Tudo desaparece, até que estamos nos aventurando nas profundezas das montanhas, e todas as cores são alguma variação de dourado, azul e verde.

E então não somos as únicas a ficarmos em silêncio, apreciando a vista. Os outros alunos também se acalmaram. Até mesmo os atletas pararam com a competição de quem consegue jogar suas garrafas vazias de isotônico mais alto sem bater acidentalmente em um professor, que na verdade nem faz sentido, porque não há regras ou recompensas definidas.

— Uau, que bonito — murmura Abigail, e eu concordo.

O Lago Averlore é igualzinho às fotos.

Das cabanas rústicas ao pé da montanha até as glicínias e flores silvestres e os grandes olmos que margeiam o lago. Quando fazemos uma curva, o lago surge em nosso campo de visão, vasto e belo, a água esmeralda tão clara que brilha à luz do dia, refletindo as nuvens dispersas no céu. Parece um mundo isolado, um retiro no verdadeiro sentido da palavra. É quase o bastante para me ajudar a esquecer o Julius, os e-mails, tudo o que aconteceu nos últimos meses.

Mas então o ônibus para e eu sou trazida de volta à realidade. Ou talvez a uma versão estranha e alternativa dela. Porque quando todos começam a soltar os cintos de segurança e a pegar suas coisas, Ray Suzuki se levanta de seu assento e se vira para mim.

— Ei — diz Ray. — Você escolheu este lugar?

Eu endireito os fones de ouvido da Abigail e os entrego de volta para ela. Olho para ele, cautelosa.

— Sim?

— Não é tão ruim quanto eu imaginava — resmunga ele.

Eu acharia que tinha alucinado se Abigail não estivesse com a mesma expressão de choque no rosto.

— Ah. Hum, fico feliz — digo, ainda esperando pela pegadinha. Talvez a frase seguinte seja: *é ainda pior do que eu esperava*. Ou *eu estava imaginando literalmente um poço das chamas do inferno pra combinar com a sua alma*.

Mas ela não vem. Ele só concorda, limpa a garganta e se junta aos outros alunos que se aglomeram no corredor do ônibus.

— Então você fica toda vermelha e perdidinha por causa do Julius Gong, e ao mesmo tempo Ray Suzuki está sendo grato e gentil com você — comenta Abigail, com as sobrancelhas erguidas. — Bizarro. De verdade, extremamente bizarro. Vai ver daqui a pouco a sra. Hedge vai começar a defender o consumo de álcool por menores de idade e Rosie vai declarar que o sonho da vida dela é virar freira.

— Não seja tão dramática — respondo, rindo, mas não consigo deixar de sentir que ela tem razão.

Temos meia hora para nos acomodarmos nas cabines.

É muito próximo de perfeito. O interior foi projetado como algo saído de um conto de fadas, com sofás vintage, estantes cheias de livros e uma lareira acesa. A equipe local montou mesas de bolinhos caseiros com chantilly fresco e geleia de morango para nos receber; em poucos minutos, todos eles acabaram, não sobrando uma migalha sequer nos pratos de porcelana. Os professores recebem aperitivos de salmão cru e coquetéis não alcoólicos que tem um cheiro bastante suspeito de álcool, e nunca vi a sra. Hedge tão feliz. Além do mais, os beliches são largos e confortáveis, e os lençóis são perfumados com o aroma das flores do jardim.

O único problema é...

— Palhaços pelados — constata Abigail, sua voz é uma mistura de horror e puro nojo.

Todas as outras garotas se reúnem em torno dela, encarando as pinturas na parede. Pinturas, no plural. Porque, por alguma estranha razão, há *vários* quadros de palhaços nus pendurados em todos os quartos, bem à mostra para que todos vejam. Acima das camas, ao lado dos espelhos, sobre as portas. Talvez fosse melhor se eles fossem feitos em algum tipo de arte abstrata, mas são realistas até demais, com as pequenas pinceladas capturando cada detalhe.

— Isso não deveria ser permitido — protesta Georgina Wilkins, balançando a cabeça. — Isso é... qual é a palavra? Didático? Diagonal?

— Diabólico — corrijo em um impulso, mas me arrependo imediatamente. Sei por experiência própria que essa é uma de minhas características menos agradáveis.

Mas Georgina me olha agradecida e acrescenta:

— Isso. Exato. — O que prova como as pinturas devem ser ruins.

Abigail esconde o rosto com uma das mãos.

— A sensação é de que meus olhos estão sendo fisicamente atacados. Sendo bem específica, é como se estivessem sendo chutados por um canguru e depois arrastados por um vidro cortado, e então incendiados.

— Meu Deus, me desculpem — digo a todas. — Juro que isso não estava em nenhuma das fotos do site quando estávamos escolhendo os locais...

E talvez seja verdade o que dizem sobre alianças improváveis se formarem a partir de inimigos comuns, mesmo que o inimigo seja um palhaço bidimensional que deveria ser preso por indecência pública, porque Rosie chega perto de mim.

— Por que você tá pedindo desculpas? — pergunta, jogando o cabelo sobre os ombros. — Não é como se você tivesse pendurado os quadros.

Abro a boca. Depois, fecho de novo. Estou tão acostumada a assumir a responsabilidade por tudo, a pedir desculpas a ela e a todos os outros, que parece errado *não* pedir desculpas.

— Você é tão estranha às vezes, Sadie — complementa Rosie, embora não pareça que esteja sendo rude. — Você sabe que a maioria das pessoas se apressa em fugir da culpa em vez de assumi-la, né?

Pisco algumas vezes. Tento recalcular a rota.

— Eu... Certo. Bom... pode não ser minha culpa, mas eu sei como podemos consertar isso. Uma solução temporária, pelo menos.

— Por favor — diz Abigail. — Qualquer coisa.

Vasculho minha bolsa e pego a jaqueta sobressalente que coloquei na mala, depois a coloco sobre a moldura do quadro para que cubra o palhaço por completo.

— Pronto — declaro. As outras meninas logo se juntam a mim, pegando vestidos largos e suéteres grandes demais, e logo estamos correndo de quarto em quarto, rindo, emprestando nossas roupas umas às outras para bloquear a visão de cada quadro. A histeria efervesce em minha língua como álcool e, quando me viro em um determinado momento, noto o olhar de Rosie. Não há malícia em sua expressão. Nós duas estamos curvadas, rindo do absurdo de toda a situação e, pela primeira vez em algum tempo, não me sinto como a vilã número um da nossa série. Também não me sinto como a aluna perfeita; sou só mais uma.

Ainda estamos rindo quando seguimos para a margem do lago, sob a luz do sol.

A primeira atividade do dia é canoagem. Duas canoas já foram colocadas sobre os seixos, a água verde do lago brilhando atrás delas. Um homem bronzeado e corpulento, com pulseiras de contas nos pulsos e tornozelos, se apresenta como David, Mas Pode Me Chamar De Dave. Ele não hesita em começar a demonstração, nos ensinando como segurar o remo da canoa e ajustar a posição do corpo, enquanto a sra. Hedge toma seu coquetel não-alcoólico-com-álcool e observa de debaixo das árvores.

— Vamos dividir vocês em duas equipes — anuncia Dave, esfregando as mãos. — E então, só para deixar as coisas interessantes, faremos uma pequena competição. A primeira pessoa a chegar ao outro lado do lago vence. Entenderam?

A maioria de nós concorda. Abigail bate em um mosquito em sua coxa e murmura em meu ouvido:

— Eu estava torcendo pra não ter nenhum exercício físico. Quando podemos fazer uma competição para ver quem dorme mais rápido? Aposto que eu ganharia sem nem mesmo...

— Você — chama Dave, apontando para ela.

Abigail levanta a cabeça. Sorri sem nenhuma vergonha.

— Sim?

— Já que está tão tagarela, pode liderar a primeira equipe. E... — Ele olha em volta, avaliando cada um de nós antes de seus olhos pousarem em Julius. — Você tem jeitinho de líder.

— Bem, ele é o capitão da escola — alguém oferece a informação.

—Ah, é? — pergunta Dave.

Julius concorda com uma presunção mal escondida, cruzando os braços.

— Perfeito. Você pode liderar a outra equipe, então — decide Dave. — Podem escolher seus membros.

— Eu escolheria você — murmura Abigail para mim, cutucando minhas costelas —, mas vou ser generosa e deixar você se juntar à equipe dele.

— Isso se ele me escolher — sussurro de volta.

— É óbvio que vai escolher. Deveria escolher, só levando em conta a capacidade atlética.

Balanço a cabeça e sorrio como se a ideia não pudesse estar mais longe da minha mente, mas, em segredo, de um jeito um tanto humilhante, estou torcendo para que Julius se vire para mim. Para que ao menos *considere* essa opção, mesmo que não me escolha. Estou esperando que ele tome seu tempo, que me olhe nos olhos. Minha barriga se agita com a pura expectativa e meu coração... é insuportável o quanto meu coração está batendo rápido, o suspense do momento tão desproporcional aos riscos que quero rir de mim mesma.

E então quero me dar um tapa. Porque ele não hesita, nem mesmo olha uma vez em minha direção. Em vez disso, ele acena para Rosie.

—Ah, meu Deus, *sim* — anuncia ela, com um sorriso largo e avançando como se fosse a rainha de um concurso de beleza.

— Somos a equipe perfeita.

Julius sorri de volta para ela. Cravo as unhas na carne macia das palmas das mãos, minha dor se transformando em raiva. Mas não é da Rosie que estou com raiva. É dele. Sempre dele.

Ele também não me escolhe em seguida. Ele escolhe Ray, Adam e Georgina, que se livra das aulas de natação todo ano alegando ser alérgica ao cloro. É como se eu nem existisse para ele. Como se a noite passada nunca tivesse acontecido. Ou talvez não tenha acontecido. Talvez eu a tenha transformado em algo que não é.

No final, sou uma das duas últimas pessoas que restaram. Eu e aquele garoto da nossa série que não fala com ninguém.

Os olhos de Julius passam entre nós. Sua expressão é passiva, sem preocupação, quando ele acena com a cabeça uma vez para o garoto. Ele nem sequer parece arrependido. Não é como se eu tivesse certeza de que poderia ser sua primeira escolha. Mas saber que sou sua última possibilidade é como uma facada no estômago.

A humilhação rasga minha garganta. Não estou mais planejando me declarar a ele; estou planejando sufocá-lo. Mas, em nome de minha própria dignidade, ajo como se não me importasse. Vou para o lado de Abigail, com a cabeça erguida e os punhos cerrados para não tremerem.

— Que bom. Agora, quem quer competir primeiro? — pergunta Dave.

— Eu vou — oferece Julius, arregaçando as mangas.

O rosto queimado de sol de Dave se divide em um sorriso.

— E quem acha que pode enfrentá-lo em um mano a mano...

— Eu vou — respondo em voz alta, marchando para a frente, sem me importar com a água gelada do lago nos meus sapatos.

— Vou ganhar dele.

Há um silêncio de surpresa. Dave pisca para mim.

— Ah! Ah, tudo bem. Estou adorando a confiança aqui. Bom, o remo pode ser um pouco pesado pra você...

Pego o remo com facilidade, apertando-o com força na madeira áspera.

— Só me ensina a remar esse treco.

Sempre aprendi rápido.

Demoro apenas alguns minutos para empurrar a canoa para dentro do lago, colocar o colete salva-vidas e me acostumar a manejar o remo. Depois, começo a remar.

Gansos selvagens se assustam e voam sobre minha cabeça, as asas brancas batendo enquanto a canoa avança pela água, formando espuma nas pontas do remo. O cheiro terroso do ar enche minhas narinas e cobre minha língua. O lago em si é sereno, a grama alta se erguendo sobre as margens opostas, o reflexo do sol ondulando. Posso ver as árvores ao longe, com sua casca lisa e pálida brilhando, a folhagem verde-dourada balançando com a brisa.

Se eu não estivesse competindo com o Julius, provavelmente conseguiria admirar a vista um pouco mais. Sentar no raro silêncio e observar a luz brincando sobre a água, as flores murchas flutuando na superfície.

Mas tudo em que consigo me concentrar é na canoa dele em minha visão periférica.

Inclino-me para a frente, enfio meu remo mais fundo na água, meus músculos queimando com o esforço. Ainda não é o suficiente; ele está se adiantando. Eu remo com a maior determinação possível, mas aplico força demais em um dos lados e a canoa se desequilibra. A água fria borrifa meu rosto e encharca minhas roupas.

— Mais devagar — diz Julius ao meu lado. Ele parece irritado. — Desse jeito você vai cair na água.

— Vai *você* mais devagar — grito para ele.

Ele não o faz. É óbvio que não. Ele cerra a mandíbula e empurra a canoa com vigor renovado. Sem olhar para mim, ele pergunta:

— Por que você está tão irritada?

Dou uma risada áspera, o som é apenas meio audível por causa dos respingos de nossos remos.

— Inacreditável.

— O quê?

— Não estou irritada — respondo com frieza. Meus braços estão começando a ficar fracos, e consigo sentir a madeira roçando a pele das palmas das mãos, mas ignoro a ardência.

— Porque eu... — Uma súbita rajada de vento sopra nos meus cabelos, criando ondas na água, uma maior que a outra. A canoa balança de novo, desta vez com mais violência. — ...estaria irritada? — Eu me agarro à borda da canoa para me apoiar, cerro os dentes contra as emoções que lutam por espaço dentro do meu peito. — Não é como se a gente devesse alguma coisa um para o outro.

Ele faz um barulho suave de frustração.

— Viu, você diz isso, mas seu tom de voz sugere o exato oposto.

— E desde quando você se importa com meu *tom*? Até onde sei, você nem queria olhar pra minha cara.

— Você tá brincando? Eu... — A frase dele se dissolve em um xingamento abafado quando minha canoa bate contra a dele, o impacto repentino nos fazendo pular nos assentos. — Sério, Sadie, cuidado...

— Não estou fazendo de propósito — protesto, levantando-me com um suspiro. — Talvez se você me desse mais espaço...

— Não consigo controlar a velocidade disso — retruca ele.

Uma mentira descarada. Ele não quer correr o risco de perder para mim.

— Bem, então, eu também não consigo — concluo, remando mais rápido. *Estou ganhando,* penso. Já passamos da metade do caminho, a margem oposta está perto o suficiente para que eu veja o brilho da umidade nas pedras, a grama da altura dos meus joelhos. *Vou chegar antes dele.* Mas então meu remo fica preso em algo na água. Uma erva daninha, talvez, ou uma rede. Tento soltá-lo, mas perco o controle, e é como se tudo se desenrolasse em câmera lenta. Só consigo olhar, horrorizada, enquanto meu remo balança para os lados, enquanto Julius tenta se esquivar, mas se inclina muito para trás e bate na água, enviando uma grande onda em minha direção...

E minha barriga revira, a gravidade deixa de funcionar, e minha canoa vira de cabeça para baixo.

Capítulo dezoito

A água tem um gosto completamente asqueroso. É um gosto de peixe, algas e lama. Entra na minha boca quando ofego, engasgo e me debato no frio. Meus ossos parecem ser feitos de pedra, pesados, desajeitados, e as roupas parecem cimentadas à minha pele. É difícil me mover, impossível respirar. Por alguns instantes, não consigo ver nada a não ser a escuridão abaixo de mim, não consigo sentir nada além do frio do lago e o lodo grudado no fundo da garganta...

E, então eu emerjo na superfície, arfando, piscando sem parar. As cores voltam primeiro: o céu muito azul, o sol dourado se derretendo nas nuvens. Então, volto a sentir as pontas dos dedos. Por fim, os sons voltam. Meu coração batendo forte. Os gritos distantes da praia, dizendo para ficarmos parados ou nadarmos, a voz estridente da sra. Hedge se sobressaindo às outras. Mas estamos longe demais deles para podermos esperar que nos ajudem.

Julius já está se erguendo de volta para dentro da a canoa. A água escorre do cabelo para as bochechas dele e faço a mais absurda das observações: o cabelo dele fica de um preto ainda mais intenso quando está molhado. Ele está respirando com dificuldade quando se joga para a segurança do assento da canoa, todo encharcado, com folhas grudadas na camisa. Em seguida, ele se vira para mim, com os olhos escuros apertados.

Eu me debato sem parar contra a água, tomada pelo medo repentino de que ele não me ajude a voltar para o barco. Que fique

me observando me esforçar e me debater que nem uma idiota, longe do conforto da canoa. Não duvidaria que ele fizesse isso. Ele para. A expressão inescrutável, os planos nítidos de seu rosto não revelam nada. Um segundo excruciante se passa. Dois. Três...
Ele estende a mão.
Vergonha e alívio enchem meus pulmões. Eu a pego, ou tento, meus dedos escorregando dos dele. Mas seu aperto é firme, seguro e, em um movimento, ele me puxa para cima, para fora da água. O único problema é que nossos pesos combinados me fazem subir rápido demais; eu me choco contra ele dentro da canoa, o corpo dele pressionado no banco e o meu logo em cima.

— Sadie — diz ele, com um som ofegante, um gemido reprimido. — Sadie... você está...

— Eu sei, eu sei, desculpe — respondo, meu rosto esquentando enquanto me esforço para me levantar. Minhas mãos ficam deslizando sobre a madeira, sem encontrar apoio.

— Dá pra se *apressar*...

— Acha que não estou tentando?

— Acho que você está muito perto de mim...

— Não é por escolha — protesto com veemência, embora ele tenha razão. Estamos perto demais, o espaço entre nós é inexistente. Eu deveria estar congelando neste momento, mas a pele dele está quente, tão quente, que queima sob meu peito.

Ele fecha os olhos. O músculo de sua mandíbula se destaca.

— Isso é culpa sua...

— *Minha* culpa?

— Eu falei para você tomar cuidado. Não precisava ir tão depressa.

— Era uma competição — respondo, por autodefesa. É a única coisa com a qual sempre concordamos, o único princípio ao qual sempre nos apegamos: nada é tão importante quanto vencer.

Posso sentir o baque de seu coração embaixo de mim quando ele exige:

— Você já não ganhou de mim o bastante?

— Não — respondo com a voz firme. — Não, nunca vai ser suficiente.

Ele balança a cabeça. Resmunga sem fôlego.

— Você torna minha vida tão difícil.

Por fim, consigo me sentar. O ar frio me envolve no mesmo instante e quase sinto falta do calor do corpo dele.

— Não vai me dar uma mãozinha aqui? — pergunta ele, ainda recostado no assento, com a metade inferior de seu corpo presa pelos meus joelhos. — Foi você quem me jogou no lago, pra começo de conversa.

Dou risada. Coloco as mãos na cintura de forma deliberada.

— Só pra constar, eu não *joguei* você...

— Você me bateu com o remo...

— O remo passou bem acima de sua cabeça...

— Só porque eu me abaixei — argumenta.

Reviro os olhos, mas faço o mesmo movimento que ele havia feito antes, oferecendo a mão. Ele se senta e larga minha mão no mesmo instante, como se tivesse se queimado. Olha para onde minha canoa ainda está virada, balançando sobre a superfície do lago como um cadáver, meu remo flutuando cada vez para mais longe de nós. A água bate na lateral do barco, lançando intrincados padrões prateados sobre o cedro.

— Isso não teria acontecido se a gente fosse da mesma equipe — reclamo. Minha intenção era que soasse como uma brincadeira raivosa, uma acusação, mas minha voz decide me trair e oscila com intensidade.

Ele olha para mim. Analisa meu rosto por muito tempo. Tempo demais.

— Você nunca quis fazer parte da minha equipe antes.

Torço os cabelos para tirar o excesso de água, mais vezes do que o necessário, só para ter algo para fazer com meu corpo.

— Gostaria que fosse uma possibilidade.

O silêncio se espalha entre nós como uma coisa sólida. Os gritos da praia também diminuíram. Só consigo ouvir o lago ondulante, as gotas de água espirrando na madeira, o chilrear dos pássaros ao longe. Minha respiração volátil.

— Por que está fazendo isso? — A súbita nitidez de seu tom de voz me assusta.

— Não estou — digo, confusa. — Não estou fazendo nada...

— Sendo tão legal, do nada — acrescenta ele com firmeza. — Sorrindo pra mim no ônibus. Agindo como se preferisse ficar no *meu* time pra essa competição ridícula do que com sua melhor amiga. Me defendendo ontem à noite... — Ele balança a cabeça. Olha para as mãos.

Meu coração bate tão rápido que chega a doer, a respiração presa na garganta. Ele descobriu. Deve ter percebido. Sabe que eu gosto dele e está chocado, furioso, enojado...

— Você não precisa ter pena de mim — diz ele em voz baixa, e meu cérebro esvazia completamente. — É por isso que eu não queria que você conhecesse meu irmão e nem era para você ter ouvido a conversa, aliás. Não deveria levar a sério nada do que ele diz, ainda mais quando estava falando de você. De verdade, eu... — Ele cerra os punhos. — Não tem nada, *nada* que eu deteste mais do que quando as pessoas sentem pena de mim. Porque eu não preciso disso. Eu estou bem. Perfeitamente bem.

— Meu Deus do céu — digo. Em meu choque, esqueço que acabei de entrar no lago e esfrego os olhos com as palmas das mãos molhadas. Agora, é bem capaz que saia dessa maldita conversa com uma dor de cabeça e uma infecção ocular. — Você não pode estar falando sério.

— Estou — responde ele, sem erguer o olhar. — Prefiro que você volte a me insultar do que que fique pisando em ovos perto de mim...

— Quer que eu o insulte? — Dou risada, de verdade. Tão alto que os gansos que voavam acima de nós gritam alarmados e voam mais alto. — Tudo bem, é fácil fazer isso. Você é tão egocêntrico, Julius Gong. Você acha que sabe tudo... Acha que me entende mais do que ninguém...

— E não entendo? — retruca ele, parecendo tão confiante, tão certo de seu julgamento desvirtuado. — Você é obcecada por ser legal, não? A garota obediente que precisa que todos a amem. — A zombaria escorre de cada palavra dele como chuva ácida. — A aluna perfeita que nunca se nega a fazer nada, que se desdobra para atender às necessidades de todos, que dançaria em chamas só para manter todo mundo entretido. Você só precisa ser vista como uma pessoa *boa*, sem discussão. Precisa fazer a coisa certa o tempo todo, ou pelo menos parecer que faz. Sua personalidade se resume a isso... Eu entendo. Tudo o que estou pedindo é que me poupe desse showzinho.

Parece que caí de cabeça na água de novo. Estou engasgando, sufocando, o frio inundando meu sangue, congelando meus ossos até ficarem tão frágeis que poderiam se quebrar com um simples toque.

Nenhum de nós está tentando guiar a canoa. Ela está flutuando por conta própria no lago, à deriva, a água e o céu se estendendo ao nosso redor. Nunca me senti tão pequena.

— Retire o que disse — exijo em voz baixa, impressionada com meu autocontrole. O que eu quero, de coração, é empurrá-lo para fora do barco, esmagá-lo com minhas mãos. — Vou dar uma chance pra você retirar o que disse.

Sua mandíbula se contrai, mas ele não diz nada.

— *Meu Deus*, Julius... — Eu me interrompo, a amargura se infiltrando em minha língua. Há algo tão presunçoso, tão condescendente nisso, que ele transforme minha sinceridade em uma espécie de *caridade*. Que enquanto eu tentava ver o melhor nele, ele presumia o pior de mim. — Sabe do que mais? Eu odeio você — declaro, porque é mais fácil dizer *eu odeio você* do que *você me magoou*. Porque as duas opções podem despedaçar meu coração, mas pelo menos uma delas mantém meu orgulho intacto. E talvez porque eu queira sentir o intenso e perverso prazer de machucá-lo também.

Ele olha para mim. Alguma emoção se faz ver em seu rosto e ele se inclina de repente, os olhos ferozes, perigosos e em chamas. Posso sentir o calor de sua respiração em minha boca quando ele diz:

— Eu odeio você ainda mais.
— Isso é impossível.

Seu sorriso é uma careta.

— Prometo que não é.

Estou tremendo, percebo vagamente. Os dentes cerrados com o esforço de ficar parada, de não me afastar dele, de me recusar a recuar. Seus olhos parecem me cortar ao meio quando descem, se demorando em minha boca entreaberta. Eles escurecem, ficando tão pretos que não consigo mais distinguir as pupilas das íris.

Por um segundo vergonhoso, acho que ele vai agarrar meu rosto e me beijar, o tipo de beijo que você sente até os dedos dos pés, todo calor, fome e intenções selvagens. E, por uma fração de segundo, preciso que ele o faça, estou *morrendo* de vontade, nem que seja para ter a chance de cravar as unhas na pele dele, para encontrar um ponto de vulnerabilidade em algum lugar de seu corpo.

Mas ele não se mexe. A luz que reflete no lago faz a pele dele ficar mais clara e acentua as linhas cruéis de seu rosto e agora, neste exato momento, não consigo acreditar que um dia achei que ele seria capaz ser delicado. Julius é quem ele sempre foi, quem ele sempre será: egoísta, impiedoso, convencido. Esperar qualquer outra coisa dele é como esperar que flores desabrochem de uma lâmina. É como aceitar o abraço de uma cobra.

— Você é horrível — brado, minha boca a centímetros da dele, nenhum dos dois disposto a recuar. É uma tortura, uma agonia intensa. Parece que estou sendo queimada viva. — Você me enoja. Às vezes, você me *irrita* tanto que eu poderia... — Quero continuar, mas a sensação de queimação se espalha pelos meus olhos, pelo nariz. *Não vou chorar. Não vou ser fraca na frente dele.* Seguro com força a gola da camisa dele, para expressar o sentimento quando me faltam palavras, e o vejo engolir em seco, o nó crescente em sua garganta. *Anda,* eu me encorajo. *Você está na vantagem agora.* Mas tudo o que consigo dizer é: — Você é tão cruel comigo.

É risível. Patético. Parece conversa de crianças no parquinho. Não era o que eu queria dizer, de forma alguma, mas algo nisso me destrói. A raiva desaparece, meu último escudo contra ele caindo, e pressiono os lábios para que não tremam. Pisco sem parar para impedir que as lágrimas caiam.

Sua expressão se transforma em outra coisa de uma só vez. Ele recua, com as sobrancelhas franzidas. Ergue a mão, sem saber onde colocá-la.

— Sadie — diz. Hesitante. Gentil, até. — Eu... eu não queria...

— Comece a remar — digo com firmeza —, é melhor a gente voltar.

Então, abaixo a cabeça para que ele não possa me ver chorar.

Nenhum de nós fala nada no caminho de volta.

Não tem por quê; já falamos demais. No instante em que a canoa se choca contra a margem, eu pulo, mal percebendo quando a água espirra em minhas pernas.

— Acabamos caindo, foi? — brinca Dave, sorrindo, de alguma forma alheio à tensão que está fervendo entre nós. — Não se preocupe. Acontece com frequência...

— Vocês dois precisam se trocar — interrompe a sra. Hedge, parecendo bem menos entretida. Ela até deixou o coquetel não--alcoólico-com-álcool de lado. — Vão tomar banho e vestir roupas quentes. Deus me livre de alguém pegar pneumonia nessa viagem. Podem nos encontrar aqui depois.

— Obrigada, sra. Hedge — digo, grata de verdade pela oportunidade de escapar. Mas quando passo por Abigail, ela me segura pelo pulso e me puxa alguns passos para trás, fora do alcance dos ouvidos dos outros.

— O que aconteceu lá? — sussurra ela. — Você estava chorando? Disse pra ele que gostava dele? O que ele falou?

Quase dou risada.

— Não. Eu disse que o odeio e ele disse que também me odeia. Então pronto.

— O quê? — Ela fica boquiaberta. — Mas eu pensei... Esse não era o plano...

— Era um plano terrível — retruco. — Não sei o que passou na minha cabeça.

— Tá, calma. Calma aí... Só... espera um pouco. — Ela balança a cabeça. — Ainda estou tentando entender como você foi de querer se declarar pra brigar com ele...

— Acho que é difícil deixar velhos hábitos de lado. — Tento fazer com que pareça uma piada, como se já tivesse passado. Mas talvez seja verdade. Talvez, a essa altura, nós dois já estejamos programados para nos odiar. Talvez seja uma parte fundamental de nossa codificação interna e não haja como reprogramá-la sem nos autodestruirmos, colocando fogo em tudo. Talvez seja melhor assim.

— Você está bem? — Ela parece preocupada. — Quer que eu dê um soco nele por você?

— Não, não, estou bem. — Minha boca se estica em um sorriso. — De verdade.

Eu estou bem. Bem de verdade. Estou bem quando vou até um dos banheiros das cabanas e fico sob o jato quente do chuveiro, deixando o calor derreter o gelo dos meus ossos, raspando a lama da minha pele com tanta força que deixa marcas de unhas vermelhas e irritadas. Estou bem quando passo muito xampu no cabelo e fecho os olhos sob a água, como se fosse chuva; quando choro de soluçar na palma da minha mão, sozinha, onde ninguém pode me ouvir. E com certeza estou bem quando me seco com a toalha, visto um cardigã de malha desbotado e uma saia e volto para o lago. Julius Gong morreu para mim, juro em silêncio. Se eu pensar nele de novo... se eu *olhar* para ele, então mereço um tapa na cara.

Eu mereço um tapa na cara.

Em minha defesa, consigo me manter firme durante todo o almoço e depois dele, também. Os professores nos separam em duas equipes para as atividades da tarde, o que significa que não preciso me preocupar em trombar com ele. Somos levados para o outro lado do lago para pescar, observar pássaros e colorir ilustrações das cadeias de montanhas. Tudo corre bem.

Mas mais tarde, todos nos reunimos de volta no ar quente da cabana e diminuímos as luzes, e meu autocontrole se deteriora rapidamente a partir daí.

A tela se desenrola. O projetor se acende. Ao meu redor, as pessoas estão deitadas, confortáveis em almofadas desbotadas, pufes e cobertores de lã rosa. Alguém trouxe um saco de balas de goma, apesar de, em teoria, não termos permissão para comer guloseimas, e os doces são passados discretamente de mão em mão como se fossem drogas.

Abigail guarda um travesseiro para mim, e eu me encosto ao lado dela, deitando a cabeça em seu ombro. É então que noto Julius do outro lado da sala. A linha nítida de seus ombros. O brilho do cabelo. As superfícies frias de seu perfil. Ele também trocou de roupa, trocou a camisa de botão por uma camisa escura com corte em V que expõe suas clavículas.

— O que você tá olhando? — sussurra Abigail. — O filme vai começar.

— Nada — digo depressa, desviando o olhar. *Pare com isso*, digo a mim mesma. *Acho que já ficou bem óbvio que é uma péssima ideia.*

— Não é assustador para seus padrões, eu acho — acrescenta ela. Ela conhece minha tolerância incrivelmente baixa para sangue ou violência. Ela, por outro lado, gosta de dormir assistindo a filmes de terror. Diz que acha a música de suspense relaxante. — Mas, se for o caso, você pode usar meu braço para cobrir o rosto. Só não me belisque com muita força que nem da última vez.

Eu a empurro com o travesseiro.

— Eu já disse que não consegui me controlar...

Ela empurra o travesseiro de volta.

— Nem tinha sangue na cena. Era só um cara chutando a parede...

— De um jeito muito agressivo — rebato.

O filme é algum tipo de romance trágico antigo e Abigail tem razão: não é nada assustador. Acho que há um cachorro na trama. E talvez um barco. Para ser sincera, não estou prestando muita atenção. À medida que as imagens coloridas se movem na tela e a trilha sonora toca, meus olhos são atraídos de volta para Julius. Por instinto. Como sempre.

É mais fácil observá-lo quando ele está olhando para a tela.

Mas não sei dizer se ele está de fato prestando atenção no filme, porque não ri nem suspira quando os outros o fazem. Está só olhando para a frente com uma expressão vazia.

Estudo suas feições com cuidado, faminta, como se estivesse montando um quebra-cabeças. Não consigo me impedir de absorver a visão dele. De odiá-lo e desejá-lo, tudo ao mesmo tempo, um ponto de tensão se infiltrando no outro até que seja impossível separar os dois. O brilho azul do projetor varre as curvas das maçãs do rosto dele e, ainda que eu tenha prometido não fazer isso, sinto uma onda de desejo forte e imprudente. Eu me imagino indo até ele agora, depois dessa manhã horrível, depois de ele ter me feito chorar. Eu me imagino acariciando o cabelo dele, a bochecha, as clavículas, como fazem as sombras, e depois envolvendo o pescoço dele com as mãos.

Sem aviso prévio, ele vira a cabeça um pouco, seus olhos se voltam para os meus como o estalar de um chicote.

Fico vermelha. Desvio o olhar. Mas posso sentir que ele passa o resto do filme me encarando.

É o filme mais longo que já vi.

Capítulo dezenove

O jantar é uma combinação de marshmallows assados, espetinhos de frango e salada de batata cremosa.

Está com uma cara tão boa que, apesar de eu não estar com fome, me junto à turma em volta da fogueira, enchendo meu prato de papel com o máximo de comida que consigo colocar. Então, coloco meu cardigã em cima do tronco e me sento nele, inalando a fumaça doce e o aroma do lago próximo, contente em mastigar, esticar as pernas e lamber o açúcar derretido do garfo.

Os professores também deveriam comer com a gente do lado de fora, mas a sra. Hedge é a única dos três a aparecer. Assim que se senta, ela franze o rosto, a pele em um tom preocupante de verde, e então sai correndo na direção das cabanas, cobrindo a boca com a mão.

— O que está acontecendo com ela? — pergunta Ray.

— Deve ter sido o salmão cru de mais cedo — diz Georgina, com a autoridade firme de alguém que já sofreu intoxicação alimentar várias vezes no passado. — Quando estava vindo, vi que os outros professores também pareciam que iam morrer.

Murmúrios empáticos percorrem o círculo apertado, mas ninguém se move para checar os professores. Em vez disso, todos relaxam na ausência de qualquer autoridade adulta. O ar parece se iluminar, as conversas ao meu redor aumentam de volume, as piadas sussurradas e as risadas abafadas se transformam em gargalhadas de corpo inteiro. Parece menos com um retiro escolar e mais com uma grande festa, só que, ao contrário da festa em minha casa, nessa eu quase consigo me divertir. Comer os marshmallows derretidos e ver o sol começar a deslizar pelo horizonte, dando um brilho rosa ao céu.

— Sabe o que o momento pede? — fala Rosie.

— A brincadeira de girar a garrafa? — responde Ray na mesma hora.

Deixo o garfo cair. *Não*. *Nem pensar*. Acho que vou morrer se tiver que beijar o Julius de novo, e vou morrer se o vir beijar outra pessoa.

— Que tal histórias de terror? — sugiro, com a empolgação mais falsa que já tive em toda minha vida.

Honestamente, eu esperava que Rosie rejeitasse minha ideia na mesma hora e a chamasse de infantil, mas ela delibera por um segundo e depois concorda.

— Claro — diz ela, cruzando os tornozelos com elegância, como se o tronco fosse um trono. — Você conhece alguma?

— Ah... acho que sim. — Eu me endireito, tentando inventar algo na hora. — Tudo bem, tudo bem, tem uma: era uma vez uma garota chamada... hum, Skye. Ela era muito inteligente e muito organizada. Tinha o hábito de guardar todas as suas anotações de dever de casa, certificados e arquivos importantes em um compartimento especial dentro de seu armário. Então, um dia... ela descobriu que seu armário estava vazio.

A intenção é provocar suspiros de choque e horror, mas tudo o que recebo são olhares vazios e perplexos.

— Desculpa, era pra isso ser assustador? — Alguém pergunta, afinal.

— Os certificados dela *sumiram* — enfatizo, franzindo a testa. — Seus registros de conquistas *sumiram*. Talvez ela tenha que refazer *todo o dever de casa*.

— Certo, temos alguma história não relacionada a lição de casa? — pergunta outra pessoa.

Tudo o que eu não te disse 243

— Eu tenho uma história de fantasma — oferece Julius, e todas as cabeças se voltam para ele. Ele abaixa a voz para que seja quase inaudível por causa do chiado seco e do crepitar da fogueira. — Uma história de fantasma *verdadeira*... Na verdade, ela se passa bem na floresta, não muito longe daqui.

— Claro que sim — murmuro.

Mas todos já estão ouvindo com atenção, concentrados em cada palavra dele.

— Havia uma casa nessa floresta — começa, absorvendo a atenção — um jovem casal e seus dois filhos: um menino chamado Jack e uma menina chamada Scarlett. O menino era saudável e sempre feliz; todos que o viam o adoravam. Mas Scarlett nasceu... *estranha*. — Ele arrasta a palavra em um sussurro. — Quando ela era um bebê, seu pai dizia que seus olhos ficavam vermelhos. Era rápido, tão rápido que poderia ser uma ilusão de ótica causada pela luz, mas acontecia vezes demais para que fosse uma coincidência. Ele até a levou ao médico uma vez, perguntando-se se era algum tipo de doença rara, mas o médico disse que não havia nada de errado. Nada que pudesse ser encontrado, pelo menos.

Na outra extremidade do círculo, uma das meninas se arrepia e enrola o cobertor de lã com mais força em volta dos ombros.

— Tinham outras coisas, também — continua Julius. — Tipo, às vezes, quando ela corria, a sombra dela desaparecia. Ou ela fazia birra e, uma hora depois, um pássaro caía morto do lado de fora do quintal. Ou brigava com o irmão mais novo, e ele acordava no meio da noite dizendo que alguém o estava enforcando. Com o tempo, os pais começaram a suspeitar que ela era amaldiçoada. Talvez um demônio encarnado, ou um monstro.

É uma história boba. Típica. Com certeza não é melhor do que *a minha*, que é bastante realista. Mas na escuridão que cai, sob a luz carmesim do fogo, não consigo evitar o medo que sinto em minhas entranhas.

Julius percebe meu olhar do outro lado do círculo e um lado de sua boca se ergue, como se pudesse ler minha mente.

— No aniversário de treze anos de Scarlett, houve uma tempestade repentina e terrível. Era como se o mar estivesse caindo do céu. A casa inteira foi inundada. Os pais nem tiveram tempo de fazer as malas; pegaram o que puderam e fugiram durante a noite. Mas, por acidente ou não, eles se esqueceram de Scarlett. Quando voltaram, quase tudo estava destruído. A madeira estava toda apodrecida, os móveis em pedaços, as janelas quebradas. Eles olharam ao redor e não conseguiram encontrar nenhum sinal de Scarlett. Não havia nenhum corpo. Nem mesmo as roupas ou brinquedos antigos dela. Era como se ela nunca tivesse existido.

Ele faz uma pausa para criar um efeito dramático. No mesmo instante, o vento sopra mais forte por entre as árvores, e mais de uma pessoa olha assustada ao redor. O céu não está mais rosa, mas cinza, com nuvens se formando ao longe.

— Eles eram muito apegados à floresta, por isso reconstruíram a casa no mesmo lugar — acrescenta Julius. — Mas a cada vez que chovia, eles ouviam... um choro. Parecia uma criança. Parecia Scarlett. Eles tentaram segui-lo, mas parecia estar vindo de *dentro* da casa, dentro das próprias paredes. Um ano depois, veio outra tempestade. Muito mais branda do que a primeira. Quase todo mundo sobreviveu a ela; o nível da água nem sequer subiu acima do joelho. Só que a família de Scarlett foi encontrada afogada na sala de estar na manhã seguinte, todos deitados de bruços.

— E depois? — sussurra alguém.

— É isso — diz ele baixinho. — Todos morreram.

Um silêncio pesado segue o rastro de suas palavras.

Então, em algum lugar ao longe, uma porta bate, e Ray solta um grito tão agudo que, por um instante, me pergunto se uma galinha fugiu.

Mas o feitiço foi quebrado. Todos estão ocupados demais rindo do Ray para se deterem aos detalhes.

À medida que a fogueira queima, as pessoas se dividem em conversas particulares, os amigos se amontoando no tronco. Estou limpando meu prato quando sinto um peso ao meu lado. Rosie.

Enrijeço no mesmo instante.

— Calma, Sadie, não vim arrancar sua cabeça — declara ela ao ver minha reação. Está sorrindo, o que por si só é alarmante. — Só queria conversar.

— Sobre o quê? — pergunto.

— Andei pensando no e-mail que você me mandou, e quer saber? Fiquei puta da vida, tipo *muito* puta da vida. — Ela joga o cabelo por cima do ombro. — Sendo bem sincera, quando li pela primeira vez, queria dar um tapa na cara de alguém.

Eu me afasto, saindo do alcance de um possível tapa.

— Mas eu meio que mereci. Eu *copiei* seu projeto de ciências — confessa ela. — Não era minha intenção. Não sei no que estava pensando. Ou melhor, acho que... Todo mundo sabe que sou linda, certo? Às vezes, quando estou passando em frente a um espelho, tenho de parar por alguns segundos porque não consigo acreditar no quanto estou deslumbrante. Tipo, puta merda.

Eu não faço a mínima ideia de qual o rumo dessa conversa.

— Tenho orgulho disso — acrescenta ela. — É preciso muito trabalho para ter uma aparência tão boa o tempo todo. Mas eu estava... curiosa. Queria saber como era tirar boas notas e receber elogios pela inteligência. Como era ser você.

Essa talvez seja a declaração mais bizarra que já ouvi. Ainda mais chocante do que a previsão de Abigail sobre Rosie dedicar o resto de sua vida a ser freira.

— Eu estava planejando pedir desculpas — continua ela, cruzando as pernas —, mas sinto que estaríamos andando em círculos com nossas desculpas. Eu sinto muito por ter copiado seu projeto. Você sente muito por ter escrito aquele e-mail. Eu

sinto muito por ter surtado pra cima de você na frente de todo mundo. Então, acho que o que estou tentando dizer é... obrigada. Por ser tão compreensiva e por toda a ajuda no geral. — Ela dá uma risada discreta. — Um fato curioso é que só quando fiz questão de ignorar você que me dei conta de quantas vezes recorria à sua ajuda com as anotações e outras coisas. Você não precisava me ajudar, mas ajudava.
Demoro um minuto para me lembrar de como falar.
— Hum. De... nada?
Ela ri de novo.
— Então tudo bem entre a gente?
— Sim. Sim. Muito bem — respondo, ainda atônita.
— Vou sentir sua falta quando a gente se formar, sabe — acrescenta ela. — Não consigo acreditar que tudo isso vai acabar em breve.
— É — repito baixinho, olhando em volta da fogueira, para todos os rostos familiares e risonhos. — Eu também não consigo acreditar.

— Ela falou isso, de verdade?
— Eu sei — digo a Abigail naquela noite, deitando-me na cama. Tivemos a sorte de ficar em um dos quartos menores da cabana, feito para abrigar duas pessoas. Algumas das meninas tiveram que dividir quarto com três ou quatro pessoas.
— Eu tinha tanta certeza de que ela nunca me perdoaria pelos e-mails, que passaria o resto da vida me odiando. Que o dano seria irreversível. Fiquei literalmente doente do estômago por semanas, *meses*, pensando nisso, e agora... Graças a Deus. — Dou risada, balançando a cabeça.
Ela se vira para mim da cômoda, com um sorriso estranho nos lábios.
— Os e-mails foram... tão ruins assim? Quer dizer... te afetaram tanto assim?

— *Tão ruins?* — Eu bufo. — Eles foram catastróficos.

— Entendi. — Seu sorriso oscila. — Eu não tinha me dando conta... Eu sabia que você estava envergonhada, de fato, mas você nunca falou muito a respeito.

É verdade, eu acho. Eu *de fato* não falei com ninguém a respeito deles. Nem com minha mãe, porque não queria que ela se preocupasse. Nem com Max, porque achava que ele não entenderia. E nem com Abigail, porque não queria que sentisse pena de mim. Mas talvez já seja um hábito meu, a essa altura.

No verão em que eu tinha onze anos, viajamos para a China para uma grande reunião de família e, enquanto todos contavam histórias, riam e bebiam no brilho avermelhado do restaurante, uma espinha de peixe ficou presa na minha garganta. Em vez de fazer uma tempestade em copo d'água e tentar expeli-la na frente de trinta e seis pessoas com as quais eu tinha um parentesco direto ou indireto, optei por engoli-la, absorvendo a dor em silêncio enquanto a espinha descia, me arranhando por dentro e eu continuava ali, sentada, sorrindo. Ninguém poderia imaginar que tinha algo de errado.

Só muitos anos depois, quando o evento já havia passado há muito tempo, é que pensei em contar para minha mãe como piada. Ela ficou horrorizada. *Você poderia ter morrido engasgada*, ela me repreendeu. *Devia ter dito alguma coisa.*

Mas você estava conversando com o laolao, respondi. *Tive medo de incomodar.*

Ela ficou em silêncio por um longo tempo. Quando por fim expirou, seus olhos estavam tão tristes e pesados que me arrependi de ter tocado no assunto. *Por que você é assim?*, ela ficou perguntando, até o ponto de eu não saber se ela estava dirigindo a pergunta a mim ou a si mesma. *Quando foi que você ficou assim?*

— Sadie — diz Abigail, me trazendo de volta para a cabana, para o presente. — Tem uma... tem uma coisa que tenho guardado para mim. Não era minha intenção, eu juro... sei que deveria ter dito isso bem antes, mas...

Eu fico tensa, os batimentos acelerando no mesmo instante.

— Qual é o problema?

Ela torce as mãos. Dá um passo à frente e depois para a alguns metros de mim. Abigail Ong nunca fica nervosa, nem antes de fazer uma apresentação em sala de aula, nem antes de um encontro, nem antes de uma prova importante. Mas está nervosa neste momento, olhando para as nuvens escuras que se aproximam pela janela e depois de volta para mim.

— Os e-mails — diz ela. Isso é tudo o que ela diz a princípio.

Eu pisco para ela, sem entender.

— Fui eu que mandei.

Não consigo processar as palavras. Há um leve zumbido em meus ouvidos, todos os sons estão distorcidos, silenciados. Sinto que estou me afastando do meu corpo, como naquelas cenas de filmes em que a câmera se afasta da pessoa, subindo para os céus.

— Não foi de propósito — acrescenta ela, falando com pressa, como se tivesse medo de que eu não lhe desse a chance de continuar. — Pelo menos não todos. Eu só estava... eu li o rascunho que você escreveu para o Julius, e sabia que ele estava incomodando você há muito tempo, e naquele momento eu pensei... Não sei, eu estava cansada de ver as pessoas pisando em você. Foi só um e-mail, *era para ser* só um e-mail. Mas você tinha centenas de abas abertas, e seu laptop estava lento, e quando eu cliquei em enviar, nada aconteceu, então eu meio que... continuei clicando e tentando enviar, e de repente *todos* os seus rascunhos estavam sendo enviados e eu não conseguia desfazer...

Fiquei parada no lugar, enraizada em meu choque.

— Calma aí — digo em voz baixa. Aperto minhas têmporas. — Você enviou os e-mails? *Quando?* Não, calma... — Tudo volta à minha mente, os detalhes mais nítidos, as lembranças diferentes sob essa nova luz. De quando eu saí correndo da sala de aula e voltei reparando que meu laptop havia sido movido.

— Ai, meu Deus — exclamo. Parte de mim ainda se recusa a

acreditar. Espera que ela me diga que está brincando, que está inventando.

— Eu não deveria ter agido pelas suas costas — sussurra ela, com o rosto pálido. — Eu sei. Sinto muito... sinto muito mesmo. Assumo toda a responsabilidade. Vou... vou escrever uma explicação para cada pessoa que recebeu um e-mail seu. Faço qualquer coisa. Mas... por favor, não fique brava comigo.

— Não consigo entender — digo devagar, mesmo com meu coração batendo a uma velocidade vertiginosa, doendo a cada vez que bate. — Por que você não disse nada antes?

— Eu tentei, juro. — Ela ergue a mão como se estivesse fazendo um juramento. — Mas nunca parecia ser a hora certa e, bom, eu estava convencida de que tinha feito a coisa certa a longo prazo. Durante toda minha vida, acreditei que sabia o que era melhor, mas quando aconteceu o que aconteceu com o Liam... Parei pra pensar que talvez meus instintos possam não ser tão confiáveis quanto eu achava. — Ela para de falar. Engole em seco. Os olhos fixos no chão.

E mesmo com todo o meu choque e fúria, ainda sinto um espasmo de empatia no fundo do meu esterno.

— Além do mais, por um tempo — acrescenta ela —, parecia que tudo se resolveria por conta própria. As pessoas começaram a tratar você de outro jeito, a te usar menos. E você e Julius ficaram mais próximos...

O som do nome dele me atinge como um chicote.

— É exatamente por causa dele que aqueles e-mails nunca deveriam ter sido enviados.

Estou tremendo agora. Parece que estou *sendo* sacudida, como se houvesse uma força invisível e avassaladora agarrando meus ossos, nervos e músculos e sacudindo tudo fora do lugar. Meus dentes batem, meus dedos tremem. Tudo isso é tão bizarro que não sei o que fazer, se devo ficar de pé ou me sentar, sair do quarto ou gritar até ficar sem voz. Abigail e eu nunca brigamos. Ela é muito tranquila em relação a tudo, e eu tenho muito medo de confronto. A discussão mais acalorada que já tivemos até hoje foi sobre se as batatas deveriam ou não ser consideradas vegetais.

— Se ele nunca tivesse lido, não teríamos sido forçados a fazer todas aquelas tarefas ridículas e a passar tanto tempo juntos, e eu não teria sido obrigada a dar aquela festa, e não teria começado a gostar dele. E agora eu gosto, Deus me ajude, e me sinto... eu me sinto... parece que... — Eu me atrapalho para encontrar as palavras certas, a maneira mais sofisticada de expressar a dor em meu peito. — É uma *merda*.

— Ei, uau. — Por um segundo, Abigail parece esquecer que estamos brigando. Ela está boquiaberta. — Pensei que você tinha uma regra bastante rígida contra palavrões...

— É horrível — continuo, furiosa. — É revoltante o quanto eu gosto dele. Ainda gosto. Eu não deveria querer isso. Não deveria gostar dele.

Seu queixo cai ainda mais, o olhar se fixando em algo atrás de mim.

— Hum, Sadie...

Mas estou com raiva demais para parar.

— De todas as pessoas nesta escola, de alguma forma, *tem* que ser a única pessoa que me ligou só para me provocar quando eu estava com febre e faltei ao treino...

— Sadie — diz Abigail de novo, mais alto.

— É como se eu tivesse sido envenenada — continuo, as palmas das mãos pinicando. — É como uma doença e, de alguma forma, a causa e a cura são ele. Eu odeio tanto me sentir assim, mas não consigo nem mesmo controlar meu cérebro...

— Sadie.

Eu congelo. Porque, desta vez, não foi Abigail quem disse. É uma voz masculina baixa, vinda de trás de mim.

Toda a minha vida parece se desintegrar diante dos meus olhos quando me viro, e rezo para que não seja ele, não pode ser ele, *por favor*, que seja qualquer um, menos Julius...

— Desculpa interromper — diz ele. Está na porta do quarto segurando meu cardigã e não consigo ler nenhuma das emoções em seu rosto enquanto me encara. — Você esqueceu isso perto da fogueira...

É um pouco difícil ouvi-lo, por causa do som da minha dignidade se estilhaçando em mil pedaços. Considero descartar tudo como uma piada, ou talvez uma encenação de uma peça muito dramática sobre o feminismo moderno, mas posso dizer pela expressão dele, pelo silêncio terrível e sufocante na sala, que o estrago já foi feito.

Não tem como voltar atrás agora.

— Obrigada — consigo dizer, o que é um milagre por si só. Não olho para ele enquanto pego o cardigã, minha pele fervendo.

— Não tem de quê — diz ele, com a mesma educação.

Acho que nunca fomos tão educados um com o outro.

E então... ninguém fala.

Estou encarando uma fissura na parede e, na minha visão periférica, Abigail está encarando as nuvens do lado de fora da janela, e Julius ainda está encarando o lado do meu rosto. É excruciante.

— Bem, muito obrigada pela visita — digo encarando os sapatos de Julius quando não consigo mais suportar. — Isso foi muito divertido. Se era só isso, então, por favor, fique à vontade para sair quando quiser...

— Não — responde ele depressa.

Minha cabeça se ergue contra a minha vontade. Era a isso que me referia quando falei sobre parecer uma doença, porque somente alguém muito doente ouviria essa única palavra e se perguntaria: *Não*, o quê? Não, tem mais? Não, ele não quer ir embora? Não, ele não gosta de mim?

Mas, antes que ele possa elaborar, um trovão ensurdecedor assusta a todos nós, tão alto que faz o chão tremer. Olho para fora bem a tempo de ver os céus se abrirem, com a água caindo para inundar a terra. É quase de tirar o fôlego ver a chuva cair, as gotas perfurando a superfície do lago como centenas de pequenas facas. Em segundos, a calçada escureceu e ficou preta, a grama selvagem submergiu sob poças que enchiam depressa.

Então, de dentro de uma cabana, alguém começa a gritar.

Capítulo vinte

Ray está tremendo.
    Na verdade, está gemendo. Ele está parado no meio do corredor com um pijama de bolinhas e agarrando um dos braços. Parece tão alarmado, tão horrorizado, que minha primeira reação é procurar por sangue. Suas roupas estão úmidas e grudadas na pele, mas não há nenhum traço de vermelho. É só água.
    — *Tem uma goteira no telhado* — arfa ele. — Eu estava fazendo minha rotina de cuidados com a pele e senti um respingo de água gelada no *braço*.
    — Desde quando você tem uma rotina de cuidados com a pele? — resmunga Jonathan Sok atrás de mim.
    Não é de surpreender que seus gritos tenham tirado todos de seus quartos; uma rápida olhada ao redor e fica evidente que metade dos meus colegas de classe também está de pijama. Georgina até parece ter saído correndo do chuveiro. Ainda há bolhas de xampu nos cabelos dela.
    Ray estreita os olhos.
    — E qual é o problema? Você só está com inveja por não ter uma pele linda e brilhante como a minha.
    — Ei — protesta Jonathan. — Minha pele já é muito brilhante...
    — Sim, bem...
    Mas a voz de Ray é abafada pela chuva violenta que cai lá fora. Em segundos, a água começa a escorrer pelo teto e a se acumular no chão.

— *Está vendo?* — grita Ray, recuando. — Está por toda parte.

—Ah, perfeito! Era disso que eu precisava. — Georgina dá um passo à frente até que seu cabelo lavado com xampu esteja posicionado bem embaixo de uma das quedas d'água. — Isso é o que eu chamo de saber se aproveitar de uma situação.

É preciso admirar a forma como ela vive a vida.

— O que vamos fazer? — Alguém pergunta.

Mais vozes se juntam, todas elas falando umas por cima das outras, por cima da chuva torrencial:

— Minhas roupas vão ficar molhadas. Este blazer só pode ser lavado a seco...

— A água está congelante...

— Não consigo dormir assim...

— Alguém me leve para casa *agora mesmo*...

— Onde estão os professores quando se precisa deles?

— Ouvi dizer que todos estão com intoxicação alimentar...

— É bem assim que todos os filmes de terror começam...

Há uma dor crescendo na parte de trás do meu crânio. Quero me juntar a eles. Quero gritar, reclamar e esperar que outra pessoa dê um jeito nessa confusão. Mas a água está se espalhando depressa e sei que logo vai começar a ir tudo por água abaixo se não fizermos algo depressa. Houve uma tempestade como essa há alguns anos e nossa padaria quase não sobreviveu.

Eu me forço a cerrar os dedos e abri-los de novo. Respiro fundo.

Um.

Dois.

Três.

— Alguém vá chamar o Dave — falo, minha voz ressoando na sala. Todos ficam quietos. — Alguém sabe onde ele está?

— Eu, uh, acho que ele está dormindo — afirma uma voz.

— Tenho quase certeza de que o ouvi roncando quando vim para cá.

— Vá acordá-lo — instruo. — Deve haver esfregões no armário de limpeza, mas só ele tem as chaves. Enquanto isso, todos vão pegar baldes ou potes na cozinha, ou qualquer coisa que possam encontrar para coletar a água...

Uma bufada audível interrompe minha frase.

Eu me viro e meu estômago dá um nó. Danny está no canto de trás, com os braços cruzados. Posso ver aquelas palavras horríveis de novo, como se estivessem escritas em vermelho vivo: *Sadie Wen é uma vadia*.

— É sério isso? — pergunta. — Até quando estamos longe da escola, você quer dar ordens?

Sinto meu corpo gelar.

— Eu não estou...

— O quê? Só porque você é a capitã? Ou porque é uma boa aluna, ou coisa do tipo? — Ele revira os olhos. — Você se acha *muito* importante, mas, pra falar a verdade, estamos todos cansados de você, Sadie. Não temos que fazer nada do que você diz.

Posso ouvir meu coração batendo forte, detonando dentro do meu peito. Não me surpreenderia se todos nesta sala pudessem ouvi-lo também.

— Agora não é a hora, *de verdade* — consigo dizer. — Sei que você me odeia e não tem problema nisso, mas a cabana está literalmente vazando enquanto conversamos...

— Não mude de assunto.

— É você quem está mudando de assunto — retruco, incrédula. — Só estou dizendo que há uma questão muito mais urgente em pauta. Se você tiver uma solução, ficarei feliz em ouvir, mas se não tiver, você poderia pelo menos cooperar...

— Pare de agir como se fosse melhor do que a gente — responde Danny. — Você é do tipo de pessoa que escreve e-mails de *shade* pelas costas dos outros.

— E você é do tipo que escreve *Sadie Wen é uma vadia* em um galpão de bicicletas — disparo de volta.

Todos arfam ao mesmo tempo.

— Caramba — alguém murmura.

Não consigo nem acreditar nas palavras que saem de minha boca, mas é uma sensação boa. Estou tão cansado de me fazer de boazinha, de sorrir quando as pessoas passam por cima de mim. Me dou conta de que, se você não falar quando estiver magoada, as pessoas vão confundir sua tolerância com permissão. E elas vão machucá-la de novo e de novo.

— Sim, eu sei que foi você — digo com frieza, cruzando os braços.

Danny me encara.

— Você sabe? Então foi *você* que mandou o Julius me dar um soco?

A sala inteira parece parar. O mundo se congela em seu eixo. Agora é minha vez de ficar atônita.

— O Julius deu um soco em você?

— O Julius deu um soco nele? — sussurra alguém ao fundo.

— Mas eu pensei que ele e Sadie se odiavam.

— Mas eles se beijaram — diz alguém. — Naquela festa, lembra?

— Espera, o Julius e a Sadie *se beijaram*? — pergunta alguém. — Por que eu nunca fico sabendo de fofoca nenhuma? Como é que eu perdi isso?

— Sim, bem, visto que ela mandou aqueles e-mails todos para ele...

— Tecnicamente, foi a Abigail que mandou.

— A Abigail mandou? A melhor amiga da Sadie, Abigail?

— Foi mal, eu estava passando pelo quarto delas e meio que ouvi um pouco da conversa... Mas saí assim que o Julius apareceu no quarto. Então, acho que ele gosta dela.

— Quarto de quem?

— O quarto da Abigail.

— Espera, o Julius gosta da Abigail?

Tudo o que eu não te disse 257

— Não, o Julius gosta da Sadie. Estão dividindo o mesmo quarto.

— Ele e a Sadie?

— *Não*... meu Deus, é por isso que você não fica sabendo de fofoca nenhuma.

Estou respirando fundo para engolir no nó no peito e examinando a sala, mas não consigo encontrar Julius em lugar algum. Não faço ideia de onde ele está, ou do que isso significa, ou de por que estou fazendo exatamente o que acusei Danny de fazer antes: ignorar o assunto mais importante em pauta. É tão bizarro como nosso cérebro funciona, como nossas prioridades são organizadas por emoções, em vez de importância prática. Esta cabana poderia ser inundada em breve, e ainda assim estaríamos em pé, fofocando, concentrados demais em queixas, rancores e paixões para notar o céu caindo.

— Parem. Parem com isso — digo para ninguém em particular. — *Chega*. Se você discorda de mim, não tem muito que eu possa fazer. Mas se concorda, então, por favor, me ouça.

Não crio nenhuma expectativa.

Por um longo tempo, parece que tenho razão em não criar. Nada acontece. Ninguém se mexe.

Mas então Rosie assente e dá o maior dos sorrisos.

— Tá, entendi. Vou atrás dos baldes.

É como se fosse mágica. Pela primeira vez, acho que consigo entender o termo *influenciador*. Porque com algumas palavras simples, todo mundo foi influenciado. As amigas dela entram em ação na mesma hora e alguém pega uma fita adesiva para estancar os pequenos vazamentos. A água já vazou pela maior parte do cômodo, mas conseguimos impedir que ela escorra para o corredor.

Quando penso que o pior já passou, a lâmpada acima de mim pisca de repente. Há um zumbido alto, como o de um inseto preso em uma armadilha.

E a energia acaba.

***

O corredor está um breu. Eu me movo devagar pela escuridão, longe dos outros, sentindo o gesso duro e frio das paredes como apoio. Lá fora, a chuva cai mais forte do que nunca. A água bate contra o telhado e se agita nos canos velhos. O vento grita entre as árvores e soa assustadoramente como o lamento de uma criança. A pele nua de meus braços fica arrepiada. Tenho plena consciência de cada assobio que passa pelas rachaduras na janela, de cada tremor nas tábuas do assoalho. Engulo em seco e esfrego as mãos para aquecê-las, mas o vento volta a soprar, mais alto. Sinto um arrepio na nuca.

Pare com isso, ordeno a mim mesma, amaldiçoando Julius por contar aquela história horrível. *É uma história inventada. Ele gosta de assustar as pessoas.*

Dou outro passo cuidadoso para frente...

E uma mão fria envolve meu pulso.

Dou um grito rouco. Perco a razão, meu instinto de lutar ou fugir vindo à tona. Como não tenho para onde fugir, só me resta lutar. Eu me sacudo para trás, me contorço, dou socos e chutes como um animal selvagem encurralado. *Meu Deus,* penso, histérica, quando meu punho se choca com algo duro. *Estou prestes a ser assassinada por uma garota fantasma em uma cabana no meio do nada. A escola nem sequer vai se responsabilizar porque nos eles nos fizeram assinar aquela declaração...*

— Sadie. Pare com isso... Ai, pare...

Não parece ser uma garota fantasma em busca de vingança. Percebo um pouco tarde demais porque a voz me soa familiar. *Julius.* Mas meu corpo não entende, ainda que a mente já tenha compreendido. Continuo me debatendo, batendo os punhos. Então, os longos dedos ao redor do meu pulso me apertam mais

forte. Ele agarra meu outro pulso. Segura os dois com uma mão e os prende à parede atrás de mim, bem acima da minha cabeça.
— Fique. Quieta.

Paro de me mexer, mas meu coração continua batendo tão forte que posso ouvir o sangue correndo em minhas veias. Por mais de um motivo. Porque logo meus olhos se ajustaram o suficiente para ver o rosto de Julius, a poucos centímetros do meu. Ele está respirando com dificuldade, os músculos de seus braços estão tensos pelo esforço de me manter no lugar. Um passo mais perto e nossas bocas se encontrariam.

Tudo invade meu cérebro de uma só vez. A expressão em seu rosto quando ele estava na porta do meu quarto. A ideia de que ele havia dado um soco no Danny por mim. O fato de ele ter me ouvido dizer explicitamente que gosto tanto dele que parece uma doença...

Cale a boca, digo ao meu cérebro.

— Por que você apareceu assim de repente? — Não sei por que estou sussurrando. — Pensei que fosse a Scar... — Paro de falar, mas ele já entendeu.

— Scarlett? — Seu sorriso é nítido na escuridão, como o brilho de uma faca. — Fico lisonjeado que tenha achado minhas habilidades de contador de histórias tão convincentes. Se estiver com medo, pode me dizer.

— Não estou com medo. — Estou. Apavorada, sem fôlego. Aterrorizada. Mas não posso admitir que é dele que estou com medo agora. De ficar sozinha com ele. De estar nessa posição. Tento me soltar, mas seu aperto não diminui.

— Prometa que não vai me bater de novo — diz ele.

— Julius... Meu Deus, me solta...

— Prometa — insiste ele, a voz firme perto do meu ouvido, o calor de sua respiração espalhando pela minha pele. Meu corpo todo se arrepia.

Consigo assentir, e ele me solta no mesmo instante, mas não se afasta.

— Eu queria falar com você — diz ele.
Meus batimentos aceleram. *Esperança.* Uma esperança tola e irracional se enraíza dentro de mim. Mas eu a ignoro, porque essa conversa pode tomar muitos rumos diferentes. Ele pode querer falar comigo sobre a prova de matemática da próxima semana. Sobre os padrões climáticos. Sobre como a Rosie é bonita. Sobre como os acabaram os baldes. Se não for o que eu quero tão desesperadamente que seja, pelo menos posso me poupar do constrangimento de antecipar qualquer coisa.

— Por quê?

Ele dá risada.

— Você é inteligente demais para fingir ser sonsa. Você sabe por quê. Nós dois sabemos.

— O quê, vai me acusar de ter pena de você? De ser boazinha demais? — pergunto. É um desafio. É isso que fazemos, percebo. Andamos em círculos. Jogamos enigmas um para o outro, pistas confusas, respostas pela metade. Tudo e mais um pouco, menos a verdade.

— Não... Não, me desculpe por isso — diz ele depressa. Engole em seco. Ele nunca pareceu tão nervoso, tão inseguro, e sinto minha raiva se esvair. — Não quis dizer aquelas coisas. Não deveria ter presumido... Só tinham duas explicações possíveis para a forma como você estava agindo e a outra parecia muito improvável. E eu estava... com medo.

— Medo? — A última gota de minha frustração se dissipa como fumaça no vento. É quase engraçado; ninguém mais me enfurece como ele, mas ninguém mais torna tão difícil ficar brava. — Do quê?

— De perder — sussurra ele.

Eu o encaro.

— Você precisa entender... Se soubesse o efeito que tem em mim, a frequência com que penso em você, as coisas que eu faria por você... Eu não teria nenhuma chance contra você, nunca mais. Você teria tirado tudo de mim — diz ele depressa, como se as palavras o estivessem queimando por dentro, como se ele precisasse falar antes que a dor se tornasse avassaladora.

— Não só um campeonato de debate, ou alguns pontos em uma prova, ou um prêmio chique, ou uma vaga em uma competição, mas meu coração. Meu orgulho. Meu Deus, minha *sanidade*. Estaria tudo acabado. Você me aniquilaria.

Eu continuo encarando-o. Tenho medo de piscar, de respirar, com medo de destruir qualquer fantasia selvagem ou sonho lúcido que esteja acontecendo.

Não é possível que ele esteja dizendo essas coisas para mim. *Sobre mim*.

— Quer dizer, não aconteceu nada entre a gente — acrescenta ele com a voz rouca —, e mesmo assim, já é difícil me concentrar quando você está por perto. Meu irmão estava certo, de certa forma, sobre você ser uma distração, mas você é muito mais do que isso. Não consigo fingir que me importo com as coisas que antes me interessavam. Não consigo dormir. Repasso na minha cabeça todas as vezes que você já olhou pra mim. Leio seus e-mails várias vezes até que eles fiquem gravados em minha memória. Você fez isso comigo — diz ele, agora com um tom áspero e amargo em sua voz, quase uma acusação.

Meus joelhos falham. É demais para absorver. Sinto-me deslizar contra a parede e afundar no chão.

— Você tinha que escrever aqueles e-mails horríveis — continua, abaixando-se ao meu lado. Só que está ajoelhado, e ainda está perto demais. Estou convencida de que pode ouvir meu coração acelerado. — Você tinha que me beijar, depois me chutar, depois encher minha cabeça com sua voz. Você deixou claro, tão, tão claro o quanto me odeia. Que eu sou a última pessoa no mundo em quem você prestaria atenção. Mas eu continuei procurando sinais que sugerissem o contrário. Fiquei me perguntando se era possível. Porque estou disposto a perder tudo — diz ele, com os olhos mais negros do que a escuridão ao redor, do que o céu lá fora — desde que eu não perca você.

Estou atônita.

Não pode ser uma fantasia, tenho certeza disso agora. Minha imaginação não seria capaz de conjurar algo assim.

— É lógico que, se você não quiser — conclui ele no silêncio, desviando o olhar —, eu posso aceitar. Não vou tocar no assunto de novo. Eu sei que não sou... Eu sei como sou. Que sou irritante. E egoísta. E cruel. Sei que não sou perfeito como meu irmão é e sempre consigo decepcionar meus pais. Não tem problema se você não me escolher. Na verdade, eu nunca esperei ser a primeira escolha. Não culparia você...

— Eu escolho você.

A princípio, ele não parece me ouvir. Ainda está falando, divagando, na verdade, as palavras fluindo como água da chuva.

— Nem sempre consigo dizer coisas bonitas e, às vezes, provoco você quando, na verdade, tudo o que quero é que olhe pra mim e... Calma aí. — Ele para. Até sua respiração congela na garganta. — O que... você acabou de dizer? Repete.

— Eu escolho você — digo em voz baixa, feliz pelas sombras que escondem minhas bochechas coradas. Pelo apoio da parede atrás de mim. — Você sempre será minha primeira escolha, Julius Gong.

— Mesmo?

— Mesmo.

Ele arregala os olhos e se inclina, com os lábios entreabertos, os dedos tremendo como asas de mariposa sobre minhas bochechas. Está óbvio o que ele quer, e eu quase permito. Mas não vou facilitar *tanto* as coisas.

Viro a cabeça para o outro lado.

— Se bem me lembro, você disse que preferia morrer do que me beijar de novo.

Ele dá um gemido suave, meio abafado, e o som atravessa minha corrente sanguínea. Faz meus batimentos acelerarem.

— Meu Deus, você é rancorosa demais.

— Foi você quem disse isso, não eu — retruco, recusando-me a ceder.

— Você está me matando — murmura ele contra o meu pescoço. A boca dele roça minha pele, a outra mão deslizando para cima, emaranhando-se no meu cabelo, as unhas raspando de leve meu couro cabeludo. Apesar de toda minha força, sinto minha determinação ceder. — Será que não basta?

— Não. — Tento ignorar tudo. O calor em minhas veias. O cheiro fresco dele, de hortelã-pimenta e de chuva. Pela primeira vez, eu tenho o poder em mãos e seria tolice abrir mão dele sem lutar... por mais que eu queira muito que ele me beije.

— Tudo bem, então. — Sua respiração aquece a concha da minha orelha. Faz cócegas em minha bochecha. — Por favor.

Posso sentir meu coração disparar.

— O quê?

— Por favor, Sadie. Estou implorando.

Um sorriso triunfante se espalha em meu rosto.

— Tudo bem. Suponho que, nesse caso...

Ele nem sequer me dá a chance de terminar a frase. Sua boca está na minha em um instante, desesperada, urgente. E eu me rendo. Odeio me render, mas talvez seja diferente quando ambos estão se rendendo à mesma coisa, porque neste momento, não é horrível. Na verdade, é o oposto. Meu cérebro está zumbindo, mas todos os meus pensamentos flutuam, fragmentos sem sentido, enquanto ele aprofunda o beijo, envolve minha cintura com uma mão, me força a recuar ainda mais até que minha coluna esteja pressionada contra a parede. Pensamentos como:

Se você me dissesse que isso aconteceria há um ano, minha cabeça explodiria...

Juro por Deus que se alguém nos ouvir...

Talvez os e-mails não tenham sido um desastre tão grande, afinal...

A boca dele é tão macia...

As mãos...

Julius...

Julius.
— Julius — arfo.
Eu o sinto sorrir em minha boca. Sua voz parece pura seda.
— Sim?
— N-nada. Eu só... — É difícil me concentrar. Fecho os olhos. — É que não parece real.
Ele se afasta, e a ausência repentina quase parece uma dor física, até que ele beija a curva do meu pescoço. Murmura:
— Eu sei. Mesmo quando eu imaginava...
— Você imaginou isso?
Ele faz uma pausa, o que parece uma punição injusta. Então, aproxima seus lábios firmemente dos meus de novo.
— Você sempre presta tanta atenção em tudo o que as pessoas dizem? — pergunta entre respirações curtas e irregulares.
— Não. Só no que você diz.
Ele respira fundo.
— Você precisa parar com isso, Sadie. — Aperta minha cintura. — Não vou conseguir sobreviver.
Não tenho certeza de como sobreviverei a *isso*, a essa mistura avassaladora de sensações, ao desejo que percorre meu corpo como um incêndio, à vontade de mais me fazendo perder o controle dos impulsos...
Ele me beija com mais intensidade e mal consigo pronunciar minhas próximas palavras.
— Espere, Julius, espere...
Com o que parece ser uma dificuldade imensa, ele se afasta apenas um centímetro, com os olhos negros e as pálpebras pesadas. Ele parece quase intoxicado, delirante. Toco a base de seu pescoço, sinto seus batimentos. A forma como eles aceleram sob a ponta de meus dedos.
— O que foi?
— E se formos ruins nisso? — pergunto em voz baixa.
Em resposta, ele se aproxima de mim, tão perto, maravilhosamente perto, assustadoramente perto, a boca percorrendo

minha mandíbula, e tudo está girando, girando fora de controle, meu batimento cardíaco ainda mais acelerado. Quase me esqueço de como falar. De como respirar.

— Isso parece ruim pra você?

— Não, não é isso... — Inclino a cabeça para trás sem pensar. — Quero dizer você e eu. Nós nos odiamos por dez anos, dificultamos a vida um do outro... como você sabe... — Eu me forço a manter o foco enquanto ele passa o polegar sobre meu lábio inferior. — E se formos ruins em, tipo, gostar um do outro? E se não soubermos como ser civilizados, ou simpáticos...

— Não está nos meus planos ser bonzinho — sussurra ele.

— E também não espero que você seja.

— Mas...

— Somos *nós*, Sadie — conclui ele, como se isso já bastasse como resposta. — Quando foi que fomos ruins em alguma coisa? Ele tem razão. Muita razão. E, de qualquer forma, não tenho forças para argumentar mais, porque ele está me beijando de novo, e é tudo. É tão, tão satisfatoriamente perfeito. É como se eu estivesse sufocando em silêncio por dias, meses, anos, e agora conseguisse, por fim, respirar. Nada jamais fez tanto sentido quanto suas mãos em minha cintura, seu coração martelando contra o meu peito, o som involuntário que ele faz quando ajusto minha postura, deslizo minha mão mais para baixo em seu pescoço até a cavidade de suas clavículas. Ele diz meu nome, sussurra como se fosse sagrado. E bem quando estou me perguntando como poderíamos parar com isso, como eu poderia fazer qualquer coisa que não seja ouvir sua respiração aguda, deixá-lo me beijar até minha cabeça ficar confusa...

As luzes voltam a se acender.

Pisco, meio cega, e me afasto dele. Demora um segundo até que meus olhos parem de lacrimejar e minha visão se ajuste à claridade. Um rubor imediato sobe pelo meu pescoço quando vejo Julius. Seus lábios estão inchados, seu cabelo preto está desgrenhado onde passei meus dedos.

Parece com aquele momento surreal nos cinemas, quando os créditos começam a rolar, as portas se abrem e os estranhos ao seu redor se levantam de seus assentos, pegando seus baldes de pipoca e ligando os celulares. E parte de você ainda está cambaleando, ainda imerso em outro mundo, com o coração preso na garganta, lutando para saber qual parte é a vida real.

Então, vejo Julius me observando, nervoso. Como se estivesse esperando que eu diga algo. Que retire tudo o que disse, agora que não estamos mais encobertos pela escuridão e posso vê-lo com nitidez pela primeira vez.

Meu coração palpita.

Quero que ele saiba que está mais lindo do que nunca na luz, bem de perto. Quero beijá-lo de novo, até que todas as suas dúvidas se dissipem de vez. Quero arrancar tudo o que já o machucou. Mas, por enquanto, eu sorrio para ele. Estendo a mão.

— Vem. Vamos ver o tamanho do estrago.

Capítulo vinte e um

Já é meia-noite quando volto para o quarto. Abigail está me esperando. Ela está praticamente na mesma posição, no mesmo lugar em que eu a deixei, e tenho uma sensação avassaladora de *déjà vu*. É como se o tempo tivesse parado, mas ao mesmo tempo tanta coisa aconteceu. Ainda posso sentir o fantasma das mãos de Julius ao redor das minhas.

— Você... ainda está com raiva de mim? — pergunta.

Eu me sento e dou um tapinha ao meu lado para que ela se sente também. Será que estou brava? Procuro em mim mesmo qualquer resquício de raiva, mas não há nada. Não quero discutir com ela. Só quero ficar perto da minha melhor amiga.

— É isso que minha mãe sempre faz quando está prestes a me dar um sermão — murmura.

— Não vou dar um sermão em você — retruco. — Só tenho algumas perguntas.

Seus olhos se arregalam de horror.

— Ela *também* fala exatamente assim.

— Estou falando sério. Estou curiosa, de verdade... por que você fez isso? — pergunto. É a única coisa que não consigo ignorar, que não consigo entender completamente. — O que estava passando pela sua cabeça?

Ela abraça os joelhos contra o peito. Não sei ao certo o que estou esperando que diga, mas com certeza não é isso:

— Lembra que eu costumava despejar água fervente em garrafas plásticas antes de você me impedir e me dizer que isso poderia liberar substâncias químicas perigosas?
— Uh, sim — respondo.
— Ou que uma vez eu quase toquei em mercúrio, pensando que era só prata de aparência engraçada?
— Sim.
— Ou aquela vez em que me convenci de que poderia escrever uma redação de cinco mil palavras durante nosso intervalo? Estremeço só de lembrar disso. Quase tive urticária de estresse por causa dela.
— Com certeza.
— Sim, bem, eu nunca fui das mais inteligentes, nem tive nenhum talento em particular. Sempre soube disso. Não consigo nem imaginar *como é* chegar em primeiro lugar em uma corrida ou ser elogiada pelos professores. Minha professora do jardim de infância literalmente chamou meus pais na escola para dizer que eu não estava progredindo tanto quanto os outros. — Ela ri baixinho. — E adivinhe o que meus pais fizeram? Chamaram a professora de intolerante e mente fechada e saíram da sala, depois me tiraram mais cedo da aula e me levaram para tomar sorvete de morango. Eles nunca me fizeram sentir insegura. Mas há momentos em que ainda quero me sentir... *útil*. Necessária, da mesma forma que todos precisam de você. E, na maioria das vezes, tenho essa sensação quando estou dando conselhos para as pessoas, ou ajudando a resolver coisas que estão acontecendo na vida delas. Isso faz algum sentido?
— Mais ou menos — respondo.
Abigail apoia o queixo nos joelhos, com os cabelos platinados caindo ao redor dela.
— Então, estou sendo cem por cento sincera quando digo que queria ajudar e que achei que *estava* ajudando você. Não queria que as coisas fossem tão longe. Não vou me intrometer de

novo, prometo — afirma. — Mas também entendo se você ainda estiver com raiva e quiser parar de falar comigo ou dar com uma torta de maneira violenta na minha cara...

— Garanto que nunca tive vontade nenhuma de dar com uma torta na cara de ninguém — bufo. — É um tremendo desperdício de comida.

Ela faz uma pausa, com um sorriso fraco e hesitante.

— E garanto que não quero parar de falar com você — digo, empurrando-a de leve. — Mesmo que eu estivesse com raiva de você, é possível estar com raiva de uma pessoa e amá-la ainda assim.

— Está falando sério? Ainda está... está tudo bem entre a gente?

Concordo. Ergo as sobrancelhas.

— Com quem mais eu deveria falar quando acabei de beijar alguém no corredor durante uma tempestade?

Observo enquanto ela processa a informação aos poucos. Abre a boca. Os olhos se iluminam. Ela agarra minha mão, apertando com força.

— Você não quer dizer... Você e...

Só consigo assentir de novo, sem conseguir evitar o sorriso que se espalha pelo meu rosto.

— Puta merda — grita ela, e toda a tensão entre nós se dissipa quando ela se ajeita na cama, e é como toda festa do pijama que já tivemos, rindo para nossos travesseiros e sussurrando com as luzes apagadas. — Ok, você tem que me contar *tudo*. Não poupe nenhum detalhe... na verdade, não, você pode poupar alguns detalhes, mas, tipo, foi bom? Ele era bom? Vocês estão juntos agora?

Estou rindo tanto que sinto dor na barriga e, mesmo sabendo que nós duas estaremos exaustas amanhã, ficamos conversando até as quatro da manhã e, quando finalmente pego no sono, percebo que nunca me senti tão leve nos últimos anos quanto agora.

***

— Como foi a viagem da escola? — pergunta minha mãe de trás do balcão da padaria. Estava preparada para encontrar tudo bagunçado quando entrei, imaginando o pão queimado, notas fiscais inválidas, geleia derramada e milhares de outros pequenos desastres para resolver depois do meu tempo fora. Mas tudo está em perfeita ordem. O cartaz de DESCULPE, ESTAMOS FECHADOS já foi pendurado na porta da frente e a maioria das prateleiras foi limpa.

Coloco minha bolsa no chão limpo e me sento a uma mesa vazia. Meus braços ainda estão doloridos por causa das atividades do acampamento, minha camisa está toda amassada, e meu sapato esquerdo está úmido por eu ter pisado acidentalmente em uma poça no caminho para o ônibus, mas sinto um sorriso nascer no meu rosto como se fosse a coisa mais natural do mundo. Como se eu não conseguisse pensar em um único motivo pelo qual *não devesse* estar sorrindo, por que não sorri mais durante minha vida.

— Foi boa. Ótima, na verdade.

Ela me avalia por alguns instantes, com seus olhos cheios de ternura.

— Você parece muito feliz.

— Você também — digo com surpresa, estudando-a também. É difícil dizer o que, exatamente, está diferente, só que está. Talvez seja algo na luz da noite que entra pelas janelas e suaviza as feições dela, ou os ombros relaxados. Ou como ela está quietinha. Em todas as minhas lembranças dela, ela está se movimentando, inquieta, correndo para ir de um lugar para outro.

— Porque você está — diz ela. — Além disso, Max tem boas notícias. Ele estava esperando você voltar para contar pessoalmente.

Eu ergo a cabeça.

— Boas notícias?

No segundo em que as palavras saem da minha boca, Max sai do quarto dos fundos.

— Surpresa — grita, com um grande sorriso no rosto.

Fico desconfiada no mesmo instante.

— Essa é uma daquelas piadas em que você diz que a surpresa é você mesmo, porque sua presença em si é um presente?

— Não, ainda que eu fique lisonjeado por você pensar assim — responde Max, arrastando a cadeira à minha frente para se sentar. — Eu tenho algo melhor do que isso. — Ele faz uma pausa dramática e limpa a garganta. — Você está sentada?

— Você está vendo que sim.

— É uma figura de linguagem — diz ele, irritado. — Entra na brincadeira, por favor.

— *Aiya*, conte logo de uma vez, Max — insiste minha mãe, saindo de trás do balcão para se juntar a nós. Ela até tira o avental de trabalho, e é assim que eu sei que o que está por vir é importante. Já a vi até pegar no sono vestindo essa coisa.

— Então, basicamente, um olheiro dos Hunters... sim, *os Hunters*... tem vindo a alguns dos meus jogos e... resumo da ópera, eles estão interessados em me recrutar. Tipo, MUITO interessados. Tipo, se isso fosse um casamento, eles já estariam procurando uma aliança para comprar. E, enquanto falo, estou me dando conta de que essa é uma analogia estranha, mas, tipo, tanto faz, porque eles estão *interessados*.

Fico boquiaberta.

— Eu... Ah, meu Deus. — É tudo o que consigo pensar em dizer. — Você... você tá falando sério?

Ele sorri para mim.

— Óbvio que sim.

Ainda estou procurando palavras adequadas para expressar o quanto estou feliz, aliviada e chocada, então, em vez disso, dou um tapa no braço dele.

— Ei! — protesta ele. — Por que está me batendo...

— Quando *foi* isso? Por que você não disse nada antes?

— Quer dizer, a coisa toda tem evoluído nos últimos meses, e eu não queria que vocês ficassem esperançosas demais e depois se decepcionassem...

Últimos meses. Estou ciente de que estou boquiaberta, mas não consigo evitar. Durante todo esse tempo, estive preocupada com ele e o futuro dele, desesperada para resolver todos os problemas que surgiam, porque achava que ele não estava preocupado. Que ele não se importava o bastante. Mas ele está bem — muito melhor do que bem. E essa padaria também está bem. E, de alguma forma, minha mãe também, sorrindo para nós dois, com os olhos brilhantes.

E eu não consigo evitar de me perguntar quando as coisas mudaram. Ou se tem sido assim há anos, mas eu estava tão mergulhada na minha culpa que não conseguia olhar e enxergar por conta própria que tudo estava bem, muito bem.

Sinto uma dor no peito ao pensar nisso, a alegria e a tristeza se misturando.

— Estou feliz por você — digo para Max. — De verdade.

Ele enruga o nariz, mas também dá um esbarrão em meu ombro. Era o que costumávamos fazer quando estávamos no mesmo time de basquete e ganhávamos um jogo contra nosso pai. E eu sentia falta disso. Não apenas do nosso pai, mas de estar no time do Max.

— Não se atreva a ficar toda sentimental comigo — avisa ele. — Deixe para quando eu quebrar um recorde mundial.

— Certo. Então vou poupar você do discurso e fazer algo produtivo. — Procuro por um pano. — Todas as mesas já estão limpas? Eu posso...

— Não — diz minha mãe.

— Não? — repito, confusa.

— Você acabou de voltar — diz ela. — Descanse. Relaxe. Faça o que você quiser fazer.

Eu hesito.

— Tem certeza?
— Anda — insiste ela.

Desculpa. A palavra surge instintivamente nos meus lábios, mas eu a empurro para baixo, trancando-a com a parte de mim que acredita que a felicidade de todas as outras pessoas vem acima da minha. Tento algo diferente dessa vez.

— Obrigada — digo em voz baixa. Soa esquisito. Estranho. No entanto, tem um sabor doce em minha língua, como o perdão, como o ar da primavera, como o aroma persistente de bolinhos de morango.

Como um começo.

Na viagem de ônibus para casa, me sento na janela e escrevo um novo e-mail:

> Julius,
>
> Estou escrevendo esse e-mail para informá-lo de que você é a pessoa mais irritante que já conheci. Você, com esses sorrisos presunçosos e afiados, olhos zombeteiros, sua arrogância e vaidade. Sua voz quando diz meu nome, suas mãos quando seguram as minhas. Não sou muito familiarizada com vícios — gosto de pensar que não tenho nenhum, mas se fosse contar algum, você seria o único. Deve ser um vício ou uma obsessão. Nunca conheci ninguém tão bem como conheço você e, mesmo assim, ainda quero sentar ao seu lado, perto de você, ainda mais perto. Quero que você me conte todas as histórias, quero ouvi-lo falar até que a noite caia no céu e as estrelas se apaguem. Quero que você me guarde como um rancor, que me mantenha como uma

promessa, que me assombre como um fantasma. Você é tão lindo que me enfurece.

Talvez você esteja esperando um pedido de desculpas depois de todo esse tempo, então vou direto ao ponto: ele não virá. Peço desculpas demais — estou trabalhando nisso, prometo —, mas não me arrependo daqueles e-mails.

Sabe aquela noite em que me deparei com sua conversa com seu irmão? Tudo bem, não me deparei, eu segui você. Isso não vem ao caso. Depois, pude ver a mágoa em seus olhos, e tudo em mim ardeu. Não tenho certeza se me expressei bem o suficiente, se fui convincente o bastante. Se não, deixa eu dizer agora, de uma vez por todas, que você nunca será o segundo. Você nunca será inadequado. Você nunca será nada além de bom.

Porque você se importa com a forma que seus pais veem você. Porque você fala de tudo, menos das coisas que o magoam. Porque você nunca se compromete com algo se não puder ir até o fim. Porque você é duro demais consigo mesmo, e nunca pegou leve comigo em uma competição ou teste. Porque você me desafia, me distrai quando meu cérebro está sendo cruel, me molda quando o mundo está tentando pisar em mim. Porque toda vez que eu me cansava durante a aula, eu via seu olhar do outro lado da sala e me lembrava por que eu precisava continuar.

Já que decidi deixar de lado meu orgulho durante este e-mail, vou contar um segredinho. Quando eu tinha catorze anos, ficava encarando as paredes do meu quarto e me perguntava como seria me apaixonar. Grande parte da minha inspiração vinha de músicas e filmes. Mas, ainda assim, eu não deixava de imaginar. Como seria ser alguém que tinha outra pessoa. Eu imaginava a ternura. O conceito de infinito. De paciência sem fim. Imaginava a pessoa vindo atrás de mim mesmo quando eu fugia. Embalando minhas tristezas na palma de suas mãos. Imaginava alguém que se preocupava, que tentava entender.

E agora, aqui está você. Esse tempo todo era você, e eu nem tinha percebido. Parando pra pensar, faz sentido, não? Para vencer o inimigo, você precisa entendê-lo intimamente. É preciso observá-lo, conhecer seus pontos fracos, memorizar todas as suas palavras, acompanhar seu progresso, prever seu próximo movimento. Por dez anos, pensei que estava me preparando para destruí-lo, quando na verdade estava me preparando para amá-lo.

Tudo isso para dizer que espero que esse e-mail chegue até você.

E espero que você venha até mim, também.
Sadie

Recebo a resposta em dez minutos. São apenas duas frases:

Você estava certa, Sadie Wen. Sou completamente, desesperadamente obcecado por você.

Com amor,
Julius

Agradecimentos

Este livro não teria chegado em suas mãos sem o talento e os esforços das seguintes pessoas:

Meus eternos agradecimentos à minha extraordinária agente, Kathleen Rushall. Obrigada por sempre me fazer sentir tão vista e apoiada, e por estar presente durante toda essa jornada. Posso ter problemas de confiança, mas eu confiaria minha vida a você. Obrigada à incrível equipe da Andrea Brown Literary Agency por seu apoio.

Um enorme agradecimento a Maya Marlette, por entender a essência dessa história e por me ajudar a transformá-la no que é hoje. É uma enorme alegria e honra poder trabalhar com você em outro livro. Obrigada a Maeve Norton, Elizabeth Parisi, e Robin Har pelo trabalho nessa linda capa. Obrigada a todos da Scholastic por seu entusiasmo e conhecimento, incluindo: Elizabeth Whiting, Caroline Noll, Melanie Wann, Dan Moser, Jarad Waxman, Jody Stigliano, Jackie Rubin, Nikki Mutch, Savannah D'Amico, Lori Benton, John Pels, Rachel Feld, Erin Berger, Lia Ferrone, Avery Silverberg, Daisy Glasgow e Seale Ballenger. Meus agradecimentos a Janell Harris, Priscilla Eakeley, Sarah Mondello e Jody Corbett por terem desempenhado um papel tão importante na preparação deste livro para publicação. Obrigada às fantásticas Emily Heddleson, Lizette Serrano e Sabrina Montenigro. Meus sinceros agradecimentos a David Levithan, Ellie Berger e Leslie Garych.

Sou muito grata a Taryn Fagerness, da Taryn Fagerness Agency. Obrigada por ajudar a levar este livro a mais leitores em todo o mundo e por tudo o que você faz.

Obrigada a todos dentro e fora do Estados Unidos que defenderam e torceram por este livro durante todo o processo de publicação e depois dele.

Obrigada, para todo o sempre, aos meus leitores, por serem tão gentis, generosos e maravilhosos. Poder compartilhar essas histórias e personagens com vocês é, de fato, uma das experiências mais significativas da minha vida.

Agradeço infinitamente aos meus amigos, dentro e fora do mercado editorial, por seu carinho e sabedoria, e por tornarem tudo melhor.

Obrigada, é lógico, à minha irmã, Alyssa. Obrigada por sempre ser minha primeira leitora e maior incentivadora, e por não ficar muito irritada quando peço sua opinião sobre coisas muito pequenas e específicas, ou quando lhe faço perguntas como "O que devo dizer para você nos agradecimentos?". Sou muito grata por sua companhia, segurança e humor — tão grata que quase não me importo que você seja a irmã mais alta.

Aos meus pais: obrigada por me apoiarem de mais maneiras do que posso contar. Obrigada por me incentivarem a ler e escrever quando eu era criança, e por não terem surtado quando decidi que queria viver de ler e escrever.

感谢我的家人对我一直以来的支持和鼓励：姥爷、小姨、小姨夫、南华小姨、大大、大妈、二大大、二大妈、和姑姑

Este livro, composto na fonte Fairfield,
foi impresso em papel Ivory Slim 65g/m² na gráfica Coan.
Tubarão, julho de 2024.